드래곤의 신부 6
김해숙 판타지 장편 소설

초판 1쇄 찍은 날 § 2008년 3월 7일
초판 1쇄 펴낸 날 § 2008년 3월 14일

지은이 § 김해숙
펴낸이 § 서경석

편집장 § 문혜영
편집책임 § 유경화

펴낸곳 § 도서출판 청어람
등록번호 § 제1081-1-89호
등록일자 § 1999. 5. 31
어람번호 § 제1-0952호

주소 § 경기도 부천시 원미구 심곡1동 350-1 남성B/D 3F (우) 420-011
전화 § 032-656-4452   팩스 § 032-656-4453
www.chungeoram.com
E-mail § eoram99@chollian.net

ⓒ 김해숙, 2006

ISBN 978-89-251-1223-7 04810
ISBN 89-5831-925-9 (세트)

※ 파본은 구입하신 서점에서 교환하여 드립니다.
※ 저자와 협의하여 인지를 붙이지 않습니다.
※ 이 책은 도서출판 청어람과 저작자의 계약에 의해 출판된 것이므로,
무단 전재 및 유포·공유를 금합니다.

Chapter 1 뇌물의 대가 /7

Chapter 2 제블린의 제물 의식 /45

Chapter 3 무신의 유산 /77

Chapter 4 카다피 낚는 법 /135

Chapter 5 아가씨의 지참금 /163

Chapter 6 요정의 달밤 /203

Chapter 7 카린의 그림자 /251

Chapter 8 매운탕의 마수 피하는 법 /281

'후기'라는 이름의 주저리주저리 /297

Chapter 1
뇌물의 대가

연말이 코앞으로 다가온 어느 날이다. 혹독한 겨울 추위를 예고하듯 밤사이 기온이 뚝 떨어졌다. 거리를 오가는 사람들이 너 나 할 것 없이 코끝을 빨갛게 물들이고 하얀 입김을 내뿜으며 추위에 발을 동동 거리던 그날, 세람 시의 낡은 여관 고향 가는 길에는 아주 특별한 손님이 찾아왔다.

장신의 사내는 매서운 겨울바람에도 아랑곳없이 긴 붉은 머리를 하나로 올려 묶고 있었다. 드러난 목에는 목도리 한 장 두르지 않았고, 화려한 불꽃 문양 자수가 등과 앞판을 대담하게 장식한 하얀 털 코트도 앞섶을 제대로 여미지 않아 바람에 제멋대로 나부꼈다. 그럼에도 추위와는 인연이 없어 보이는 묘한 분위기의 사내였다.

"어서 와, 프로이엔! 때마침 잘 왔어!!"

아스카는 식당 겸 주점으로 쓰이는 1층 홀의 벽난로 가에 앉아 있다가 현관에 그의 모습이 비치기 무섭게 달려와 맞았다. 프로이엔은 아스카가 자신을 덥석 끌어안으며 온몸으로 반가움을 표현하자 기뻐하기보다 뭔가 미심쩍다는 듯 미간을 찌푸렸다.

프로이엔이라고 환대보다 푸대접이 좋을 리 없지만 어쩐지 너무 과하게 자신을 반기는 듯한 분위기였던 것이다. 그의 경험에 따르면, 눈앞의 꼬맹이가 자신을 이렇게 반길 때는 대부분 달갑지 않은 이유가 있었다.

나름 학습 능력이라는 게 생긴 프로이엔은 경계하듯 아스카를 노려보았다.

"뭐냐?"

"뭐긴 뭐야. 반가워서 그러지."

"전쟁광(하칸) 놈의 집 담벼락에서 보고 일주일도 채 안 됐다. 예전에 반년 만에 너희 집을 찾아갔을 때도 이렇게 반겨주지는 않았던 것 같은데? 없는 살림에 비싼 술만 축낸다고 되레 구박하지 않았느냐?"

조금 상냥하게 반겨준 것만으로 이렇게 경계심 가득한 얼굴이라니. 아스카는 자신의 평소 행실을 돌이켜 보았다.

자신의 집에 놀러 온 프로이엔을 대장간의 화력을 올리는 일에 부려 먹거나 일하기 싫다고 도망 나온 것을 붙잡아 그를 찾으러 온 나이트들 손에 넘겨주는 일 등은 확실히 정령왕님에게 걸맞는 대접이라고 하기 어렵다. 하지만 걸핏하면 일을 땡땡이치고 자신의 집 벽난로 옆에서 뒹굴고 있는 모습을 봐왔으니 상대가 제아무리 신들도 한 수 접어주는 프로이엔이라고 해도 새삼 공경심이나 거리낌 같은 것이 생길 리 만무하지 않은가. 게다가 아스카는 쓸 수 있는 것은 일단 써먹고 보자, 라는 실용제일주의였다.

"갑자기 기온이 뚝 떨어져서 아침부터 덜덜 떨고 있던 중이었거든. 벽난로 옆에 앉아 있어도 무릎이 시려. 근데 네가 오니까 아무리 해도 올라가지 않던 실내 온도가 단숨에 3, 4도는 뛴 것 같잖아. 아, 좋다~ 정말 살 것 같아. 프로이엔, 사양 말고 부디 오. 래. 오. 래. 있다 가줘~♡"

이 꼬맹이에게 있어 불의 정령왕인 자신의 가장 좋은 쓰임새는 난방기구 대신인 듯했다. 프로이엔은 이런 것도 칭찬이라고 받아들여야 하나 하고 떨떠름한 얼굴로 아스카의 뒤를 따라 들어갔다.

아스카가 장기투숙 중이라는 여관의 첫인상은 무척 강렬했다. 여관이라고 하기에 프로이엔은 인간인 척하고 놀러 다닐 때 봤던 것처럼 바닥에는 먼지가 뭉쳐서 굴러다니고, 술 얼룩과 기름때로 얼룩진 테이블, 밥을 먹거나 술을 마시며 와자지껄하게 떠들어대는 사람들을 떠올렸다. 모든 게 적당히 낡고, 적당히 지저분하지만 그만큼 편안한 그런 분위기를 상상했었다.

그런데 전혀 달랐다. 사람이 없는 것은 식사 때가 지나서 그렇다 쳐도, 여관 바닥에는 먼지 한 점 없었다. 걸음을 옮길 때마다 바닥이 삐걱삐걱 비명을 지르는 것을 보니 낡은 것은 분명한데, 엊그제 새로 깐 것마냥 번쩍번쩍 광이 난다. 홀을 채우고 있는 네댓 개의 큼지막한 테이블과 의자는 통나무를 아무렇게나 잘라서 만든, 튼튼하다는 것만이 장점인 투박한 것이다. 그런데 그 위에 지저분한 선술집이나 여관 식당과는 어울리려야 어울릴 수 없는 깨끗한 린넨 테이블보가 덮이고 방석이 놓여 있는 것이다. 그래도 여기까지는 괜찮다. 결벽증에 가까운 깔끔함이 느껴지지만 나름대로 소박하고 정상적인 여관의 모습이다.

문제는 아스카가 방금 전까지 앉아 있던 벽난로 옆이다. 그곳 바닥에는 어지간한 귀족 집에도 없는 티오렌산(産) 수제품 융단이 깔려 있었다. 그 위에는 금상감(金象嵌)이 들어간 원형 장미목(Rose-wood: 콩과의 상록활엽교목. 목재는 암적색에 검정이나 갈색무늬 결을 가지고 있으며 질이 단단해서 가구나 도구재로 쓰인다) 테이블이 놓여 있었는데 뛰어난 장인의 솜씨가 엿보이는 고급품이었다. 테이블과 한 세트인 듯한 우아한 안락의자에는 바닥과 등받이에 자수가 들어간 벨벳이 씌워져 있다. 그 옆에는 파이어 스크린(Fire Screen: 벽난로 불꽃의 빛이나 열로부터 사람을 보호하는 금속의 보호대)이 있고, 심지어 오토만(Ottoman: 의자에 앉아 발을 괼 수 있게 만든 발 받침대)까지 있었다. 이 어디가 소박하고 서민적인 여관 식당의 정경이란 말인가?

게다가 불과 일고여덟 발자국 정도의 거리임에도 불구하고 벽난로 옆과 통나무 테이블 사이에는 티오렌과 왁스의 국경─티오렌과 왁스는 전혀 다른 문화를 지닌 적국. 사이가 험악한 걸로 유명하다─을 방불케 하는 문화적 차이와 극렬한 감정적 대립이 느껴졌다.

이제껏 겪어본 적 없는 특이한 여관 분위기에 불의 정령왕님은 순수하게 감탄했다.

"괴상한 여관이군."

무례할 만큼 솔직한 감상에 아스카는 웃음을 터뜨렸다.

"줄리아의 취향과 에롬의 취향이 타협한 결과지. 이런 형태로나마 평화가 자리 잡기 전까지 엄청난 유혈투쟁과 희생이 있었다고. 저기, 의자 다리 수리한 거 보이지? 줄리아가 걷어차서 부러뜨린 거야. 게다가 식당치고 테이블이 좀 적다 싶지 않아? 원래는 한 아홉 개쯤 있었지만 네 개는 수리가 불가능할 정도로 부서졌지."

"테이블과 의자를 부수면 밥은 어디서 먹으려고?"

"폴이 이것과 비슷한 가구를 잔뜩 조달해 왔거든. 줄리아의 야심은 그걸로 실내장식을 싹 바꿔보는 거였지."

프로이엔은 아기자기한 세공이 들어간 고급 장미목 테이블이 가지런히 늘어선 선술집 겸 식당을 상상해 봤다. 그 테이블에 우락부락한 사내들이 조신하게 다리를 꼬고 앉아 양가집 규수들이 차를 마시듯 맥주잔을 기울이는 광경을 떠올리자 상상만으로도 오싹 소름이 끼쳤다.

"다행이군. 그런 기분 나쁜 여관에는 잠시도 앉아 있고 싶지 않아."

내뱉듯 말하자 아스카는 깔깔대고 웃었다.

바닥에 제아무리 비싼 수제품 융단이 깔려 있고, 값비싼 가구로 치장했다고 해도 방한에는 별 도움이 되지 않는다. 아스카가 입을 열 때마다 하얀 입김이 보이자 프로이엔은 혀를 차며 손가락을 튕겼다. 딱, 하는 소리가 나기 무섭게 벽난로의 불은 갑자기 기름이라도 들이부은 것처럼 화악, 하고 치솟더니 방금 전과는 비교도 되지 않을 기세로 활활 타올랐다.

프로이엔은 테이블을 사이에 두고 아스카와 마주 보는 형태로 앉았다. 테이블 밑에는 하얀 바람의 호랑이가 나른하게 늘어져 있었다. 녀석은 프로이엔의 기척을 느꼈는지 잠시 눈을 떴다가 그가 건네는 눈인사를 받고 다시 눈을 감아버렸다.

"지난번엔 고마웠어. 나중에 들으니 바쁜 와중에 우리 집까지 들러 내가 하칸 신전에 있다고 알려줬다며? 킬렌이랑 라미엘, 폴들이 고맙다고 전해달래. 샤펜 부인은 자신이 직접 감사 인사를 하겠다고 하던데, 만났어?"

프로이엔은 갸름한 눈을 휘며 성격 나빠 보이는 미소를 지었다. 이번 일로 자존심에 적잖이 금이 갔을 킬렌과 라미엘, 폴 등을 상상하자 자못 유쾌했던 것이다. 인간은 말할 것도 없고 상위 존재인 신이나 드래곤 앞에서도 고개 숙인 적 없는 오만한 족속들이건만, 경계심 제로의 천방지축 공주님을 만나 참으로 고생이 많다. 어지간해서는 볼 수 없는 그들의 낭패한 모습을 보는 것은 즐겁지만 아스카가 하칸을 가까이하는 것은 프로이엔으로서도 바라는 바가 아니었기 때문에 몇 마디 경고를 해두기로 했다.

"꼬맹이, 난 네가 드래곤과 소꿉장난을 하든, 마족을 꼬셔 세계정복 놀이를 하든 간섭할 생각 없다. 그들이 아무리 위험한 상위 존재라고 해도 그쯤은 네가 감당할 수 있다고 보기 때문이야. 하지만 그 전쟁광 놈은 달라. 영악한 척하지만 아직 순진한 면이 남은 너로서는 수만 년에 걸쳐 단련된 놈의 음흉함과 수단, 방법을 가리지 않는 비열함을 당해내지 못한다. 앗, 하는 사이에 휩쓸려서 이리저리 이용만 당하다가 뼈까지 발라내게 될 거야. 네가 무슨 생각으로 놈을 찔러보고 있는지 모르지만 나중에 후회하지 말고 이쯤에서 손 떼도록 해."

"무슨 소린지 모르겠는데? 내가 누굴 찌르고 있다는 거야? 순진한 나를 이리저리 이용하다가 뼈까지 발라낼 비열하고 악랄한 전쟁광이라는 게 대체 누군데?"

"하칸."

"하칸? 투신(戰神) 하칸? 말도 안 돼! 얼굴도 본 적 없는 신을 내가 무슨 재주로 찔러본단 말이야? 하다못해 말 한마디라도 나눠봤어야 찔러보든 구워삶아 보든 하지. 말은 고사하고 신탁 한 번 받아본 적 없다고."

신녀(神女) 신탁이 내려졌다고 우기는 사기꾼 놈들이라면 만난 적 있지만, 하고 아스카는 속으로 중얼거렸다.

"프로이엔, 뭔가 오해하고 있는 모양인데, 내가 그날 하칸 신전에 있었던 건 내 발로 간 게 아니라 납치범들에게 붙잡혀 강제로 끌려간 거라니까."

"손발이 묶인 것도 아니고, 골방이나 창고에 갇힌 것도 아니었을 텐데? 신전 안 원하는 곳은 어디든 갈 수 있었다며? 게다가 매 끼니마다 왕도 못 먹을 진귀한 음식이 올라오는 호화 식단에, 반주로는 명품 포도주, 심심하다고 하면 신전의 고위 인사가 너와 놀아주려고 몸소 달려 나오는 생활이었다지? 그만하면 인질이 아니라 특급 귀빈 대우군."

아스카는 어떻게 아는 거야, 하고 놀라다가 신전 담벼락에서 만났던 날 프로이엔이 붙여줬던 불의 하급정령을 떠올렸다. 보나마나 그 녀석들이 일러바쳤겠지.

"아무리 극진한 대우라도 집에 가겠다는 본인의 의사를 무시하고 강제로 붙잡아두면 납치, 감금 맞거든?"

아스카는 말끝마다 신녀가 되라고 귀찮게 굴던 세리올과 뻔뻔스레 들러붙던 칸의 유들유들한 얼굴을 떠올리고 치를 떨었다. 내가 심심할까 봐 놀아줬다고? 웃기네! 그놈들이 놀자고, 놀자고 들러붙은 거라고! 나는 귀찮았어!!

"걸핏하면 셋이서 사이좋게 카드놀이를 했다지? 돈도 따고, 집주인인 하칸과 친목도 다지고 일거양득이로군."

"왜 자꾸 하칸을 들먹이는 거야? 하칸은 코빼기도 못 봤다니까! 카드놀이를 하긴 했지만 신전 관리인과 거기 식객쯤 되는 한량이랑 했을 뿐이라고. 그리고 돈도 많이 못 땄어. 그 뺀질이 칸이 밥 먹고 도박만 했는지 선수더라고. 속임수라는 것을 알고도 당한 건 처음이야. 젠장! 생각할수록 열받네!"

그 부분이 가장 불만인가 보다. 툴툴거리는 아스카를 보고 프로이엔은 내심 코웃음을 쳤다. 그는 아스카와 도박을 했다는 그 '칸'이라는 수상한 이름의 뺀질이 한량이 하칸의 현신(現身)이라는 데 자신의 12나이트 전부를 걸 수도 있었다. 그러나 그냥 이쯤에서 입을 다물기로 했다. 괜히 이런저런 말을 늘어놓아 이 호기심 많은 꼬맹이가 하칸에게 없던 관심이라도 생기면 그거야말로 긁어 부스럼이기 때문이다.

때마침 주방에서 나온 줄리아가 차를 내왔기 때문에 둘은 잠시 대화를 중단했다.

"어쨌거나 잘 왔어. 샤펜 부인이 너의 친절한 행동에 진짜로 감명 받은 것 같더라고. 엄청난 걸 보내왔어."

"엄청난 것? 뭐냐, 그건?"

"보면 놀랄걸? 줄리아, 그거 있지? 요전에 성에서 보내온 거. 그것 좀 꺼내와 봐."

"아, 지금 개봉하실 거예요? 그럼 저도 맛 좀 봐도 될까요? 그렇게 오래된 포도주는 과연 어떤 맛일지 전부터 궁금했거든요."

아스카가 그러라고 하자 줄리아는 콧노래를 흥얼거리며 다시 주방으로 사라졌다. 그러자 이번에는 만사 귀찮다는 듯 바닥에 축 늘어져 있던 바람의 호랑이가 아스카의 무릎 위로 뛰어올라 와 온몸으로 '나도 줘~!' 포스(Force)를 뿜어댔다. 아스카는 프로이엔의 눈치를 보며 마른 웃음을 흘렸다.

프로이엔이 '뭐야, 이 묘한 분위기는?' 하고 의아해하고 있을 때, 줄리아가 돌아왔다. 그런데 혼자가 아니었다. 혹을 달고 왔다. 프로이엔과도 안면이 있는 텁수룩한 수염의 거한, 에롬이었다.

"아, 포도주 개봉하신다기에요. 저도 맛 좀 봤으면 하고……. 하하하!"

뻔뻔할 정도로 넉살 좋게 웃는 에롬을 보고 아스카는 웃어야 할지, 화를 내야 할지 모르겠다는 얼굴로 어깨를 축 늘어뜨렸다. 그때까지도 돌아가는 상황을 제대로 읽지 못한 프로이엔은 고개만 갸웃거리고 있었다. 그가 아스카나 레나일(샤펜 부인)에게 술을 대접받는 일은 종종 있었지만 지금처럼 맛이나 좀 보자는 걸신(乞神)들이 줄줄이 달라붙은 적은 한 번도 없기 때문이다.

아스카가 쥴리아에게서 건네받은 것은 두루마리나 족자를 말아서 보관할 때 쓰는 듯한 원통이다. 은제 수공예품으로, 표면엔 세공장식처럼 기하학적인 문양의 보존 마법의 룬이 빽빽하게 새겨져 있다. 그 사이사이에는 마법을 유지하기 위한 보석이 박혀 있어 원통 자체만으로도 상당한 값어치가 있을 듯한 물건이었다.

아스카가 봉인을 해제하고 그 속에서 꺼내 든 것은 뜻밖에도 지금은 볼 수 없는 고풍스러운 디자인의 포도주 병이었다.

"그건……?!"

포도주 병의 라벨을 알아본 프로이엔이 눈을 크게 뜨자 아스카는 그가 그런 반응을 보일 줄 알았다는 듯이 씩 웃었다.

"메사하르 크리엘(제블린 제국 시절의 연호) 13년 산. 통칭 메사하르27. 케네스 신전이 자랑하는 걸작 포도주 중의 하나로, 만들어진 지 3백 년도 넘었고, 당시에도 딱 27병만 생산되었다는 희귀품 중에서도 희귀품이지. 샤펜 부인이 내 결혼 피로연에 쓸 거라며 아껴뒀던 거야."

프로이엔은 아스카에게서 병을 건네받아 이리저리 살펴보았다. 흠집 하나 없는 병이나 마개, 선명하고 깨끗한 라벨만 보면 도저히 3백 년이나 된 포도주라고 믿을 수 없지만 병 너머에서 찰랑이고 있는 포도주 속의 물의 기운은 분명 3백 년 전의 것이다. 설마했는데 정말로 진품인 것 같다.

프로이엔은 줄줄이 걸신이 달라붙은 이유를 그제야 깨닫게 되었다. 사람이건, 정령이건 3백 년이 넘은 포도주를 맛볼 기회란 흔치 않다. 그것도 27병밖에 만들어지지 않아 생산 당시조차 희귀했던 포도주라면 더더욱.

"네가 어떻게 이걸 가지고 있지? 네 조상이라는 메사하르가 물려준 건가?"

"조상이 아니라 증조부야. 그리고 그 실속이라곤 없는 메사하르가 이런 걸 남길 리 있다고 생각해? 전해지는 말로는 굉장한 주당(酒黨)이었다던데 수중에 이런 게 있었다고 해도 마셔서 없앴을 거라고! 그 망할 증조부가 남긴 거라고는 아무짝에도 쓸모없는 허명(虛名)과 천문학적인 빚뿐이라고! 이건 우리 엄마가 아빠랑 결혼할 때 가져온 거야."

"아아, 그렇군. 이게 바로 그 유명한 셀리아의 지참금이군."

결혼할 때 남편 될 로사드가 술을 좋아한다고 다른 것은 아무것도 안 가져오고 술만 두 수레 분량을 실어왔다는 특이한 신부의 이야기는 프로이엔도 들은 바 있다. 그 지참금 속에 메사하르27이 있었다니…….

메사하르27이란 대부분의 사람들이 착각하는 것처럼 술이 27병만 빚어졌기에 붙여진 이름이 아니다. 메사하르의 27번째 생일을 기념하기 위해 만들어진 술이기 때문에 그런 이름이 붙은 것이다.

수백 년 전, 케이람이 친구를 위해 만들게 한 이 술이, 너무 적게 만들었기 때문에 지금은 그의 수중에도 남아 있을지 의심스러운 이 술이 시간과 세대를 뛰어넘어 메사하르의 증손녀인 아스카의 손에 들려 있다는 것에 프로이엔은 기묘한 인연의 끈을 느꼈다.

"그런데 하고많은 이름 중에 왜 하필 '메사하르'야? 메사하르 상회 홍보하는 것도 아니고. 그래도 대륙적으로 손꼽히는 명품 포도준데 제대로 된 이름이나 지어주지. 하여간 그 엘프 놈은……."

아스카는 단 한 번 봤을 뿐이지만 기억에 남을 정도로 무심 그 자체였던 케이람의 얼굴을 떠올리고 투덜거렸다.

케이람이 포도주 이름을 뭐로 하든 상관할 바 아니지만 하필이면 악질 중조부의 이름과 같다는 것이 문제였다. 마실 때마다 중조부 놈이 생각나서 비싼 포도주를 마시면서 저도 모르게 이를 갈게 되지 않는가 말이다. 그렇게 싫으면 마시지 않으면 그뿐이지만, 입에 딱 맞아 가장 즐겨 마시게 되는 포도주가 또한 메사하르라는 것이 아스카가 안고 있는 딜레마였다.

프로이엔은 그런 아스카를 보고 웃었다.

대륙적으로 유명한 포도주 브랜드가 아스카의 중조부 이름과 같은 것은 그녀가 생각하는 것처럼 단순한 우연의 일치가 아니다.

'메사하르'라는 이름에는 비록 사람은 죽고 없어도 그 이름만은 세상 속에서 사라지지 않게 하겠다는 드래곤의 의지가 작용하고 있다. 케이람이 운영하는 상회의 이름이 메사하르인 것도, 그 상회에서 오직 메사하르라는 이름의 포도주만 생산하는 것도 다 같은 맥락이다.

프로이엔은 한때 냉혈 도마뱀 주제에 그답지 않게 감상적으로 논다고 케이람을 비웃었던 적도 있었다. 하지만 눈앞의 이 꼬맹이와 인연이 얽힌 후로는 그럴 수 없게 됐다.

그의 무미건조한 시간을 스파클링 와인(Sparkling Wine:발포 포도주)처럼 청량한 맛으로 물들여 버린 이 꼬맹이가 언젠가 주어진 시간을 다하고 사라지고 나면 프로이엔도 그 이름이나마 사무치게 그리워져서 다음 계약자에게 계약 조건으로 아스카란 이름의 제국을 세우자고 할 지도 모른다. 상상만으로도 웃지 못할 얘기다.
"보존 상태가 좋긴 하지만 3백 년이 넘은 포도주니까 일단 한번 거르자. 그게 좋겠지?"
프로이엔이 무슨 생각을 하고 있는지 알 리 없는 아스카는 포도주밖에 관심이 없다. 그런 꼬맹이가 또 귀여워서 피식 웃으며 머리를 쓸어 주는데 순간, 손끝에 찌릿한 느낌이 왔다.
물리적 자극 따위가 아니라 명백한 배타적인 힘의 충돌로 인한 것이다. 프로이엔은 아스카 본인이 거부하지도 않았고, 적의를 가지지도 않은 자신의 손길에 어째서 이런 식의 충돌이 일어나는지 알 수 없었다.
그는 한 손으로 아스카의 뒷머리를 붙잡고, 다른 한 손으로 흘러내린 머리카락을 획 쓸어 올려 이마를 드러냈다. 그러자 가늘고 섬세하게 새겨진 꽃 한 송이가 나타났다.
새하얀 꽃잎을 가진 꽃이 소담스럽게 피어 있었다. 개화할 날을 기다리는 완전한 봉오리도 아니고, 활짝 만개한 것도 아니다. 반쯤 봉오리가 벌어진 채 그 속의 황금빛 수술이 보일 듯 말 듯한 자태는 보는 이의 시선을 붙잡는 아름다움이 있었다. 하지만 그 꽃을 보자마자 프로이엔은 표정을 굳혔다. 그 꽃이 다름 아닌 세이프리아였기 때문이다. 그 청초하고 아름다운 꽃이 무엇을 의미하는지 누구보다 잘 아는 프로이엔이었다.
"이런 개XX!! 감히 누구 앞에서 이런 돼먹지 못한 지랄을……!"
마치 '내 꺼!'라고 도장을 찍어놓은 듯한 모양새에 프로이엔은 이를 갈았다.

아스카는 방금 전까지만 해도 기분 좋아 보이던 프로이엔이 자신의 이마를 보고 흥분하자 좀 얼떨떨했다. 쥴리아와 에롬에게 눈짓으로 이마에 뭐가 있는지 물어봐도 그들도 모르겠다는 듯 고개만 저을 뿐이다.

'이마에 뭐가 있는 거야? 얼룩 좀 묻었다고 이렇게 콧김까지 뿜어내며 날뛸 프로이엔이 아닌데? 칠칠맞다고 놀리는 거면 몰라도. 지난밤 자는 사이에 누가 낙서라도… 응? 낙서? 아!!'

그제야 집 뒷산에서 마주친 성질 나쁜 드래곤이 기념 대신 남긴 낙서(?)에 생각이 미쳤다. 그러고 보니 소디스 퀸, 에렐도 그걸 보고는 지금의 프로이엔처럼 발끈했었다. 대체 자신의 이마에 뭐가 있는 걸까?

당시에는 깡패 드래곤이 자신의 집 주변에서 깽판 치지 않고 조용히 꺼져 주기만 한다면 얼굴에 낙서 한두 개쯤은 얼마든지 참아줄 의향이 있었고, 낙서라고 해도 자신의 눈엔 보이지도 않으니 아예 잊어버리고 있었지만 보는 정령들마다 이렇게 버럭 성질을 내니 뭐가 쓰여 있는지 좀 궁금하기도 하다. 정령들에게만 통하는 욕이라도 쓴 걸까?

"어느 놈이 이랬냐?"

그렇게 물은 것은 정말로 궁금해서라기보다 확인 차원이었다.

"이마? 오다가다 만난 드래곤이."

"오다가다 만난 놈이 왜 네 이마에 이딴 걸 새겨?!"

"낙서를 하고 싶었는데 달리 그릴 만한 곳이 마땅치 않았나 보지."

드래곤의 표식이 가지는 의미를 아는지 모르는지 당사자인 아스카는 태평하기만 해서 프로이엔은 점점 더 열이 받았다.

"그래서 네 이마를 낙서장 취급한 그놈이 누구야?"

"세이프리아라고 하는 것 같던데? 성질 나쁜 까만 드래곤이야. 에렐과는 아는 사이 같던데 프로이엔도 알아?"

수백에 달하는 드래곤 중에서도 세이프리아라는 이름의 검은 드래곤은 단 한 마리뿐이다.
그래, 그놈일 줄 알았다며 프로이엔은 코웃음을 쳤다. 물질계의 균형을 유지하는 막중한 책임을 가진 드래곤 로드 주제에 필요 최저한으로만 의무를 수행하는, 신들도 치를 떠는 극악 직무유기 로드 놈!
성실하지 못한 걸로 따지면 사실 프로이엔도 남 욕할 처지는 못 되니 할 말 없지만, 문제는 둘의 상성이다. 경우도 없고 상식도 없는 놈! 프로이엔은 으득, 소리가 날 정도로 이를 갈아붙였다.
수천 년을 살아온 드래곤이라고 해도 천지대전 이전 출생인 프로이엔의 입장에서 보면 갓 태어난 핏덩이와 다를 바 없다. 그런데 그 어린 놈이 신들도 한 수 접어주는 프로이엔 앞에서 빳빳하게 고개 쳐들고 로드로서의 권위를 행사한 것이다. 차가운 검은 눈에 서린, 누구든 자신의 명령을 따르는 것이 당연하다고 여기는 오만함에 치가 떨렸다. 싫은 점만 그렇게 버라이어티하게 갖춘 놈은 일부러 찾으려고 해도 찾기 힘들 것이다.
"까만 드래곤, 그것도 수컷에게 건드리면 부서지는 순백의 유리화, 세이프리아의 이름을 붙이다니 재미있다고 생각하지 않아? 내가 이름 가지고 남 말할 처지는 아니지만 우리 아빠 같은 괴짜가 드래곤 중에도 있나 보더라고."
그쪽도 이름 때문에 놀림깨나 받았겠던데, 하고 덧붙이는 아스카를 프로이엔은 어이없는 얼굴로 바라보았다. 상대가 신이건, 드래곤이건 가리지 않고 일단 줘 패고 보는 과격한 성격의 소유자가 세이프리아다. 그렇게 귀찮은 것을 싫어하지만 않았으면 세상을 말아먹고도 남았을 거라는 게 그를 아는 자들의 일관된 평으로 신계에서는 오래전부터 요주의 존재로 따로 분류해 놓고 있을 정도다.

그런 그를 대체 누가 '어이, 아가씨, 이름 귀여운데?' 하고 희롱할 수 있단 말인가? 프로이엔조차 상상하는 것만으로 오싹 소름이 끼쳤다. 공포가 아니라 생리적인 거부반응으로.

그는 아스카가 호담한 건지, 아니면 단순히 취향이 특이한 건지 알 수 없었다.

"그래서? 그 같잖은 꽃 이름 도마뱀 자식과 네가 무슨 관계라고 놈이 이마에다 이런 걸 남겨? 오다가다 만난 사이라는 말도 안 되는 거짓말은 집어치워. 네 이마에 있는 게 무엇인 줄이나 아냐? 드래곤의 권리서 같은 거란 말이다! 빨리 실토 안 해?!"

아스카는 어째서 세이프리아가 자신의 이마에 권리서 같은 것을 남겼을까, 하고 고개를 갸웃했지만 애인 사이도 아니고 특별히 비밀로 할 생각도 없었기에 순순히 대답했다.

"친군데."

"뭐?!"

"친구라고. 사귀어보면 재미있을 것 같아서 친구 하자고 했어, 내가."

프로이엔은 뒷목을 잡았다. 요사이 왜 이렇게 일진이 사납단 말인가. 성질 고약한 부하 놈은 뒷수습 따윈 나 몰라라 대형 사고를 치고, 꼴 보기 싫은 도마뱀들이 단체로 몰려와서 비위를 긁고 갔다. 그것도 모자라 마음의 위안을 찾아서 온 아스카에게서까지 뒤통수를 맞을 줄은 몰랐다.

'빌어먹을. 이거 나를 화병으로 보내 버리려는 신들의 수작 아냐?'

울화가 치솟다 보니 애꿎은 신들을 의심하는 프로이엔이다.

"꼬맹이, 친구는 가려서 사귀라고 했잖아. 나쁜 물 든다."

'그 빌어먹을 도마뱀 XX와 친구라니, 누구 마음대로!!' 하고 소리지르지 않으려고 인내심을 총동원했건만 철없는 꼬맹이는 프로이엔의 일그러진 표정이 재밌다고 웃기 바쁘다. 프로이엔은 평정을 유지하기 위해 천장을 노려보았다. 그는 불과 수분 전에 아스카에게 휘둘리는 킬렌 이하 카린 족 사람들을 재미있어했던 것을 반성했다. 자신이 직접 당해보니 보통 분통 터지는 게 아니다.

아스카가 인간들 이외의 존재에 대해 무방비할 정도로 관대한 것은 어제오늘 일이 아니지만 상위 존재들 중에서도 위험하고 성질 나쁘기로 유명한 놈들이 이놈저놈 집적거리는 게 도무지 마음에 들지 않는다. 하칸의 유들유들한 웃는 얼굴과 세이프리아의 싸늘한 비웃음이 저절로 눈앞에 떠오르자 프로이엔은 저도 모르게 부득, 이를 갈았다.

'흥, 네놈들이 수작을 부릴 동안 누군 손 놓고 있다던가? 꼬맹이에 대한 권리를 따지자면 네놈들 누구도 나를 따르지 못해. 꼬맹이는 나의 계약자인 레나일의 아가씨이니, 나는 인간 식으로 하면 꼬맹이의 후견인이나 마찬가지거든!'

대체 언제부터 정령이 계약자도 아닌 계약자의 주군까지 그리 알뜰히 챙겼다는 건지. 수틀리면 계약자도 구워 버렸던 자신의 화려한 전적은 기억에서 지워 버리고, 보이지 않는 경쟁자들을 향해 아스카에 대한 자신의 권리를 강변하기에 여념이 없는 정령왕님이었다. 그의 작태는 계약자의 주변 인물까지 챙기는 정령왕다운 배포와 세심함이라기보다 딸아이 주변에 꼬이는 벌레 따윈 용납 못한다는 듯 살충제를 난사하는 열혈 아버지의 과격함에 가까웠다.

아스카는 프로이엔이 누구를 향해 시비를 걸고, 자신의 소유권을 주장하건 알 바 아니었다. 그의 머릿속을 들여다볼 수 없었던 탓도 있지만 설령 그의 생각을 알았어도 별로 신경 쓰지 않았을 것이다. 현재 그녀의 관심과 주의는 오직 에롬의 손에 의해 걸러지는 포도주에 집중되어 있었다.

"꼬맹이."

"응? 왜?"

프로이엔은 고개를 든 아스카의 순진한 얼굴과 자신의 키보다 높은 의자에 앉아 달랑달랑 다리를 흔들고 있는 모습에 저도 모르게 굳었던 얼굴을 풀고 웃고 말았다.

"손 내밀어봐."

"손? 이렇게?"

두 손을 가지런히 모아 내민다. 그는 그 작은 손바닥 위에 자신의 주먹 쥔 손을 올려놓았다. 그가 천천히 손을 펼치자 맞닿은 손바닥 사이로 뭔가 따뜻하고 부드러운 것이 살짝 닿는 듯한 느낌이 전해져 왔다. 프로이엔의 손이 아스카의 손 위에서 떨어져 나가자 나타난 것은 부드러운 털을 가진 깃털이다.

"뭐야, 이건?"

아스카는 고개를 갸웃했다.

대체 어떤 새의 깃털인지 모르지만 무척 크다. 양 손바닥을 가로지르며 놓여 있는 깃털은 길이만 대략 25~30티노트 정도 되어 보인다. 모양은 끝이 뾰족한 미려한 타원형. 나뭇잎처럼 가운데를 가로지르는 중심선을 따라 긴 털들이 가지런하게 사선을 그리며 늘어서 있고, 한쪽 끝은 독특한 문양을 그리며 물방울 모양으로 말렸다. 특이한 것은 깃털의 색인데, 어떤 색이라고도 딱히 단정 내릴 수가 없었다. 불빛에 따라 붉은색으로도 보였고, 흰색, 녹색, 노란색, 청색, 검은색으로도 보였다.

깃털의 한쪽 끝을 손끝으로 잡고 이리저리 돌려보며 이건 어떤 새의 깃털일까, 하고 생각하고 있는데 걸러지는 포도주를 이제나저제나 하고 기다리며 입맛을 다시던 풍아가 갑자기 입을 열었다.

[카린의 깃털이군.]

뜻밖의 말에 아스카는 눈을 크게 떴다.

"카린이라면 그 전설 속의 불새, 카린? 우리 집에서 문장(紋章)으로 삼고 있는 그 새?"

[그래.]

아스카는 우와우와, 하고 감탄했다. 듣기는 많이 들었지만 카린이라는 새의 깃털을 본 것은 처음이다. 깃털이 실재하는 것을 보니 카린이라는 새는 상상 속의 새가 아니었구나, 하는 실감이 새삼스럽게 든다.

신기하다는 듯 깃털을 살펴보던 아스카는 문득 이 깃털의 금전적 가치는 어느 정도 될까, 하는 것에 생각이 미쳤다. 드래곤의 비늘도 마법사나 드워프 같은 장인들 사이에서는 부르는 게 값이지 않던가. 그것보다 더 희귀한 새의 깃털이니 감히 헤아릴 수 없는 가치가 있을 것이다. 그렇게 생각하자 아스카는 이 깃털이 단순한 깃털이 아니라 산더미처럼 쌓아놓은 금괴처럼 보였다.

"나 주는 거야?"

이렇게 가슴을 설레게 해놓고 구경만 하라며 줬다 뺏는 것은 아니겠지? 아스카가 눈을 가늘게 뜨고 노려보자 프로이엔은 쓴웃음을 지었다. 녀석의 머릿속을 오가는 생각쯤은 이미 훤히 읽고 있는 그다. 아스카에게 줄 생각으로 소환했고, 한 번 건넨 이상 살아 있는 동안은 녀석의 소유다. 하지만 그런 사실을 곧이곧대로 말했다간 선조가 남긴 빚 때문에 한 푼이 아쉬운 녀석은 저 깃털을 홀랑 팔아치워 버리고도 남는다.

"빌려주는 거다."

"이런 걸 빌려서 어쩌라고?"

아니나 다를까, 아스카는 김샜다는 표정이다. 수천 년 전 대장장이의 신, 티루만이 잠시 구경만 하자고 졸라댔을 때도 일언지하에 거절한 것을 일생 동안 대여해 주겠다는 데도 싫다니, 고마움을 모르는 꼬맹이가 아닐 수 없다.

프로이엔은 그런 반응쯤은 예상했다는 듯 피식 웃으며 깃털이 놓인 아스카의 손바닥 위에 자신의 손바닥을 겹쳤다. 그러자 손과 손이 맞닿은 틈에서 파앗, 하고 눈부신 광채가 새어 나오는가 싶더니 잠시 후 프로이엔의 손이 떨어져 나간 뒤엔 깃털은 흔적도 없이 사라졌다.

"어라? 사라졌어. 뭐야? 다시 가져가 버린 거야?"

필요없다고 한 주제에 사라지고 나니 좀 아쉬운 모양이다. 프로이엔은 소리없이 웃었다.

"바보. 안으로 스며들게 한 거다. 깃털의 힘을 제대로 쓰려면 그 상태보다 네 속에 하나로 녹아드는 편이 좋으니까."

손을 돌려보자 손등에 붉은색의 그림도 아니고 글자도 아닌 듯한 화려한 문장이 나타났다가 사라졌다. 아스카는 알 수 없었지만 그것이야말로 깃털의 소유주 각인이라는 것이었다.

"빌려주는 거라면 필요없다니까."

"너 춥다며? 그 깃털에는 아주 훌륭한 보온 효과가 있다."

도로 가져가라고 하려던 아스카는 그 말에 흔들렸다. 기분 탓인지 손바닥이 후끈후끈해진 것 같기도 했다.

"……그러고 보니 좀 따뜻해진 것 같아."

"그 깃털만 있으면 눈과 얼음밖에 없는 북극에서도 따뜻하게 겨울을 보낼 수 있다. 카린 성처럼 추운 곳에 사는 너에겐 꼭 필요한 물건이라고 할 수 있지. 생각해서 준 건데 정 필요없다면……."

"아냐! 고마워!!"

돌려달라는 말이 나올세라 냉큼 대답하자 프로이엔은 어깨를 떨며 웃었다.

둘의 대화를 잠자코 듣고만 있던 풍아는 내심 혀를 찼다. 대체 언제부터 카린의 깃털이 가진 가장 주요한 기능이 '보온'이 되었는지 모를 일이다. 물론 깃털의 부수적인 기능 중엔 그런 것도 있으니 프로이엔이 거짓말을 한 것은 아니다. 하지만 저런 강력한 힘을 가진 물건을 떠넘길 때는 당연히 그 위험성과 쓰임에 대한 제반 설명이 따라야 하지 않겠는가.

프로이엔은 자신이라도 아스카에게 사실을 말해주어야 하나로 고민하고 있는 풍아에게 '쉿!'이라고 말하듯 입술 위에 손가락을 세워 보였다. 붉은 눈동자가 짓궂은 장난기로 빛을 비춘 루비보다 더 반짝거린다. 어째서 아스카에게 꼬이는 상위 존재라는 것들은 하나같이 저 모양인지 알 수 없다.

소디스의 요정들이 아스카가 걸치는 옷마다 뿌려놓아 밤이면 희뿌연 청백광(靑白光)을 반사해서 아스카가 인간이 아니라고 의심받는 데 일조를 하는 요정의 가루는 '소디스의 총애'를 뜻하며 수목의 가호가 따른다. 아직까지도 진의를 명확히 알 수 없는 세이프리아가 남긴 표식의 의미는 그보다 훨씬 과격하다. '건드리면 나(세이프리아)한테 죽는다!' 니까.

 카린의 깃털 또한 그것이 프로이엔의 소유라는 것을 모르는 상위 존재는 없다.

 사정을 모르는 상위 존재의 눈엔 저기서 발을 달랑거리고 있는 꼬맹이가 위험천만한 폭발물처럼 보일 것이다. 협박에 가까운 살벌한 경고 문구로 온몸을 휘감고 있으니까. 각기 다른 이들이 남긴 제각각의 경고 문구들이 말하고자 하는 바는 딱 한 가지였다. '얘를 건드리면 필히 죽는다!!' 라는.

 풍이는 괜찮은 방한(防寒) 아이템을 얻었다고 마냥 좋아하고 있는 아스카를 보고 고개를 설레설레 저었다. 모르는 게 약이다.

 "그런데 왜 갑자기 이런 걸 나에게 주는 거야?"

 아무리 안면이 있는 사이라고 해도 정령왕이 계약자도 아닌 자신에게 뭔가를 선물하는 것은 평범한 일이 아니라는 것쯤은 아스카도 알고 있다. 카린의 깃털이 범상치 않은 물건이라는 것도 안다. 비록 프로이엔은 방한 아이템 정도로만 설명했지만 아스카는 드워프 버금가는 장인군단의 수장이다. 그 정도 물건 보는 눈도 없겠는가.

 프로이엔은 히죽 웃었다. 그가 깃털을 선물한 것은 꽃 이름 도마뱀을 비롯한 아스카를 집적이는 상위 존재들의 견제 목적이다. 하지만 그 사실을 곧이곧대로 털어놓을 마음은 없었다. 마침 좋은 핑계도 있지 않던가.

 "뇌물이다."

 "뇌물? 나에게 뇌물을 먹여서 어쩔 건데?"

 "부탁할 게 있거든."

 정령왕씩이나 되는 존재가 인간에게 뇌물까지 먹여가면서 해야 할 아쉬운 소리란 게 과연 무엇일까? 아스카는 듣기 전부터 스멀스멀 불길한 예감이 엄습하는 것을 느꼈다.

"그 부탁이란 게 뭔데?"

"별거 아냐. 내 나이트 한 놈을 맡아주었으면 하고."

긴장해서 침까지 꿀꺽 삼키고 물었건만 돌아온 대답이란 어쩐지 생뚱맞기 그지없다.

"나보고 불의 스프라이트 나이트 중의 하나랑 계약하란 말이야?"

"아니, 그런 게 아니라 그냥 맡.아.달.라.고."

아스카는 그가 무슨 말을 하는지 이해할 수 없었다. '맡는다'는 것은 넘겨받아서 자신의 책임하에 둔다는 말이지 않은가.

물질계를 오갈 수 있기는 해도 정령이란 근본적으로 정령계에 속한 존재다. 게다가 온갖 상위 존재들의 힘이 어우러져 있는 물질계의 규칙은 상당히 엄격한 편이라서 스프라이트 나이트쯤 되더라도 무단으로 드나들기는 어려운 것으로 알고 있다. 그런데 한낱 인간에 불과한 자신이 어떻게 그 나이트를 '계약'이라는 적법한 절차도 없이 데리고 있을 수 있단 말인가.

"무슨 말도 안 되는 소리를 하는 거야? 아무리 왕인 네가 허락을 했다고 해도 나이트 급이 계약도 없이 물질계에 오랫동안 나와 있는 건 범죄야. 불법체류라고."

"알아."

"알면서 그런 소릴 해? 이번에는 또 누굴 잡을 생각인데? 뭣 때문에 심사가 꼬였는지 모르겠지만 적당한 선에서 풀어. 화풀이로 불법체류자나 되라고 엉덩이 걷어차 내쫓는 것은 너무하다고. 그러다가 너 진짜로 미움받는다? 험담 친목회 같은 걸로 안 끝난다고."

이런 오해를 받을 만큼 무책임해 보였다는 사실에 좀 충격을 받고 있을 때, 생소한 단어가 귓전을 스쳤다.
"험담 친목회?"
실언이라는 것을 뒤늦게 깨닫고 입을 다물었지만 이미 때는 늦었다. 아스카는 프로이엔의 눈 부라림에 할 수 없이 입을 열었다.
"왕인 너를 씹으며 친목을 다지는 나름 유익한 모임인 것 같더라고. 지난번에 들으니 회원 수가 너무 늘어나서 수뇌부가 회원 관리 때문에 고생하고 있대. 내가 회원 수는 많으면 많을수록 좋은 거 아니냐고 했더니 회원 수 3만이 넘으면 비밀 조직의 성격을 유지하기 힘들기 때문이라나?"
드드득, 하고 맷돌이 갈리는 것 같은 소리가 나기에 돌아보니 프로이엔이 무시무시한 미소를 짓고 있었다.
"그 수뇌부라는 죽일 놈들의 명단을 넘길 생각은?"
"없는데."
"대가로 뭐든 네가 바라는 것 한 가지를 들어준다고 해도?"
아스카는 파격적인 조건에 놀랐다는 듯 눈을 동그랗게 뜨더니 방긋 웃었다.
"뭐든? 음, 그렇다면 이런 것도 가능할까? 네가 일을 땡땡이치고 놀러 나오지도 않고, 너 대신 서류전담반으로 전락한 불쌍한 나이트들을 일 못한다고 걷어차지도 않는 성실하고 책임감있고, 상냥한 불의 정령 왕님으로 다시 태어나는 거야!!"
아스카는 말이 채 끝나기도 전에 '아야야야야!!!!' 하고 비명을 질렀다. 이마 여기저기에 핏대가 솟은 프로이엔이 아스카의 볼을 잡고 좌우로 쫘~악 잡아당겼기 때문이다.

"무슨 짓이야?! 이 심술쟁이!! 샤펜 부인한테 다 일러줄 거야!"

'아우, 아우' 하고 볼을 문지르며 눈을 흘긴다. 프로이엔은 천장을 노려보며 허탈한 웃음을 지었다. 젠장. 자신은 미쳐도 단단히 미친 게 틀림없다. 저 얄미운 꼬맹이 녀석이 대체 어디가 예쁘다고 카린의 깃털까지 쥐어줘 가며 이 난리란 말인가?

"이제 너에게 거부권은 없어. 그 빌어먹을 놈을 반드시 맡아줘야만 해! 그러지 않고 깃털만 먹고 튄다든가 하면 각오해! 이 추운 겨울에 불을 피해 도망 다니는 진귀한 경험을 하게 해줄 테니까!"

이건 아스카가 명단을 불지 않았기 때문에 화풀이하는 것이 절대로 아니다. 암, 그렇고말고. 프로이엔은 아스카를 향해 눈을 부라렸다.

아스카는 치사하다고 투덜거리며 입을 삐죽였다.

"맡을 때 맡더라도 그 빌어먹을 놈이 누군지, 어떻게 해야 계약이라는 적법한 절차도 없이 스프라이트 나이트씩이나 되는 존재를 맡아줄 수 있는지, 그리고 대체 어떤 사정이 있기에 불의 나이트가 나한테까지 넘어오게 됐는지 정도는 설명해 줬으면 좋겠는데?"

나름 타당한 요구라고 생각한 프로이엔은 귀찮았지만 간단하게 사정 설명을 했다. 간이 부은 도마뱀 새끼(주의! 비속어 아님! 헤츨링의 의미임)들이 주먹질할 데가 없었는지 차원의 벽을 향해 지랄을 해서 벽에 구멍이 났고, 그 구멍을 만드는 데 정령력도 일조를 했기 때문에 보모(가디언) 역으로 붙어 있던 정령들도 연대책임을 지게 되었다고.

"헤츨링의 가디언들이 자발적으로 함께 벌을 받겠다고 나선 거야?"

"그럴 리가 있나."

프로이엔은 말도 안 된다는 듯 코웃음을 쳤다.

속성과 개인적인 상성에 따라 정도의 차이가 있기는 해도 드래곤과 정령의 관계는 그다지 좋지 못한 편이다. 한쪽이 납득할 수 없는 이유로 일방적으로 부림을 당하고 있는 입장이기 때문이다. 정령은 개인차가 있기는 하지만 대체로 제멋대로에 억압받는 것을 싫어한다. 자존심도 강하다. 천성적으로 군림하고 지배하려고 드는 드래곤과 상성이 맞지 않는 것은 당연한 일일지도 모른다.

그렇다고 모든 정령이 드래곤에게 적대감을 품고 있는 것은 아니고, 역사상 돈독한 교분을 나눈 정령과 드래곤이 없지도 않지만 프로이엔의 권속들의 드래곤 혐오증은 정령계에서도 유명한 것이었다.

좋고 싫은 게 별로 없는 하급정령들조차 인간 노예살이를 했으면 했지, 드래곤 노예살이는 할 게 못 된다고 자기네들끼리 쑥덕거릴 정도이니 말 다하지 않았는가. 그러니 어떤 이유로든지 불의 스프라이트 나이트인 가디언이 레드 드래곤 헤츨링을 자발적으로 나서서 감싸준다는 것은 있을 수 없는 일이라는 말이다.

"그럼 공동책임 맞네."

"뭐?! 그게 무슨 말도 안 되는 소리야?! 너, 내가 설명할 때 눈뜨고 졸았지? 내가 말했잖아! 내 아이들은 그 빌어먹을 도마뱀 새끼의 명령을 거부할 수 없었기 때문에 따랐을 뿐이라고. 주도권이 없는 상황에서 일방적으로 휘둘려진 게 무슨 죄야? 너는 검을 휘둘러 사람을 죽였으면 도구인 검에게 죄를 물을 거냐?"

"어떤 검이냐에 따라 다르겠지. 마검이나 질 나쁜 에고 소드 중에는 소유자의 심혼을 틀어쥐어 제 마음대로 하려는 것들이 있잖아. 그런 검에 씌어 소유자로서는 원치 않는 살육을 자행했다면 그것은 검의 잘못일까, 검을 소유한 인간의 잘못일까?"

프로이엔은 눈을 가늘게 뜨고 아스카를 노려보았다.

"너는 나의 아이들이 멋모르는 헤츨링을 부추겨 의도적으로 차원의 벽에 구멍을 냈다고 말하는 거냐?"

"그렇게 말하지는 않았어."

"그럼 뭐야!!"

"프로이엔, 보모란 아이를 돌보고 가르치는 역할이지? 그냥 아이랑 놀아주거나 떼를 쓴다고 무조건 들어주기만 하는 게 아니라 나쁜 짓을 하면 야단치고, 위험한 곳에 가면 가지 못하게 말리고. 아냐?"

"말리지 않았을 것 같냐? 안 된다고 수십 번은 말했을 거다. 하지만 도마뱀 새끼가 말을 안 들어먹는 것을 어쩌라고? 그 새끼 도마뱀들이 사리분별도 제대로 못하는 주제에 고집만 센 얼간이로 자란 것은 드래곤들의 훌륭한 레어교육─인간의 '가정교육'과 비슷한 개념인 듯─탓이지, 나나 내 나이트의 탓이 아니라고. 게다가 가디언이라는 것은 이름뿐이고 실제로는 계약이 얽혀 있다. 정령들이 뒤에서 노예살이라고 수군댈 정도로 주도권은 일방적으로 그쪽에 있어. 그런 계약자의 명령을 거부하거나 행동을 강제하는 것은 정령의 능력 밖의 일이라고 보는데?"

프로이엔의 주장은 정당했기 때문에 이번 일의 당사자인 드래곤이 지금 아스카의 자리에 앉아 있었다고 해도 고개를 끄덕이지 않을 수 없었을 것이다. 하지만 아스카는 전혀 납득하지 않는 얼굴이었다.

"내가 말하는 것은 능력의 문제가 아니라 성심(誠心)의 문제야. 너의 기사이자 문제의 가디언은 자신이 해야 할 일을 하지 않았어."

"뭘 하지 않았단 말이냐?"

"그 상황을 너에게 알려오는 거. 달리 '일러바치기'라고 하지. 계약자의 명령을 거부하거나 행동을 강제하는 것은 할 수 없어도 그 정도는 할 수 있었을 텐데? 차원의 벽에 금을 새기는 건 어제오늘 계획해서 실행할 수 있는 일이 아니잖아? 네가 사전에 헤츨링들의 계획을 알고만 있었어도 이번 사고를 막을 확률은 80% 이상이야. 그렇다면 헤츨링의 가디언인 불의 나이트조차 실행 전까지는 녀석들의 맹랑한 계획을 몰랐을까? 정황을 봐선 그랬을 리는 없지. 그렇다면 왕인 너에게조차 고의로 입을 다물었다는 건데, 왜 그랬을까? 네 얘기를 들어보니 불의 정령과 드래곤들은 의리 운운할 정도로 화기애애한 사이도 아닌 것 같은데."

프로이엔은 처음으로 할 말을 잃었다. 루시니아는 왜 일이 이렇게 커지기 전에 왕인 자신에게 사태를 알려오지 않았을까? 그것은 프로이엔도 몇 번이고 생각해 본 일이었다. 그리고 그는 답을 알고 있었다.

"그 시점에서는 거기까지 생각이 미치지 않았을 수도 있지."

그것은 프로이엔이 보기에도 빈약하기 짝이 없는 변명이었고, 아스카의 코웃음을 유발했다.

"프로이엔, 나는 드래곤이나 헤츨링은 모르지만 불의 정령에 대해서라면 잘 알거든? 불의 정령이 하면 안 된다는 것을 알면서도 적극적으로 협력하는 경우는 단 두 가지뿐이더라고. 하나는 극단적인 대가(소멸)마저 감수할 정도로 계약자에게 푹 빠져서 계약자가 원하는 것이 비록 이 세계의 정의나 원칙에 위배된다고 하더라도 들어주고 싶을 때. 다른 하나는 계약자를 물 먹일 수만 있다면 소멸도 기꺼이 감수할 정도로 미워서 견딜 수가 없는 차에 때마침 그 계약자를 나락으로 처박을 수 있는 기회가 왔을 때. 미친 듯이 좋아하거나 미친 듯이 미워하거나지. 계약자인 헤츨링을 감싸지 않았다는 것으로 봐서 좋아서 한 일은 아닌 것 같고, 그렇다면 결론은 하나뿐이잖아. 너의 나이트가 계약자인 헤츨링이 너무너무 미워서 어디 맛 좀 보라고 계획적으로 물을 먹인 거지. 틀려?"

정곡을 찔린 프로이엔은 이번에야말로 꿀 먹은 벙어리가 되었다. 그는 호흡곤란에 빠진 붕어처럼 입을 뻐끔뻐끔거리다가 이 영악한 꼬맹이 앞에서 더 이상의 변명이나 거짓말을 하는 것은 시간 낭비에 자신의 체면만 구기는 짓이라는 것을 깨닫고 순순히 사실을 시인했다.

계약자가 속성이 일치하는 드래곤일 경우에는 힘의 주도권이 일방적으로 드래곤 쪽으로 기운다는 것은 사실 거짓말이다. 그것은 정령들이 물질계에서의 영향력을 잃지 않기 위해 타협한 처세술에 지나지 않았다.

드래곤이 맹신하고 있는 동일 속성 정령의 절대적 친화력의 정체란 사실 이런 것이었다. 그것을 고작 열세 살, 정령사도 아닌 꼬마 계집아이가 꿰뚫어 본 것이다. 아스카의 정령에 대한 이해와 통찰력은 드래곤과 비교도 할 수 없는 수준이었다.

프로이엔은 요전 에메룬드에서의 협상 자리에 블루 일족의 고룡 나하르 대신 이 꼬맹이 녀석이 테이블에 앉아 있었다면 제아무리 자신이라도 썩 곤란해졌을 거라고 쓴웃음을 지었다.

"비밀은 지켜줄 거라고 믿는다. 이 사실이 드래곤 놈들 귀에 들어가면 간신히 달래서 수습해 놓은 게 말짱 허사가 돼. 그놈들이 떼거지로 몰려와서 떽떽거릴 것을 상상하는 것만으로 머리가 아프다. 그런 수모를 당할 바에야 정령계에 있는 내 성에서 한 만 년 정도 두문불출하며 놈들이 모두 죽어 나자빠지길 기다리는 편이 속 편해."

드래곤에게 시달릴 정도라면 몇 없는 즐거움인 물질계 나들이도 포기하시겠단 말씀이시다. 아스카는 어지간히 사이가 나쁘구나, 하고 고개를 설레설레 저었다. 그런데 그런 프로이엔의 모습에서 요전 납치 사건 이후로 하칸 신전의 대신관을 마구 씹어대는 킬렌의 모습이 묘하게 겹쳐 보이는 것 같다. 왜일까?

"그런데 가디언으로 가서 무슨 마음고생을 얼마나 했기에 그렇게까지 해? 아무리 불의 정령이 과격한 편이라지만 좀 정도가 심한데? 게다가 중급이나 상급정령도 아니고, 원리 원칙을 따지는 나이트잖아."

"본래 발끈하면 뒷일 따윈 생각 안 하는 다혈질 단세포 놈이야. 그래서 내가 그놈은 안 된다고 했는데도!"

"그 발끈하면 뒷일 따윈 생각 않고 일부터 치고 보는 다혈질 단세포 놈이 누군데?"

프로이엔은 한숨을 내쉬었다.

"루시니아다."

"루시니아라면, 폭염의 나이트 루시니아? 성질 급하고, 독설가에 열 받으면 계약자라고 해도 통구이로 만들어 버리기로 유명한 그 루스? 광폭 나이트 3인방 중의 하나로 여자 정령사들 사이에서는 기피대상 1호인 그 루스를 말하는 거야? 설마 그런 성질 머리를 보모로 데려가겠다는 드래곤이 있을 줄은 몰랐어. 진짜 취향 한번 특이하네."

아스카가 질렸다는 듯 거침없이 말하자 프로이엔은 웃어야 할지, 그래도 주종 된 도리로 나이트의 변명을 해주어야 할지 알 수 없었다.

"뭐, 반쯤은 자업자득이긴 하지만 소멸시키는 것은 좀 과하다 싶어서 말이야."

"뭐? 소멸?! 그건 너무하잖아!! 루스가 좀 잘못하긴 했지만 루스만의 잘못도 아닌데! 이미 벌어진 일로 누가 더 잘못했는지를 따지는 것은 치사하지만 원래 벽을 부수려고 계획한 것은 헤츨링이니까 근본적인 책임은 헤츨링에게 있는 거 아냐? 게다가 헤츨링은 단 한 마리도 죽음에 이르는 극단적인 처벌을 받지도 않았다며? 그런데 비록 의도가 좀 나빴다고는 해도 계약자가 시키는 대로 했을 뿐인 루스가 소멸에 이르는 형을 받는 것은 부당해!!"

아스카는 발끈했다. 팔이 안으로 굽는다고 본 적도 없는 말썽꾸러기 헤츨링보다 비록 성질은 더럽지만 가끔 아스카 한정으로 애교도 부리고 자신의 방 벽난로 가에서 친목 모임도 갖는 정령에게 더 마음이 기우는 것은 당연한 일이라 할 것이다.

"드래곤 놈들도 루스를 정말 소멸시킬 생각은 없다. 루스를 걸고넘어지는 것은 날 끌어들이려는 수작이지."

"루스의 소멸로 널 위협해서 뭔가를 얻어내려는 거라는 말이야?"

"그래."

아스카는 슬쩍 미간을 찌푸렸다.

"하는 짓이 기분 나쁜데? 마치 남의 집 귀한 자식 납치해서 몸값 뜯어내려는 유괴범 같아. 원하는 게 있으면 거래를 하면 될 텐데. 드래곤쯤 되면 그 정도 능력은 있지 않나? 이래서야 질 나쁜 협박이랑 다를 게 없잖아. 그래도 넌 그 요구 들어줄 거지?"

"왜 그렇게 생각하지?"

"드래곤이 뭘 요구했는지 모르지만 루스의 몸값이라면 지불할 만한 가치가 있을 테니까. 보아하니 들어주기 어려운 요구를 해와서 곤란해하고 있다기보다 자존심이 긁혀서 열받은 얼굴인데?"

"그런 것까지 알 수 있나?"

내색하지 않았다고 생각했건만 프로이엔은 자신의 냉소(冷笑) 아래의 감정을 정확하게 읽어내는 아스카의 예리한 눈썰미에 새삼 놀랐다.

하지만 본인은 그다지 대수롭지 않다는 표정이다.

"너와 나, 대체 몇 년 사귐이라고 생각하는 거야? 내가 사물을 인지할 무렵부터 네가 우리 집 벽난로 옆에서 뒹굴고 있었으니까 적어도 10년이 넘었다고."

인간 꼬맹이는 10년 남짓이면 아는 것을 어째서 드래곤들은 몇천 년이 지나도 모르는 걸까, 하고 프로이엔은 중얼거렸다.

"어쨌거나 일단 드래곤들의 요구를 들어주고 루스를 구하는 게 좋다고 봐. 협박에 대한 보복이라면 기회는 얼마든지 있잖아. 드래곤도 너도 유장하게 오래 사는 족속이니까."

짓궂게 씩 웃으며 덧붙이는 아스카를 보고 프로이엔도 덩달아 웃었다. 이래서 이 꼬맹이를 좋아하는 것이다.

"그래, 기회는 많지. 어쨌거나 네 생각이 그렇다면 루스를 맡아주는 데 반대하지 않는다는 말이지?"

"아까부터 계속 맡아라, 맡아라 하는데 계약을 하는 것도 아니고 스프라이트 나이트를 어떻게 맡으란 말이야?"

"드래곤 놈들과 얘기 끝에 루스의 처분은 유배형으로 합의 봤다."

"유배? 유배라면 무인도나 산간벽지로 보내 버리는 거잖아? 루스, 무인도로 보내게?"

"아니, 너희 집으로."

"뭣?!"

아스카는 뒤통수를 짱돌로 얻어맞은 듯한 충격을 받았다. 그것은 루시니아라는 귀찮은 골칫덩이를 떠맡게 될 것 같은 불길한 조짐 때문이 아니라 자신의 집이 무인도나 산간벽지 버금가는 오지 취급을 당했다는 것에서였다.

"우리 집이 대륙의 북쪽 끝에 좀 치우쳐 있기는 해도 그 정도는 아니거든?"

덧붙이자면 집 주변에 나무가 좀 지나치게 울창하고, 몬스터의 밀도가 비정상적으로 높기는 해도 그렇게 오지는 아니다. 암, 그렇고말고.

아스카는 분개했지만 객관적인 환경 여건만 따진다면 카린 성은 무인도나 깡촌 이상으로 오지의 조건을 충실히 갖추고 있다는 것을 자각하지 못했다.

"그런 소리가 아니라 검을 만들 예정이라고 들었는데?"

"검?"

검이라면 일 년 사시사철 만들고 있다. 그녀의 집은 각종 무기 제조를 주된 생업으로 하고 있으니까. 하지만 한 달에 수백 자루 이상 생산되는 검을 두고 프로이엔이 이런 식으로 조심스럽게 운을 뗐을 것 같지는 않다.

최근에 진행된, 그것도 상당히 공을 들여 진행하고 있는 작업이라고 한다면 드워프들과의 공동 작업을 제안한 바 있는 퓨어 미스릴 제련 작업이다. 마력포 제작을 위한 기초 작업이기도 한 그것은 분명 제련이 손에 익을 때까지 검을 만들 예정이기는 하다. 그 검 중의 하나를 달란 말인가? 하지만 정령왕인 프로이엔에게 미스릴 검이 무슨 필요가 있단 말인가?

'잠깐! 유배라고 하지 않았어? 검과 유배?'

순간 아스카의 머릿속에 번갯불처럼 스치는 것이 있었다.

"설마?!"

아스카가 고개를 번쩍 쳐들고 프로이엔을 바라보자 그는 잠자코 두 손을 모았다.

"부탁해. 한 자루면 돼."

"나보고 정령 봉인검을 만들란 말이야?! 그것도 스프라이트 나이트를 봉인한 검을?!"

"봉인 문제는 걱정 안 해도 돼. 일단 나이트 인(印)을 봉인하고 넘겨줄 테니까. 그래도 상급정령 정도의 힘은 발휘하겠지만 상급정령의 계약자라면 대륙에 널렸으니 그리 문제될 게 없겠지?"

뭐가 문제될 게 없단 말인가? 기가 막힌 나머지 금붕어처럼 입만 뻐끔뻐끔하고 있는 사이, 프로이엔은 멋대로 이야기를 진행시켜 나갔다.

"루스 놈과는 얘기 끝났거든. 놈 스스로도 협조한다고 하니까 그렇게 어렵지 않을 거야. 너도 알다시피 정령검을 만들기 힘든 것은 정령을 강제로 잡아 가두는 과정에서 정령이 저항하기 때문이거든. 봉인당하는 정령이 협력하면 웬만한 속성검 만드는 것보다 쉬워."

문제는 제작 과정의 어려움 따위가 아니다. 퓨어 미스릴 검만 해도 팔아먹기 어려우니 집어치우라고 투르파에게 한소리 들은 마당이다. 그런데 비록 나이트 인이 봉인당했다고는 해도 파괴력만큼이나 지랄같은 성미로 유명한 루시니아가 봉인된 정령검이라니! 그런 걸 만들어서 대체 어쩌라는 말인가? 완성도는 높지만 콧대도 그만큼 높아서 주인을 정하려고 하지 않는 무기라면 이미 자신의 집 창고가 비좁을 정도로 있다.

"프로이엔, 내가 아무리 돈을 바라고 이 짓을 하는 게 아니라지만 우리 집은 가난하다고. 창고도 비좁아. 무기라면 가능한 한 팔리는 놈을 만들고 싶단 말이야."

대장간의 새해 목표는 '돈 되는 무기를 만들자'로 하려고 했건만 시작도 하기 전에 이게 웬 날벼락이란 말인가? 멀리서 투르파의 비웃음

소리가 들리는 것 같다.

"정령검이라고 주인을 까다롭게 고르란 법은 없는 것 아닌가? 그건 어디까지나 너의 수완 문제겠지. 정 그렇게 걱정된다면 내가 루스 놈에게 한마디 해주지. 아무나 가리지 말고 돈 많이 준다는 놈에게 따라가라고 말이야. 너는 옆에서 돈만 받으면 돼. 좋지?"

좋기는 개뿔이! 루스가 봉인된 검을 그렇게 함부로 내돌릴 수 있을 리가 없지 않은가. 자신을 고생시키는 헤츨링이 미운 마음에 결과가 어떻게 될 줄 알면서도 차원의 벽에 구멍을 낸 과격함이다. 그쯤 되면 비록 검에 봉인된다 해도 무슨 사단을 어떻게 일으킬지 심히 두려운 바가 있다. 프로이엔 또한 아스카가 아무에게나 그 검을 팔아먹지 못할 것을 알기에 이런 소리를 하는 것이다. 아스카는 얄밉다는 듯 그를 노려보았다.

"부탁하지. 이런 부탁은 너에게밖에 할 수가 없어."

약은 프로이엔은 적시적소에 아스카의 아픈 곳을 찔러 들어온다. 이렇게 나오면 퓨어 미스릴 검의 제작비가 아깝다고 딱 잘라 거절할 수도 없다.

아스카는 한숨을 내쉬었다. 기왕 이렇게 된 거 마음을 대범하게 가지자. 퓨어 미스릴보다 더 귀할 것이 틀림없는 카린의 깃털을 뇌물로 받은 마당이 아니던가. 게다가 뇌물을 받지 않았다고 해도 루스와 모르는 사이도 아니고 소멸 얘기까지 나왔다는데 거절할 수도 없다.

"알았어. 대신 퓨어 미스릴 제련에 필요한 화력 문제는 전폭적으로 협력해 주기야."

그럴 줄 알았다는 듯이 씩 웃는 프로이엔의 얼굴은 한 대 때려주고 싶을 정도로 얄밉다.

"딱 한 자루면 되는 거지?"

"그래, 나는."

재확인 차원에서 물었더니 묘한 대답이 돌아왔다. 나는 그렇다는 게 무슨 뜻인지 모르겠지만 팔아먹을 수 없는 검은 한 자루로 한정할 수 있게 되었으니 그나마 다행이다.

기왕 이렇게 된 거 아스카는 긍정적으로 생각하기로 했다. 퓨어 미스릴이 얼마나 생산될지는 아직 미지수지만 하나 정도라면 정령검을 만들어도 좋지 않겠는가. 카린 성에서도 이제껏 정령을 봉인한 정령검은 만들어본 적이 없으니. 새로운 시도에 미쳐 있는 마법사, 연금술사, 장인들을 부추기면 잘 넘어갈 수 있을 것이다.

'하지만 폭염의 루스가 봉인된 검이라니, 절대 팔아먹을 수 없겠지.'

보답받지 못할 노력과 엄청난 제작비를 생각하자 만들기도 전에 눈물부터 나는 아스카였다. 그나마 위안이라면 떠맡게 된 골칫덩이가 루스 하나뿐이라는 거다. 프로이엔 밑에는 왕을 닮아 성격 나쁜 정령들이 그 외에도 얼마나 많던가. 그 생각을 하면서 아스카는 가슴을 쓸어내렸다.

그리고 그날 저녁 무렵.

땅의 정령왕, 바론과 아스카가 아직 만나본 적 없는 뇌전의 정령왕, 안티세란까지 아스카를 찾아왔다.

"아아악!! 대체 뭐냐고!! 말썽꾸러기는 몽땅 나에게 떠맡기면 된다고 누가 정하기라도 했어? 왜 전부 나에게 들고 오는 거냐고!!"

홀의 벽난로 옆 바닥에 누워 있던 풍아는 2층의 아스카 방 쪽에서 터져 나온 절규를 듣고 고개를 설레설레 저었다. 카린 성에서 모처럼 야심차게 진행 중인 퓨어 미스릴은 어쩐지 제작 단계부터 조짐이 심상치가 않다.

"이 망할 수다쟁이 프로이엔! 두고 보자! 어디 두고 보자고―오!!"

쩌렁쩌렁하게 울리는 아스카의 분노에 찬 외침을 들으며 풍아는 쓴웃음을 지었다. 저 녀석은 계약하지도 않은 정령을 턱으로 부려먹을 정도로 정령을 다루는 것이 능숙한 주제에 프로이엔이 입버릇처럼 하는 말은 아직도 제대로 이해하지 못하고 있다.

한 정령왕이 아는 것은 모든 정령왕이 아는 것.

그것은 단순히 비밀은 없다, 라는 차원이 아니라는 것을.

풍아는 쩽알쨍알 울리는 아스카의 울분에 찬 절규를 자장가 삼아 다시 잠을 청했다. 신년이 코앞으로 성큼 다가온 평화로운 겨울밤이었다.

Chapter 2
제블린의 제물 의식

 옛날, 제블린이라는 나라가 생기기도 전의 일이다. 무시무시한 가뭄과 기근이 대륙을 덮쳤다. 가족이, 이웃이 죽어가는 것을 견디다 못한 한 사내가 물의 여신에게 살려달라며 자비를 구했다. 그러자 심술궂은 물의 여신이 말했다.

 [무엇을 줄 테냐? 소원에 상응하는 것을 받아야 해. 너의 가장 소중한 것을 다오.]

 사내는 세 명의 아내와 열이 넘던 자식을 모두 잃고 딸 하나, 아들 하나가 있을 뿐이었다. 그는 그중에서 아들을 여신에게 건넸다.

 "대를 이어 부족을 지킬 유일한 아들입니다."

 그러나 여신은 아들을 건네받고도 고개를 저었다.

 [부족하다. 이것만으론 이 메마른 대지를 충분히 적실 비구름을 불러올 수 없다.]

사내는 눈물을 머금고 유일하게 남은 딸마저 여신에게 내밀었다.
"제게 남은 유일한 핏줄이며, 저의 보물입니다."
그러나 딸을 받고도 욕심 많은 여신은 고개를 저었다.
[부족하다.]
이제 남은 것이 없었던 사내는 뭘 더 바쳐야 할지 알 수 없었다. 살아남은 이웃이 있지만 그들은 자신의 것이 아니며, 여신은 사내에게 있어 가장 소중한 것으로만 대가를 치를 수 있다고 했다. 여신에게 바친 아들과 딸 외에 자신에게 소중한 것이 더 있던가? 자신의 목숨조차도 그 아이들보다 소중하지는 않은 것을, 하고 사내가 시선을 아래로 내렸을 때 무성한 풀숲을 헤치고 오느라 손에 쥐고 있던 검이 보였다.

사내는 깨달았다. 전사인 자신에게 아이들 이상으로 더 소중한 것이 있다면 이 검과 이 검을 쥔 팔뿐이라는 것을.

사내가 자신의 검과 팔을 바치자 여신은 비로소 미소 지었다.

[그대의 마음이 진실됨을, 그대의 바람이 간절함을 알았다. 그대가 이웃과 세상을 위해 내던진 것은 그대에게 있어 진정 소중한 것이었나니 그 희생에 힘입어 소원은 이루어질 것이다. 또한 그대의 피를 이은 마지막 한 사람이 사라지는 날까지 나의 가호가 함께하리니. 기억하라, 의로운 사내여.]

여신은 사내의 이마에 자애롭게 입 맞추고 사라졌다고 한다.

사내의 이름은 샤파드. 훗날 모래알처럼 나뉘어 반목했던 사막의 부족을 하나로 통일하고 제블린을 건국한 위대한 왕이며, 초대 샴이 되는 바로 그 사람이다.

제블린에는 다른 나라에는 없는 독특한 동지(冬至) 풍습이 있다. 초대 샴이었던 샤파드의 희생을 기리는 의식이 있는 것이다.

가정에서는 그날 하루 금식하며 여신과 샴의 은혜에 감사하고, 전사인 사내들은 일생에 단 한 번 사막의 살아 있는 신이자 여신이 약속한 가호의 증거인 샴에게 제물을 바친다. 금은보화 같은 것이 아니라 샤파드가 했던 대로 자신의 피붙이 중에서 남자 아이 하나, 여자 아이 하나와 수십 년 동안 제 몸처럼 여겨왔던 검 한 자루를 전사의 맹세와 함께 바치는 것이다. 그것은 혈육과 명예를 목숨보다 중히 여기는 제블린 사내에게 있어 자신의 전부를 바친 절대적인 충성을 의미하는 것이었다.

제블린에서는 이 의식을 '사내 하나, 계집 하나, 검 한 자루 의식' 혹은 '샤파드의 제물 의식'이라고 불렀다.

동대륙 남부 제블린 왕국의 수도 라프니타.

해가 지기 전부터 황궁 안팎이 부산한 분위기로 들썩였다. 황궁 성문 밖에는 수많은 인파로 북적였고, 의식 기간 동안 일시적으로 개방하게 될 3궁에는 제물과 전사를 맞이할 거대한 천막들이 세워지고 있었다. 그 사이로 푸른 카프탄(Caftan:소매가 길고 옆트임이 있는 상의)을 입은 시종들과 짙은 색 베일로 얼굴을 가린 시녀들이 두루마리를 안고 이리저리 바쁘게 종종걸음을 치고 있었다. 날이 저무는 대로 성문이 열리고 겨울 달인 아노아가 뜰 때부터 질 때까지 물의 여신과 샴을 향해 합당한 경배와 제물이 바쳐지게 될 것이다.

후원 소속의 고위 시종인 아킴은 의식의 준비 상태를 보고받고 있었다.

"아킴님께서는 지금 짓고 있는 저쪽의 첫 번째 천막을 쓰시게 될 겁니다. 대전 소속이신 루미다님, 2궁 소속이신 코린님, 1궁 소속이신 마르완님, 그리고 시녀 분들 중에서는 아킴님과 같은 후원 소속이신 이리스 님과 그분이 데려오실 소리엔(중견 시녀)들과 동석하시게 될 예정입니다."

"구성원들의 면면이 지나치게 화려한걸? 루미다 영감태기는 그렇다 쳐도 코린에, 마르완이라니. 게다가 이리스라면 시종장도 슬슬 피한다는 무서운 여인네잖아. 대체 뭘 시키려고 걔네들을 나랑 한 천막에 몰아넣는 건데?"

"명문 후족(侯族:제블린의 호족 및 귀족의 총칭)들과 부족장들, 이름난 전사들의 제물 심사를 맡아주십사 하셨습니다."

아킴은 노골적으로 싫은 내색을 하며 얼굴을 찡그렸다.

"시종장 영감태기, 미친 거 아냐? 내가 얼마나 그 후족이란 족속들을 싫어하는지 잘 알면서 그놈들의 제물 심사를 시켜? 나만 그놈들을 싫어하는 게 아니라고, 그놈들도 나 싫어한다고! 잘 알잖아! 칼부림이라도 나면 어쩔 건데? 열받은 내가 전사 실력 검증하다 칼끝에 사심이 섞여 고위 후족의 목이라도 뎅강 날려 버리면 어쩔 거냐고! 나도 같이 콱 죽을까, 응?!"

아킴이 으르렁거리며 시종장의 전령으로 온 시종을 위협하자 그는 슬슬 뒷걸음질치며 들고 있던 두루마리를 마치 방패처럼 내밀었다.

"며, 면책특권이 내려졌습니다. 천막 안에서 무슨 일이 벌어지건 책임을 묻지 않겠다고 하셨습니다."

"누가? 시종장이?"

"아니오. 위대하신 신의 그림자께서."

'위대하신 신의 그림자'란 샴을 말하는 것이다. 신분이 낮은 자들은 샴이란 호칭을 함부로 부르는 것조차 무례하다 여겨서 이런 식의 비유적인 표현으로 부르는 것이다.

　아킴은 샴이 무슨 생각인지 알 수 없어 미간에 주름을 잡았다.

　아킴의 과격한 성미를 모를 리 없는 샴이 그를 하필이면 고위 후족의 제물 심사 전담으로 배정했다. 게다가 같이 배정된 시종들은 아킴이 날뛰면 말리기보다 한술 더 뜰 문제아들이다. 그런데 거기에 면책 특권까지. 이건 그야말로 제물이고, 충성 맹세고 필요없으니 후족이랍시고 건방지게 굴면 그냥 죽여 버려라, 라고 하는 것 같지 않은가.

　일 년에 한 번 있는 샤파드의 제물 의식은 제블린이란 나라의 근간을 지탱하는 대단히 중요한 의식이지만 힘있는 후족과 부족장들 사이에서는 의식이 가진 본래의 강제력과 영향력을 상실한 지 오래였다.

　샴에게 힘을 보태기보다 견제하려고 드는 후족들은 자신의 피붙이가 아니라 노예 시장에서 적당한 아이들을 사서 대신 보낸다. 가장 중요한 검도 각종 핑계를 대어 자신이 직접 오지 않고 휘하의 전사에게 들려 보냈다.

　자신이 가장 신뢰하는 부하가 충성을 맹세했으니 본인이 한 것과 다름없다고 주장하지만, 샴에게 등 돌려 모반을 일으킬 때는 자신이 맹세를 하지 않았으니 자신의 군주인 적이 없었다고 뻔뻔스럽게 말을 바꿀 것이다. 후족들의 얄은 속내가 아킴의 눈에도 이리 훤히 보이는데 샴이나 그 최측근인 시종장은 어떻겠는가.

　언젠가 한 번은 터지지 싶었는데 그게 오늘인 모양이다. 샴과 소수의 고위 후족들만 모인 연회장에 대담하게 자객을 들여보내는 짓거리까지 겪다 보니 인내심 강한 샴도 조금쯤 본보기를 보일 필요를 느꼈나 보다.

　아킴은 오늘 제물 의식에 참가할 예정인 유력 후족과 부족장들의 명단이 담긴 두루마리를 순순히 건네받아 자신에게 배정된 천막으로 향했다. 어쩐지 일이 재미있게 돌아간다고 생각하며.

아마르가 샴에 즉위한 지도 꽤 되었기 때문에 제물 의식을 치를 후족이라고 해봐야 얼마 되지 않는다. 대부분의 후족이나 유력 부족장들은 이미 의식을 치렀고, 남은 것은 아마르가 즉위할 당시 혼인을 하지 않았거나 제물로 바칠 자식을 두지 않은 젊은 후족이나 부족장들뿐이다. 그래서 아킴의 천막에 모인 의식 참가자는 스무 명 남짓이었다.

아킴은 참가자 예상 명단에서 콴 세스림(후족의 작위 명칭. 백작과 비슷)의 이름을 발견하고 눈을 빛냈다. 아들만 셋이라는 핑계로 의식을 미루어왔던 그는 최근 첩에게서 딸을 보았다. 제물의 자격 요건이 갖추어져 더 이상 핑곗거리가 없어지자 할 수 없이 의식을 치르기로 한 모양이다.

하지만 천막 안을 이리저리 둘러봐도 콴 세스림처럼 보이는 인간을 찾을 수 없었다. 대신 세스림 가의 문장(紋章)을 단 전사가 있을 뿐이다. 그 옆에는 겁먹은 눈의 소년과 절대로 콴 세스림의 딸일 수 없는 열네댓은 되어 보이는 소녀가 있었다. 아킴은 욕심 많기로 유명한 콴 세스림이라면 절대 자신의 친자식을 의식에 내보내지 않을 거라고 생각했기에 기대를 배신하지 않는다며 웃었다. 콴 세스림은 오늘 마른하늘의 날벼락이란 어떤 것인지 알게 될 것이다.

모인 자들 중에 콴 세스림의 신분이 가장 높았기에, 일단 그가 보낸 대리 전사부터 시작해서 천막 안에 모인 저 신성모독도 유분수인 족속들에게 쓴맛을 보여줘야겠다고 생각했다. 아킴은 천막 출입구 근처에 있는 시종에게 슬쩍 눈짓을 보냈다. 의식 참가자들이 도망가지 못하도록, 그리고 비명 소리를 들은 방해꾼이 들어오지 못하도록 입구를 봉쇄하려는 것이다.

바로 그때였다.

뿌우— 뿌우— 뿌우우우우—

긴 뿔피리 소리가 들려왔다. 저 특색있는 뿔피리 소리는 후족 중의 후족이라는 32후족 중에서도 고위급 후족의 황궁 입성을 알리는 것이다.

당황한 아킴은 의식 예정자 명단에서 아직 도착하지 않은 후족이 있는지 살폈지만 그런 것은 없었다. 명단의 숫자와 천막 안에 있는 의식 참가자의 수는 정확하게 일치했다.

'뿔피리를 울릴 정도의 고위 후족이라니……. 아직 의식을 치르지 않은 후족 중에 그 정도 고위 후족이 남아 있었나?'

아킴은 묘하게 불길한 예감을 받으며 자리에서 일어섰다. 그 정도의 후족이라면 일어나 맞아야 했기 때문이다.

천막 입구의 장막이 펄럭하고 걷히고, 접객을 맡았던 시종이 새파랗게 질린 얼굴로 세 사람을 대동하고 들어왔다. 십대로 보이는 어린 소년 하나와 이십대 청년 둘이다.

아킴은 그들 중에서 긴 검은 머리에 토파즈처럼 빛나는 황금빛 눈동자를 가진 사내를 주시했다.

사내는 제블린의 성인남자라면 격식을 갖춘 자리에서는 당연히 머리에 둘러야 하는 터번을 하지 않았다. 대신 청, 황, 적, 백, 흑 다섯 가지 색깔로 된 띠를 이마에 두르고, 여자처럼 귀밑머리를 땋아 내렸다. 나머지 머리는 허리까지 구불거리며 흘러내리고 있는 모습이었으니, 심사관인 아킴은 이 젊은 후족의 노골적인 무례(터번을 하지 않은 것)를 따질 수도 있는 상황이었다. 하지만 그는 침만 꿀꺽 삼킬 뿐 그 어떤 지적도 할 수 없었다. 사내를 보는 순간, 제블린 서쪽 변방에 산다는 터번을 하지 않는 사내들의 얘기가 불현듯 떠올랐던 것이다.

사내가 이마에 두른 오색 띠가 아킴이 생각하고 있는 그것이라면, 사내는 제블린에서 세 손가락 안에 꼽히는 위험한 사내라는 말이 된다.

아킴은 눈앞의 사내가 자신이 생각하고 있는 '그'가 아니길 빌며, 상대가 눈치 못 채게 재빨리 훑어보았다.

호리호리한 몸에는 검은색 비단 카프탄과 바지를 입었다. 그 위에 끈이 없는 가운 같은 외투를 걸쳤는데 파스텔 색조의 화사한 꽃무늬가 돋보이는 브로케이드(Brocade:다채로운 무늬를 부직으로 짠 무늬 있는 직물)다. 아킴은 귀부인의 드레스나 만들 법한 천으로 외투를 만들어 입은 사내는 처음 보았기에 내색은 안 했지만 내심 기가 막혔다.

어깨에는 장식처럼 보이얀 레이스로 만든 숄을 걸치고 있다. 접힌 상태라서 문양을 제대로 알 수는 없었지만 금사로 짜고 보석이 박힌 보이얀 레이스라니, 그것만으로도 범상한 물건은 아니었다. 사내는 굳이 고위 귀족임을 밝히지 않아도 옷차림만으로 스스로가 귀인(貴人)임을 강력하게 피력하고 있는 셈이었다.

아킴은 사내의 복장 중에서도 카프탄에 자잘한 문양처럼 수놓아진 키마이라(Chimaera:머리는 사자, 몸통은 양, 꼬리는 뱀의 형태를 한 괴수)와 금빛 티라즈(Tiraz:자수가 놓아진 띠 형태의 무늬직물. 제작 시기나 장소, 지배자의 이름 같은 특정 정보가 새겨져 신분증명 대신으로도 쓰였다)에 주목했다.

키마이라, 하면 떠오르는 위험하고 불길한 이름이 있었다.

카다피. 카흐탄의 키마이라, 카다피다.

하사품이 확실한 황가의 문장이 찍힌 티라즈에서 선대 샴의 연호와 물의 여신이 수놓아진 것을 발견한 아킴은 사내가 카다피임을 확신했다.

"카흐탄의 지배자께서 오셨군요. 참으로 귀한 발걸음을 하셨습니다. 샴께서 아시면 기뻐하시겠군요."

아킴이 허리를 깊이 숙이며 정중하게 인사하자 사내는 긍정도 부정도 하지 않은 채 픽 웃을 뿐이었다.

코린과 마르완은 살인은커녕, 닭 모가지 하나 비틀지 못할 것 같은 미모의 사내가 저 피도 눈물도 없는 학살자, 카다피라고는 믿을 수 없는 듯 뜨악한 얼굴로 연신 아킴과 사내를 번갈아 보았다. 그들의 눈에서 말하고자 하는 바를 읽은 아킴은 쓴웃음을 지었다.

'장난하는 거 아니냐고? 나도 장난이었으면 좋겠다, 이 새끼들아!'

다른 이들처럼 사내의 깎은 듯 단정한 미모와 요란한 옷차림 따위에 현혹되기엔 아킴은 너무 뛰어난 전사였다. 나른한 분위기 너머에 감추어진 강자 특유의 여유와 광채를 느끼지 못할 리 없는 것이다. 사내가 천막 안으로 들어섰을 때부터 아킴의 본능은 계속 경고성을 보내고 있었다. 그런데 아무리 뚫어지게 살펴도 사내의 수준은 가늠할 수 없다. 그것은 사내가 소드 엑스퍼트 최상급인 아킴의 수준 정도는 뛰어넘은 마스터나 혹은 그 이상이라는 말이다.

"그런데 오늘 같은 날 무슨 일로 여기까지 발걸음하셨는지요?"

카다피는 은으로 매화가 상감된 긴 주칠 담뱃대에서 희뿌연 담배 연기를 뿜어냈다. 연기와 더불어 싸한 박하향이 퍼져 나갔다.

"제물 의식에 제물을 바치러 오지, 놀러 왔겠나."

서늘한 음색을 가진 매력적인 중저음이 사내의 입에서 흘러나오자 아킴은 눈을 부릅떴다.

'제물을 바치러 왔다고? 골수 반골로 유명한 저 카다피가? 그것도 직접 자식을 데리고?!'

제블린에는 수많은 후족이 있지만 실질적으로 나라를 이끌어가는 것은 가장 강대한 세력을 가진 32명의 후족들이다. 때문에 이들이 모인 담디페르(대후족 회의)는 제블린의 정치, 행정의 중심축이나 다름없었다. 그런 담디페르의 32개 좌석 중의 7개는 지금의 샴인 아마르가 즉위하기 이전부터 비어 있었다. 유력 후족 가문의 수가 25개로 준 것이 아니다. 가문은 여전히 32개였지만 그중 7개 가문의 수장은 무슨 일이 있어도 황궁엔 오지 않기 때문에 비어 있는 것이었다.

그들 일곱은 선대 샴의 제위 시절, 샴을 보필해 페이샨을 넘볼 정도로 강력한 군대를 만든 무신(武神)의 열렬한 추종 세력이었다. 그렇기에 한낱 황위 다툼 따위로 무신의 북벌의 꿈과 공들여 키운 군대를 갈기갈기 찢어 소모시킨 황자들을 그 누구도 용서하지도, 인정하지도 않았다.

아마르가 즉위할 때조차 코빼기도 내밀지 않았던 이들이다. 그런데 그들 중 가장 과격하기로 알려진 카다피가 누가 강요한 적도 없음에도 제물을 바치겠다고 몸소 자식을 데리고 온 것이다. 몰래 꼬집어본 손등이 아프지 않았다면 아킴은 자신이 백일몽이라도 꾸고 있다고 생각했을 것이다.

"저, 정말이십니까?!"

까칠하고 성마른 성격으로 알려진 카다피는 아킴이 같은 말을 두 번 하게 만들었음에도 화내지 않았다. 오싹 소름이 돋게 만드는 서늘한 미소를 지어 보였을 뿐.

카다피는 손에 들고 있던 담뱃대로 자신의 왼쪽에 선 갈색머리 소년을 가리켜 보였다. 가늘고 화려한 담뱃대는 보통 사내들은 쓰지 않는 귀부인용이었지만 조각 같은 미모를 가진 그의 손에 들리자 조금의 위화감도 없이 마냥 우아해 보였다.

"사내 하나."

저 아이가 카다피의 아들인가, 하고 아킴은 소년을 눈으로 살폈다. 평범한 갈색 머리 소년은 화려한 미모를 가진 아버지를 전혀 닮지 않았다. 카다피는 이십대 초반으로밖에 보이지 않아서 겉모습만 보면 그렇게 큰 아들이 있을 것 같지 않았다. 그래서인지 두 사람은 지금처럼 나란히 서 있어도 남남처럼 보였다.

그러나 머리 색이나 눈동자 색 같은 외적인 요소들은 닮지 않았어도 눈 속 깊이 빛나는 강인함만은 닮았다. 역시 사자 새끼는 사자인 모양이다. 아직 앳되고 순진한 면이 남아 있는 저 소년이 자라 카다피와 같은 철혈의 사내가 되는 건가, 하고 생각하니 오싹하고 흥분과도 닮은 전율이 아킴의 등줄기를 스쳤다.

그러는 동안 이게 끝이 아니라는 듯 카다피의 담뱃대가 이번에는 오른쪽 옆을 향했다.

"계집 하나."

담뱃대가 향한 곳을 본 사람들은 일제히 숨을 들이켰다. 그곳에는 검은 머리의 훤칠한 청년이 서 있었던 것이다. 곱상하긴 해도 사내가 분명한 청년을 두고 '계집'이라고 하다니!

아킴은 제물로 받을 아들을 소개받았기에 '그럼, 딸은 어디 있지?' 하고 궁금해하던 차였다. 그는 멀쩡한 사내를 계집으로 부르는 카다피의 특이한 정신구조에 놀라야 할지, 이렇게 장성한 아들을 두었음에도 이십대로밖에 보이지 않는 그의 살인적인 동안에 놀라야 할지 알 수 없었다.
　아킴이 카다피의 수행원 정도로만 생각했던 녹안(綠眼)의 미청년 또한 그의 혈육이었던 것이다.
　"저, 저기… 아니라면 무례를 용서하십시오. 그분은 제 눈에는 사내처럼 보입니다만……?"
　"사내니까."
　거리낌도 주저함도 없었다. 그 뻔뻔스러울 정도의 당당함에 아킴을 비롯한 심사관들은 신성한 의식을 우롱하는 거냐고 섣불리 따지지도 못했다.
　"그런데 사내를 왜 계집이라 하십니까?"
　"자식은 둘뿐이고, 그중에 계집은 없으니까."
　아킴은 말문이 막혔다. 그러자 지금껏 사태를 관망만 하고 있던 노(老)시종, 루미다가 입을 열었다.
　"영애가 없으시다면 굳이 지금 의식을 치르실 것은 없지 않겠습니까?"
　카다피는 비웃듯 눈을 가늘게 뜨고 담배 연기를 뿜어낸다.
　"그래? 그럼 언제 치르지?"
　"나중에 영애가 태어나신 연후에……."
　"그 나중이 언젠지 모르겠지만, 세월이 아무리 흘러도 딸은 없다. 아내는 죽었고, 나는 그녀에게서만 자식을 보겠다고 맹세한 바 있으니 자식은 지금도, 앞으로도 둘뿐이다."
　이번엔 루미다마저 말을 잃었다. 제물 심사관 모두가 당혹스러움을 감추지 못하고 서로의 얼굴만 바라보고 있자 카다피는 피식 웃었다.

"그래서 받을 건가, 말 건가?"

심사관들은 다들 우거지상을 지었다. 아들을 데려와서 계집으로 받아라, 라며 우긴 것은 의식이 생긴 이래 카다피가 처음일 것이다. 억지도 이런 억지가 없다.

"하지만 사내를 어찌 계집으로 받는단 말입니까? 심사를 통과한 계집은 하렘에 들이게 되어 있는데, 사내를 하렘에 들이란 말씀이십니까?"

"그럼, 없는 계집을 나더러 어쩌란 말인가! 노예 시장에서 사오기라도 하란 말인가?"

카다피가 버럭 소리치자 뒤에서 순서를 기다리며 대화를 듣고 있던 이들이 뭔가에 찔린 듯 움찔했다. 그 모양을 본 아킴은 내심 통쾌함을 금할 수 없었다.

'그래, 찔리기도 하겠지. 후족 중에 후족이라는 카흐탄의 키마이라, 카다피가 둘밖에 없는 자식을 모두 제물로 내놓으며 아들밖에 없으니 하나는 계집으로 받으라고 하는, 어쩌면 본인에게 있어 굴욕적일 수도 있는 요구를 자진해서 하는 상황이다. 샴의 제위를 인정하지 않노라고 선언했던 반골 카다피조차 제물 의식에 임하는 자세는 이러하거늘, 자식이 있으면서도 노예 시장에서 노예를 사와 눈가림을 하려는 너희는 대체 뭐란 말이냐?'

후족의 대리 전사들과 일일이 눈을 맞춘 아킴은 입가에 비릿한 미소를 머금었다. 그리고는 고개를 돌려 동료 심사관들의 설득 작업에 들어갔다.

"일단 받는 게 어떻겠습니까?"

"말도 안 되네. 아무리 그래도 사내를 어떻게 계집으로 받는단 말인가?"

루미다는 난색을 지으며 고개를 저었다.
"그럼 받을 수 없으니 이대로 물리고 돌아가 달라고 합니까?"
그러자 루미다도 할 말이 없는지 입을 다물었다.
"생각해 보십시오. 아들인가 딸인가 하는 게 문제가 아닙니다. 저 카다피가 샴께 검을 바치러 왔다는 게 중요한 겁니다. 카다피가 누굽니까? 아티발 산맥에 들끓는 몬스터들의 남하를 단일부족으로 막고 있는 살인귀들의 우두머립니다. 저 카흐탄의 족장이라고요! 무력만 따지면 제블린에서 세 손가락 안에 드는!! 그런 카다피가 자진해서 맹세를 바치겠다고 왔는데 제물이 좀 마음에 안 든다고 돌아가라고 한단 말입니까? 그건 진짜로 미친 짓이라고요. 샴께서 아시면 쓸모없는 것들이라며 우리들의 목을 전부 뎅강 날리시고도 남아요."
"으음. 하지만 우리에게는 제물을 심사할 자격만 있을 뿐, 정해진 제물의 조건을 바꿀 자격은 없지 않나. 이런 것은 선례를 남기게 돼."
완고한 루미다는 계속 고개를 젓고 있지만 아킴은 그의 마음이 흔들리고 있음을 알았다.
"형식에 연연하지 마십시오. 의식에 있어 중요한 것은 샴을 향한 충성이지, 제물 그 자체가 아닙니다. 막말로 제물이 사내건 계집이건 무슨 상관입니까? 지금 하렘에 미녀가 부족해서 제물을 받고 있습니까? 어차피 공들여 미녀를 모아놔 봤자 보람도 없지 않습니까? 우리의 주인께서는 천하제일의 미녀와 사상최악의 추녀도 구분 못하시는 특별한 심미안을 가지신 분이시니."
"아킴!! 그 무슨 불경한 말인가?!"
얼굴을 붉으락푸르락하며 화내는 것은 고지식한 루미다뿐으로 나머지는 제각각의 방식으로 웃음을 참고 있었다. 아킴의 과격한 언행에 익숙해져 있는 동료들은 그가 주인인 샴 앞에서도 저런 식으로 말한다는 것을 알고 있었던 것이다. 아킴이 방금 한 말을 샴이 들었다면, 그들의 무심한 주인은 지금의 루미다만큼도 화를 내지 않을 것이다.

"오늘 밤 침대를 데워줄 여인이 미녀건 추녀건 관심없으신 분이니, 사내 하나 하렘에 두는 것쯤은 전혀 개의치 않으실걸요? 그 성품에 잠자리 상대가 성별이 바뀌었다고 화들짝 놀라주시는 귀여움이라도 있었으면 오늘날 제가 이렇게 삐뚤어지지도 않았습니다."

"그래서 시종의 신분으로 이제는 주인께 사내를 권해 드리기라도 할 참인가?"

"그건 도리가 아니지요. 미녀건 추녀건 질렸다며 색다른 것을 대령하라는 명이라도 내리시면 모를까."

"말 잘했네. 그럼 저 카흐탄의 혈족을 제물로 받아 어쩔 셈인가? 하렘에 두는 것까지는 좋네. 그다음은? 외부와 고립된 그곳에서 여자들처럼 자수나 교양, 기예나 익히면서 평생을 보내라고 할 것인가? 이제껏 검을 연마하고, 사냥을 즐기면서 자유롭게 살아온 사내가 그게 가능할 거라고 생각하나? 같은 제물이라도 여자라면 샴의 눈에 띄어 총애를 받을지 모른다는 희망이라도 있지, 희망도 미래도 없이 자유를 박탈당한 채 갇힌 사내에게 하렘은 지옥이나 다름없어. 신분이 낮거나 출신이 비천해서 그 외엔 달리 살아갈 방도가 없는 것도 아니네. 카흐탄 혈족, 그것도 카다피의 핏줄이야. 다른 제물들처럼 구석에 처박아두고 잊어버릴 수 있는 것도 아니니 샴께서나 우리들로서도 내내 가시 먹은 것 같을 게야. 그렇다고 별다른 해결 방안이 있는 것도 아니니 이런 처치 곤란인 제물은 처음부터 받지 않는 게 상책이라는 말일세."

"뭘 그렇게 고민하십니까? 그렇게 되면 우리들의 주인께 신의 그림자로서 나라와 세상을 널리 이롭게 하시려거든 여자만 편식하는 습관을 버리시고, 남자에게도 눈을 돌려보시라고 충언드리는 수밖에… 아얏!!"

아킴의 말이 채 끝나기도 전에 '딱!' 하는 경쾌한 소리가 났다. 루미다가 단단한 호두나무 봉이 끼워진 두루마리로 그의 머리를 냅다 후려친 것이다.

"지금 이 판국에 그런 시답잖은 농담이 나오냐?!"

"아, 말로 하세요, 말로."

뺀질뺀질한 얼굴에는 전혀 반성의 기미가 보이지 않았다. 열받은 루미다가 다시 두루마리를 움켜쥐고 덤벼들자 놀란 동료 시종들이 달려들어 뜯어말렸다. 하마터면 두루마리에 맞아 머리가 깨질 뻔한 것을 아는지 모르는지, 아킴은 '노인네, 성질은……!' 이라는 말로 루미다의 혈압을 상승시켰다.

"노인네의 말도 일리는 있는데 문제는 이쪽이 제물을 거절할 입장이 아니라는 겁니다. 사다하로 건너간 사다드 왕제가 지금 무슨 짓을 벌이고 있는지는 다들 들으셨겠지요? 지금의 이 혼란이 잠시 잠깐의 국경 분쟁으로 끝날지, 장차 삼국(제블린, 페이샨, 사다하)의 정세와 균형을 뒤흔드는 대사건으로 발전할지는 누구도 알 수가 없습니다. 중요한 것은 지금은 그 어느 때보다 강한 군사력과 무력이 필요한 시점이라는 겁니다. 카다피와 카흐탄 일족의 무력은 큰 도움이 될 겁니다. 그리고 그들 또한 따지고 보면 샴의 백성이며 자식인데 과거의 일 때문에 언제까지 저렇게 방치해 두어야겠습니까?"

아킴은 아마르를 잘 알았다. 그는 야심이 큰 사람이었다. 결코 지금의 제블린에 만족할 인물이 아니다. 하지만 아마르가 제블린을 넘어 대류 북방으로 뻗어나가기 위해서는 본인이 가진 힘만으로는 부족했다. 페이샨의 막강한 군사력 장벽을 넘기 위해서는 그에게서 등 돌린 7명의 후족들이 가진 무력, 즉 무신이 남긴 유산이 필요했던 것이다.

아마르는 오래전부터 무신 추종 세력의 중심인 카다피를 회유하려고 했다. 그를 위해서라면 자신의 핏줄도 얼마든지 던져 줄 의향이 있었다. 그런데 그 어떤 제안에도 줄곧 냉담한 반응이던 카다피가 무슨 생각인지 갑자기 행동을 취해온 것이다.

"우리들의 주인이신 샴께서는 오래전부터 카흐탄의 무력을 손에 넣기를 원하셨습니다. 그런데 카다피가 둘뿐인 아들을 모두 제물로 바치겠다고 합니다. 받지 않을 이유가 없지 않습니까! 카다피의 무력과 영향력을 생각할 때, 그의 충성만 얻어낼 수 있다면 그 아들에게 파샤(하렘의 신분 체계. 황후 아래의 서열 2위의 후궁을 이르는 말) 자리를 준다 한들 아깝겠습니까? 이 자리에 물의 여신께서 계셨다고 해도 이 제물은 기꺼이 받으셨을 겁니다."

루미다는 잠시 고민하는 기색이었으나 이내 석연치 않다는 얼굴로 고개를 저었다.

"카흐탄은 자네도 알다시피 골수 무신 추종 세력이 아닌가? 그동안 그 어떤 회유나 외압에도 꿈쩍도 하지 않던 족속들이 왜 갑자기 마음을 바꿨는지 이해할 수 없단 말일세. 이것이 겉보기만 그럴싸한 독이 든 미끼나 함정이라면 어쩔 텐가?"

"미녀도 아닌 미남이 무슨 미끼나 함정이 될 수 있는지 모르겠지만 그렇다고 해도 이쪽은 손해 볼 것 없다고 보는데요? 속셈이 무엇이든 뻣뻣하기로 이름난 카다피가 대외적으로 먼저 숙이고 들어왔으니 샴께서는 위신이 섰지요. 이것을 계기로 건방진 후족들을 압박할 수 있고,

카다피와는 그 아들을 통해 끈이 생겼지요. 하렘 쪽에서도 색다른 미인이 들어왔으니 득이 아닙니까? 갖가지 유형의 미인이 모였다는 하렘에서도 저렇게 새하얀 피부의 미인은 흔치 않은 걸로 아는데요. 기왕지사 이렇게 된 거, 남자면 또 어떻습니까? 하렘도 여자만 모아놓는 것보다 다양성이 생겨서 더 좋아질지 누가 압니까?"

루미다는 기가 차다는 표정을 지었다. 뻔뻔한 아킴은 그간 늘어놓은 궤변으로도 모자라다는 듯 하렘의 시녀장인 이리스를 향해 윙크까지 날렸다.

"이런 기회는 자주 있는 게 아니라고요. 모르긴 몰라도 샴께서도 저와 같은 의견이실걸요? 뒷일이 정 그렇게 걱정되시거든 책임은 전부 제게 미루십쇼. 욕을 먹어도 젊은 놈인 제가 먹고, 매를 맞아도 제가 맞아야지요. 심장도 안 좋은 노인네, 벌벌 떠는 꼴을 또 어떻게 보겠습니까?"

딱!!
"악!!"

두루마리 봉으로 이마를 정통으로 얻어맞았다. 매를 버는 아킴이다.

"자네의 의견은 잘 들었네. 마지막으로 하나만 묻지. 자네는 카다피를 믿나?"

"농담하십니까? 이 황궁에서 누굴 믿는단 말입니까? 저는 카다피가 아니라 무신이 살아 돌아온다고 해도 믿을 수 없습니다. 믿는 척이라면 할 수 있지만."

루미다는 고개를 끄덕였다. 마음의 결정을 내린 듯했다.

"다른 사람들의 의견은 어떤가?"

"아킴이 아니었다면 제가 어르신을 설득하려던 참입니다. 저는 국제

정세나 카흐탄 족의 무력에 대해서는 잘 모르지만, 그가 카흐탄의 카다피가 아니었어도 붙잡자고 했을 겁니다. 시시껄렁한 후족 나부랭이들만 보다가 모처럼 가슴이 다 후련하네요. 저런 후족을 진짜 후족답다고 하는 거겠죠."

"없는 계집을 어쩌란 말인가! 노예 시장에서 사오기라도 하란 말인가! 라니, 큭큭큭!! 정말 통쾌했어. 뒤에서 순서를 기다리던 놈들이 흠칫거리는 것 봤어? 십 년 묵은 체증이 싹 가시는 것 같았다니까."

제물의 성별이 남자면 또 어떠냐고 입을 모아 떠들어대는 코린과 마르완을 보고 루미다는 혀를 찼다. 아킴처럼 복잡하게 잔머리를 굴릴 줄 모르는 단순한 놈들이다 보니 카다피의 사내다운 모습에 마냥 호감을 가진 모양이다.

"이리스님은 어떠신가? 하렘에 사내가 들어간다면 하렘을 관리하는 이리스님의 부담이 커지게 될 터인데."

"하렘은 고인물이니 아킴님의 말씀처럼 다양성이 생겨서 더 좋을지도 모르지요."

이리스는 베일 아래로 살포시 웃어 보였다. 마침내 모든 심사관들의 의견이 하나로 합쳐졌다.

하지만 제물을 받기로 결정했어도 그것으로 끝난 게 아니다. 지금부터는 제물의 상태를 살펴 등급을 나누는 작업을 해야 했기에 이리스와 그녀의 소리엔들, 아킴이 카다피와 그 아들 곁으로 다가섰다.

'이, 이게 뭐야아~!!'
세람은 울고 싶은 기분으로 터져 나오는 비명을 참고 있었다.
이곳에 오기 전, 라울이 말했다. 방해자 없이 샴과 단둘이서만 만나게 할 방법이 없는 것은 아니지만 편법에 익숙지 않은 세람으로서는 그 수단에 거부감이 있을 거라고. 하지만 이것저것 가릴 처지가 아니었던 세람은 편법이건 꼼수건 상관하지 않을 테니까 샴을 만나게만 해 달라고 매달렸다.

세람은 제블린에 도착하기 전까지만 해도 자신들 일행이 '사다하의 외교사절'로서 맞아들여질 줄 알았다. 비록 제블린의 군대에 사다하 국경 부근의 성이 함락되어 위기감이 고조되고 있는 상황이라고 해도, 외교사절로서 먼발치에서나마 샴의 얼굴을 볼 수는 있을 거라고 순진하게 기대하고 있었다는 말이다.

하지만 제블린에 도착하고 보니 상황은 아주 나쁘게 흘러가고 있는 중이었다. 세람 일행이 이곳에 오기 전 시슬리안 축제 기간 동안 제블린 황궁에서는 샴의 암살 시도가 있었던 모양이다. 자객은 그 자리에서 죽었고, 배후가 누구인지도 밝혀지지 않았지만 찔리는 게 많은 후족들은 제대로 된 범인 색출에 나서기보다 만만한 상대에게 죄를 뒤집어 씌워 버렸다. 샴 암살의 배후로 현재 전운이 고조되고 있는 이웃 나라 사다하를 지목한 것이다.

세람 입장에서는 정말 어이없고, 환장할 상황이 아닐 수 없었다. 이래서야 샴을 만나 제대로 된 얘기를 꺼내보기도 전에 첩자나 암살자로 몰려 죽기 딱 좋지 않은가. 이미 세람의 황궁 입성을 주선해 줄 관리를 만나러 갔던 앨버트가 부상을 입은 채 돌아온 마당이었다. 궁지에 몰린 세람은 라울이 어떤 지저분한 수단을 쓰건 샴을 만나게만 해준다면 불평할 생각이 없었다. 하지만……!

'라울! 여장은 아니라면서요~!!'

정확히 여장은 아니다. 누구나가 그가 남자임을 다 아는 상황에서

'계집'으로 하렘에 팔려가는 중이었으니. 그는 이런 말도 안 되는 억지가 먹힌다는 것이 이해가 되지 않았다.

그는 제물의 건강 상태를 살핀다는 명목으로 자신을 이리저리 찔러 보고 있는 시녀들 때문에 눈 둘 곳을 찾지 못하다가 곁에 선 파엔을 슬쩍 곁눈질했다. 라울의 계획에 따라 제블린의 고위 후족 행세를 하고 있는 그는 습관처럼 뿌연 담배 연기를 내뿜으며 시녀장인가 하는 깐깐해 보이는 여자와 세람의 등급을 흥정 중이었다.

"특상(特上)까지 바라지는 않지만 상상(上上)으로 하지?"

"하렘의 등급에 대해 아시는군요. 하지만 안 됩니다. 상상이 되기에는 나이가 너무 많습니다."

"18살이 많기는 뭐가 많아!"

파엔은 한순간에 세람의 나이를 4살이나 깎았다.

"그리고 사내이니 애를 낳을 것도 아닌데 나이가 무슨 상관인가!"

"하지만……."

"내 자식이니 모자람 또한 내가 제일 잘 알지. 하지만 나도 후족으로서 체면이란 게 있는데 일껏 바친 제물이 하잘것없는 취급을 받는다면 기분이 어떨 것 같나, 자네?"

황금빛 토파즈 같은 눈동자가 날카롭게 번뜩이자 바늘로 찔러도 피 한 방울 안 나올 것 같은 시녀장도 움찔 동요했다.

"게다가 지금 하렘에는 주인이 없지. 삼께서 정식으로 하렘을 관리할 안주인을 맞지 않으셨으니. 그게 무엇을 의미하는지 아는가? 지금 하렘은 총애순, 권력순, 출신성분순으로 난장판, 개판으로 돌아가고 있단 말이야. 신분이 낮은 계집이나 사내는 하루에 몇이 죽어나가든지 소리 소문조차 없는 곳이 하렘이야. 아니던가?"

"카다피님!! 말씀이 지나치십니다!"

시녀장은 폭언에 항의하듯 언성을 높였지만 그의 서늘한 시선을 맞받지 못하고 결국 고개를 돌리고 말았다.

"지나친 것은 너다. 내가 아니야. 제물로 바치는 것은 나와 부족에게 이 녀석이 필요없어서가 아니야. 오히려 나에게 있어 몇 안 되는 소중한 것이기 때문이지. 단순히 구색을 맞추는 것뿐이라면 멀쩡한 사내놈을 계집이라고 우기는 이 웃기는 짓거리보다 나은 방법이 얼마든지 있겠지. 노예라면 넘쳐 나는 이 땅에서 사람 한둘을 사서 내 자식인 양 둔갑시키는 것이 뭐 그리 어려울까. 하지만 세상엔 공짜가 없고, 여신의 물을 마셨으면 피로 갚아야 하는 것이 사막의 법이다. 내 가슴이 무슨 말을 하는가와는 상관없이 사막의 백성이라면 샤파드의 후손(샴)에게 빚이 있고, 제물로만 갚아지는 빚이라면 제물을 바칠 수밖에. 일단 제물로 바친 이상 주인이 그것을 어찌 처리하건 내가 상관할 수 있는 일은 아니다. 총애를 받아 남첩이 되건, 내쳐져 목이 날아가건. 하지만 내 아이가 정당한 권리를 가진 그 주인도 아니고 하렘의 너저분한 권력 암투 따위에 휘말려 명이 끊어진다면……."

그의 붉은 입술이 호선을 그리며 '미소'란 것을 만들어냈다. 그것을 본 세람은 미소라는 것이 그렇게 차갑고 섬뜩할 수도 있다는 것을 처음 알았다. 부드러운 촉감으로 스르륵 목에 감긴 것이 실은 뱀이었고, 그 뱀이 코앞에서 자신을 향해 입을 쩍 벌린 것처럼 가슴이 벌렁벌렁거렸다.

"그다지 기분이 좋지 못하겠지."

여기저기서 침 삼키는 소리가 들려왔다. 한순간 그리 좁지 않은 천막 안이 진공 상태라도 된 것처럼 공기가 희박해지고 숨 쉬기가 힘들어졌다. 그 위를 묵직하게 짓누르고 있는 것은 그의 존재감이다.
 세람은 새삼스러운 눈으로 파엔을 바라보았다. 세람은 라울이 아무리 사전 준비를 잘했다고 해도 어떻게 이 많은 사람들이 파엔을 카다피라는 사람으로 믿어 의심치 않는지 이해할 수가 없었다. 상식적으로 옷감에 새겨진 자수 따위가 어떻게 신분 증명 대신이 될 수 있겠는가. 하다못해 파엔은 자신이 카다피라고 밝힌 적조차 없었다.
 하지만 지금은 어쩐지 알 것도 같았다. 파엔의 이 존재감이, 그리고 파엔 그 자신이 의심할 바 없는 '진짜' 이기 때문이다.
 이대로는 안 된다고 생각했는지 젊은 시종 하나가 파엔에게 양해를 구하고 시녀장을 데리고 갔다. 그리고는 자신들끼리 머리를 맞대고 뭔가를 심각하게 논의 중이다.
 "등급이 그렇게 중요합니까?"
 등급이 상상이든 하하(下下)이든 그게 왜 저렇게 입씨름할 이유가 되는지 알 수 없었던 세람은 결국 궁금함을 참지 못하고 파엔에게 들릴 듯 말 듯 낮은 목소리로 물었다.
 "중요하지. 놈의 말에 따르면 상상 이상의 등급부터 샴의 총애와 상관없이 자신의 '거처' 를 가지게 되니까."
 세람은 그제야 '아!' 하고 생각했다. 샴을 어떻게든 자신이 있는 곳으로 데리고 온다고 해도 적어도 자신의 방이 있는 상태라야 비밀회담이건 뭐건 시도해 볼 것 아니겠는가.
 "게다가 방금 전 내가 했던 말은 과장이 아니야. 하렘의 규모나 그 구성원들의 음습함은 네가 상상하고 있는 것 이상일 거다. 하지만 네가 하렘에 들어가 버리면 난 더 이상 널 지켜줄 수 없지. 샴을 만날 때까지 네 몸은 네가 지킬 뿐. 상위 등급을 받아내는 것은 최소한의 안전

장치다… 라고 놈이 말했다."

천막 안의 시선이 그들에게 쏠려 있는 데다가 여기서의 파엔은 세람의 아버지라는 설정이었기 때문에 그는 세람에게 하대를 했다. 그의 연기력이 좋아서인지, 아니면 파엔이라는 인간 자체가 원래 공손함과는 거리가 멀어서인지는 알 수 없지만 그의 하대는 세람이 듣기에도 대단히 자연스러웠다.

파엔의 경고에 세람은 조용히 고개를 끄덕였다. 사내인 자신을 금남(禁男)의 비처인 하렘에 들여보내다니, 실현 가능성이 희박한 허무맹랑한 계획이라고 생각했지만 파엔이나 라울은 모든 것을 다 내다보고 안배해 둔 모양이다. 발밑이 위태로운 불안한 처지이긴 하지만 세람은 그 두 사람을 믿기로 했다.

그러는 사이 시녀장과 시종들은 결국 세람의 등급을 상상으로 상위 조정하기로 결론을 내렸다.

"검은 어찌하시겠습니까? 직접 바치시겠습니까? 샴께서 기꺼워하실 텐데요."

검을 바치는, 즉 충성 맹세에 이르는 과정에서 필연적으로 빠질 수 없는 것이 자신의 무위를 증명하는 것이다. 의식 참가자들은 검을 바치러 온 다른 참가자들과 싸워 자신의 검이 보다 강하고 가치있는 것임을 증명해야만 했다. 그 과정에서 무명의 전사가 제블린 전역에 이름을 날리는 경우도 종종 있었으니 그것을 노리고 오는 전사들도 적지 않은 듯했다.

세람은 그러한 사정 설명을 들었지만 별로 걱정하지 않았다. 그의 눈앞에 있는 사람은 다름 아닌 파엔 엘라시스인 것이다. 그가 나서서 상대할 수 없는 전사나 기사가 대륙에 몇이나 되겠는가.

"듣자 하니 이번에는 그리 괜찮은 검(전사)이 없다지?"

"후카 부족의 파세스 안톤, 쌍검의 카미야 릴, 북방 소부족 쪽에서 자이언트 얀 등이 이번 의식에 참가한다고 들었습니다만."

"나더러 그놈들과 칼춤을 추라고? 흐응? 괜찮을까? 내 검은 한번 뽑히면 반드시 피를 보는데, 신성한 의식에 찬물을 끼얹어도?"

'피식' 하고 희뿌연 담배 연기와 함께 뿜어져 나오는 웃음은 피처럼 붉디붉어 분위기를 단번에 냉각시키는 효과가 있었다.

"됐어. 구경거리를 제공하고 싶은 마음은 없으니. 톰, 검을 바치는 것은 네가 해라."

그가 고개를 돌리며 시선을 준 것은 그동안 존재조차 잊혀져 있던 갈색 머리 소년이었다. 덩달아 소년 쪽을 향해 시선을 돌린 시종들은 기껏해야 열여섯, 일곱 정도 되어 보이는 마른 소년을 보고 말을 잃었다.

설마하니 카다피는 이 소년에게 피도 눈물도 없는 학살자라는 파세스 안톤이나 2티렘이 넘는 거구 자이언트 얀을 상대하라고 한 건가? 아들을 죽일 셈인 건가?!

"카, 카다피님, 의식은 봐주면서 하는 비무 같은 게 아닙니다. 매년 수십 명의 사상자가 나오는……."

"그래서 어쩌라고?"

"자녀 분을 아끼신다면 좀 더 신중하게 주의를 기울이셔서 후회가 남지 않도록……."

횡설수설 주절거리는 시종을 보고 그는 귀찮다는 듯 손을 내저었다. 그리고는 소년을 향해 말했다.

"들었지? '적당히', '봐주면서' 해라."

그 말을 듣고 있던 시종 이하 관객들은 일제히 '컥!' 하고 숨넘어가는 비명을 내질렀다. 지금 누가 다른 참가자들 걱정해서 이러는 줄 알아?!

"아들놈의 대전 상대로는 시시한 잡어들은 치우고 그 세 놈을 붙여주면 좋겠군."

"파세스 안톤, 카미야 릴, 자이언트 얀을 연달아 말입니까?"

"그것도 좋겠지만 그래서야 유흥거리가 부족하지 않겠나? 3명 함께 붙여주면 딱 좋겠군."

"마, 말씀을 이해하지 못하겠습니다만. 안톤과 릴, 얀, 이 셋과 누구 누구를 대전 상대로 하란 말씀이신지……?"

"여기 있는 내 아들."

"그러니까 아드님과 또 누구를 한 팀으로……?"

"혼자면 돼."

"그, 그러니까‥ 사, 삼 대 일로… 그, 그것도 아드님 쪽이 일……?"

젊은 시종 아킴의 얼굴에는 귀인에 대한 예의고 나발이고 커다랗게 '미쳤다!' 고 쓰인 상태였다.

"그렇지. 어떠냐, 톰? 너도 귀찮게 이리저리 힘 소모하느니 간단하게 끝내는 게 좋겠지?"

"좋습니다. 재미있겠군요."

아버지의 말도 안 되는 억지에 울부짖거나 적어도 반대 의견 정도는 내세울 줄 알았던 소년의 입에서 나온 말로 사람들의 입은 다물어질 줄 몰랐다. 이 순간, 그들의 머릿속을 공통적으로 지배하고 있는 생각은 하나였다.

'부자가 쌍으로 미쳤다!!!'

스스로 상식인이라 자부하는 시종 아킴은 결과가 뻔히 보이는 이런 위험한 시도를 말리고 싶었지만 이 대전을 제안한 것이 대후족인 카다피인 데다가 당사자인 본인이 아무런 반대나 이의가 없다는 데야 어쩔 수 없었다.

"참, 그러고 보니 올해는 재미있는 부상이 있다지? 샴께서 가장 마음에 드는 검을 바친 자가 청하는 침소에 들기로 하셨다고?"

"그, 그렇습니다."

신하들이 여자랑 밤을 보내달라고 등 떠미는 황제라, 파엔은 재미있다고 생각했다. 일중독인 황제는 냉혹할 정도로 여자에게 무정하고, 관례에 따라 여자를 바치고 그를 통해 자신의 안위를 보전하고자 하는 신하들은 몸이 달았다. 하나뿐인 황후의 자리가 비어 있으니 더욱 그렇겠지.

라울은 그에게 정식 황후가 없다는 점을 들어 그가 아직 미혼이라고 주장했지만 파엔은 웃기지도 않은 헛소리라고 생각했다. 분명 아마르 카인 레 뤼카는 황후는 물론이고 제대로 된 후궁조차 없지만 자식마저 없는 것은 아니었다. 그는 다른 황제와 마찬가지로 두 손으로 다 꼽을 수 없을 정도의 자식을 두고 있었다. 문제는 그중 누구도 아마르에게 정식으로 인정받지 못했다는 것이다.

'황제로서는 나쁘지 않지만, 사내로서는… 질이 나빠. 뭐, 내가 상관할 일은 아니겠지. 라울 놈의 말처럼 아스카님과 샴이 연애 상대로 얽힌다든가 하는 일이 있을 리도 없고 말이야. 말도 안 되지! 나이 차가 몇인데……. 내가 눈 시퍼렇게 뜨고 있는 동안은 이런 불량품이랑 아스카님이 만에 하나라도 맺어지는 것은 절대, 절대 못 보지!'

파엔은 흡족하게 고개를 끄덕였다.

"잘됐군. 톰, 제대로 실력 발휘를 해봐라. 네 형이 낭군의 얼굴 한번 못 보고 평생 독수공방하는 신세는 면하게 해주어야 할 것 아니냐? 자식을 위해서라고 해도 신하 된 몸으로 사내놈에게 눈 돌려주십사 불경한 청을 올릴 수야 없다만 하룻밤 유흥 정도는 샴께서도 기분 좋게 받아주시겠지."

우스갯소리로만 들리지 않는 뼈있는 말에 아킴을 비롯한 심사관들은 어색한 마른 웃음을 흘릴 수밖에 없었다.

가장 기가 막힌 사람은 세람이다. 그는 호흡곤란에 빠진 금붕어처럼 하얗게 질린 채 입만 뻐끔거리고 있었다.

그는 상황이 왜 이런 지경으로 흘러왔는지 도무지 이해할 수 없었다. 당연히 파엔이 나가서 다른 경쟁자들을 해결하고 샴을 자신의 방으로 보내줄 줄 알았더니 뜬금없이 톰이라니?! 이게 무슨 밥 잘 먹고 입가심으로 물 마시다 체해서 질식사하는 소리란 말인가?

"파… 아, 아버님!!"

"부자의 인연은 이것이 마지막이 될 듯싶구나. 네게 무슨 일이 있다고 해도 나는 알 수 없으며 도울 수도 없다. 그러니 앞으로는 스스로 너 자신을 돌보아야 한다. 내가 네게 잔인한 짓을 하고 있다는 것을 모르는 바 아니다. 하지만 네가 내 아들로 태어났으니, 너와 톰 이외에는 자식이 없으니 어찌하겠느냐. 미안하구나. 나와 우리 부족은 너의 오늘의 이 희생을 절대 잊지 않을 것이다."

냉정한 가운데서도 아비의 정이 담담하게 묻어나는 그의 마지막 작별의 말에 주변은 숙연해졌다. 하지만 막상 당사자인 세람이 파엔에게 듣고 싶은 것은 그런 말이 아니었다.

"마, 마지막으로 아버님의 무용을 이 눈에 담아두고 싶습니다. 샴께

검을 바치시는 것은 아버님께서 직접 해주실 수는 없을까요?"

"좋은 자리에서 피를 보는 것은 내가 바라는 바가 아니다. 네 동생, 톰이 알아서 잘할 거다."

세람에게는 그거야말로 믿을 수 없는 헛소리였다. 그에게 톰은 검사도 기사 후보생도 아닌 '마부 소년'이었기 때문이다.

'파엔 경, 아니죠? 거짓말이죠? 이번 기회를 놓치면 샴을 언제 만날 수 있을지 모르는데. 그럼 샴을 만날 때까지 쭈욱 하렘에 있어야 한다고!!'

"형님, 소제가 열심히 해서 샴을 꼭 형님의 거처로 모시겠습니다."

세람의 눈이 불안하게 흔들리는 것을 본 톰이 달래듯 말했지만 그런 말이 위로가 될 리 없었다.

'내가 바라는 것은 그런 말이 아니라고!! 난 대체 어떻게 되는 거야?!'

세람이 호소하듯 파엔의 옷깃을 틀어쥐자 그는 아끼는 아들에게 하듯 세람의 어깨를 살짝 끌어안았다 놓아주었다. 그 순간, 귓가를 스치며 들릴 듯 말 듯 파엔이 속삭였다.

"걱정 말고 하렘에서 기다려."

파엔의 팔이 떨어지자마자 기다렸다는 듯 시녀군단이 다가와 세람을 잡아끌었다.

"자, 잠깐! 파, 아, 아니, 아버님! 아버니—임!!!"

세람의 입에선 절규에 가까운 외침이 터져 나왔지만 파엔은 상쾌하게 웃으며 손을 흔들 뿐이었다. 오직 톰만이 동정 어린 눈으로 그를 배웅했다.

반쯤 질질 끌려가는 세람의 등 뒤로 배경음악처럼 시종들의 목소리가 들려왔다.

"감복했습니다. 샴께서도 카다피님의 이러한 충정을 아시면 크게 기뻐하실 겁니다."

"그렇습니다. 딸이 있어도 내놓지 않고 여자를 사서 보내는 것이 요즘 후족들의 작태가 아닙니까. 단둘뿐인 아들을, 그것도 장남을 이리 보내시다니 제가 오히려 고개가 숙여집니다."

시녀들에게 끌려가면서도 파엔에게만 시선을 고정하고 있던 세람은 알 수 있었다. 특유의 나른한 황금빛 눈동자가 짓궂은 장난기로 반짝이는 것을.

'파엔 경, 즐기고 있어?! 저 악당!! 크아악!!! 처음부터 이럴 생각으로 모르는 게 좋다는 등 하며 나에게만 계획을 자세히 말 안 해준 거구나!!'

세람은 뒤늦게 진실을 깨닫고 이를 갈았다. 하지만 때는 이미 늦었던 것이다.

세람 에메시스 사다하. 22세. 그는 세상에 믿을 놈 없다는 진리를 몸으로 깨닫고 있는 중이었다.

Chapter 3
무신의 유산

제블린의 수도 인근에는 작은 야산이 하나 있다. 무탄 산맥의 끝자락에 속해 있는 바위산으로 칸라시스 산이라고 한다. 제블린의 황궁은 이 칸라시스 산을 등지고 생명줄이랄 수 있는 오아시스를 안은 형세로 지어졌다.

칸라시스 산은 제블린 제국 시절부터 황실의 종묘가 있던 중요한 곳이지만 이 산이 제블린의 무인들에게 의미를 가지게 된 것은 다른 이유 때문이다.

나무라곤 찾아보기 힘든 헐벗은 바위산은 정상에 올라보면 하나가 아니라 두 개의 산인 듯 보인다. 대장장이의 신 티루만이 도끼질이라도 한 것처럼 바위 틈새를 날카롭게 찍어낸 협곡이 자리하고 있기 때문이다.

무신(武神)의 탄식. 혹은 비탄의 협곡.

생긴 지 그리 오래되지 않은 이 협곡은 사람들에게 그런 이름으로 불렸다. 제블린의 무인들에게 있어서는 이 협곡이야말로 칸라시스 산의 존재 의의라 할 수 있었다.

가파른 바위 틈새 골짜기를 지난 바람이 독특한 바람 소리를 낸다. 비탄의 협곡이라는 그 이름처럼 바람 소리는 통곡하는 소리 같기도 하고, 고통을 참지 못하고 내지르는 절규 같기도 하다.

산 정상에는 한 사내가 매서운 겨울바람에도 아랑곳 않고 서 있다. 이미 오래전부터 석상인 양 미동도 없이 서 있는 그의 곁으로 방금 전 산을 올라온 듯한 사내가 다가섰다.

"라울."

"왔군. 어떻게 됐지?"

"말하자면 입 아프지. 이 몸이 고작 그런 놈들 하나 속여 넘기지 못할 것 같냐?"

파엔이 거만하게 턱을 쳐들며 잘난 척을 하자 라울은 수긍하듯 순순히 고개를 끄덕였다.

"하긴, 네놈은 사기꾼이 체질이니까."

"…시비 거는 거냐? 하라고 시킨 건 너잖아!!"

"그래서, 세람은?"

"무사히 하렘에 넣어줬지. 상상 등급을 떠안겼으니까 샴을 만날 때까지 못해도 골방 하나는 차지하고 편안하게 있을 수 있을 거야. 남자의 몸으로 금남의 비처라는 하렘에 들어갔으니 지금쯤 기분이 찢어지지 않을까? 이런 경험을 대체 어디서 할 수 있겠어?"

시녀들 손에 끌려가며 마지막 순간까지 파엔을 애타게 부르던 그의 모습을 떠올려 보면 그럴 가능성은 대단히 희박했지만 파엔은 본래 자기중심적인 인물이고, 사람이란 자기가 보고 싶은 것만 보게 마련이다.

"이제 그 꼬맹이만 제대로 해주면 되는데 말이야. 쿡쿡. 그 순진한 전하가 말이야, 의식에 내가 나가지 않는다고 하자 표정이 정말 볼만했어. 정숙하다고 믿어 의심치 않던 아내의 외도 현장을 덮친 듯한 표정이더라고."

"뭐야? 그 낯 뜨거울 정도로 적나라한 비유는?"

"정말 딱 그거였다니까. 어쨌거나 네가 시키는 대로 하긴 했는데, 검바치기 의식인가 하는 칼부림까지 내가 하는 편이 낫지 않았을까?"

"그건 안 돼. 이 계획은 제물 심사관을 맡은 젊은 시종들은 카다피의 얼굴을 모를 것이란 점을 노린 거니까. 이삼십대 젊은 시종들의 대부분은 아마르의 즉위 전후로 그 자리에 앉은 자들이야. 카다피는 적어도 15년 넘게 황궁에 발걸음을 하지 않았으니 얼굴을 알 리가 없지."

"그렇게 젊은 놈만 있었던 건 아니야. 오십 넘어 보이는 노인네도 있던데?"

"노인네? 누구?"

"루미다인가, 그런 이름이었던 것 같은데?"

"루미다라면 괜찮아. 비록 시종생활을 오래했어도 카다피 같은 인물을 가까이에서 본 적은 없을 테니까. 카다피를 알아보려면 이십여 년 전쯤에 궁내처장 정도의 요직에 있었던 사람이라야 해. 그 정도의 인물이면 지금쯤 나이가 육칠십은 되었을걸? 내가 알기로 황궁 내 시종들을 총망라해도 그런 사람은 현재 몇 없어. 시종장 영감을 빼면 고작해야 서넛? 황위쟁탈전 과정에서 시종들도 많이 죽었다니까."

"그럼 내가 의식에 나가도 상관없는 거잖아."

"거기는 또 다르다니까. 일단 시종장 영감이 올 거고, 의식 참가자인 후족 전사들 중에서도 카다피의 얼굴을 아는 자가 있을 거야. 파엔 엘라시스라는 이름 역시 동대륙에서는 꽤 유명하니까 네 얼굴을 알아보는 자가 없을 거란 보장도 없고."

"하지만 꼬맹이가 제대로 못하면 막판에 산통 다 깨지는 거 아냐?"

"제대로 할 거야. 걱정하지 마. 만일을 대비해서 키르아이나에게 부탁해 놨어. 마침 오늘은 동지(冬至)니까."

"그 변태검에게? 그건 어쩐지 더 불안한데?"

파엔은 미심쩍다는 듯 투덜거렸으나 곧 어깨를 으쓱했다. 어차피 일은 그의 손을 떠났다. 자신은 맡은 바대로 판을 깔아놨으니 뒤는 톰이라는 꼬맹이의 몫이다. 다행히 꼬맹이의 자질은 나쁘지 않고, 각종 술수 부리기가 특기인 검도 있으니 그다음은 운이 따라주길 바라는 수밖에.

"그런데 넌 여기서 웬 청승이야? 나 모르는 사이에 쥴리아 그 마녀가 절연장이라도 보내왔냐?"

"이 빌어먹을 놈이!! 그렇잖아도 신경 쓰여서 위가 욱신거리건만, 아픈 곳을 또 찔러?! 네놈이 친구냐, 응?!"

"그 마녀하고는 하루라도 빨리 헤어지는 것이 그나마 네 인생에 한 줄기 볕 드는 길이라고. 이놈이 친구의 깊은 뜻을 모르네?"

발끈한 라울은 파엔의 정강이를 걷어찼고, 가만히 앉아서 맞아줄 정도로 성격 좋은 파엔이 아니기에 라울의 발길질을 피한 것을 계기로 두 사람 사이에는 짧지만 격렬한 투닥거림이 이어졌다.

"그리고 보니 여기가 거기지? 찔러도 피 한 방울 안 나올 그 노인네가 부서진 심장을 안고 통곡했다는 장소."

"바로 이 자리에서 내려친 검격이 지금의 이 풍경을 만들었다고 하지."

"빌어먹을 노인네. 화풀이를 꼭 이런 식으로 거창하게 하고 싶은가? 여기가 다른 대륙, 다른 나라 소유의 산이었기에 망정이지, 드칸 산자락에서 이런 미친 짓을 했으면 이유가 뭐였든지 간에 집법원에 끌려가고도 남았어. 자연보호도 모르는 노인네 같으니라고."

으스스할 정도로 깊고 넓게 패인 협곡을 보고 내뱉는 감상이란 게 그 광경을 만들어낸 장본인에 대한 감탄이나 질투가 아니라 '자연을 보호해야지'라는 투덜거림이라는 게 지극히 파엔답다고 생각하고 라울은 웃었다.

비탄의 협곡. 그 무엇에도 동요할 줄 모르던 철혈의 심장을 가진 제블린의 무신이 황위 다툼 때문에 벌어진 동족상잔의 참극을 보고 북벌의 꿈을 접고 돌아섰다는 바로 그 장소.

그가 페이샨 제국을 도모하기 위해 수십 년 세월을 공들여 키워낸 군대가 바로 이곳에서 1황자와 4황자의 군대로 나뉘어 서로에게 칼부림을 했고, 무신은 그들의 어리석음을 싸늘히 일갈한 뒤 이곳을 끝으로 종적이 묘연해졌다.

하지만 파엔은 알고 있었다. 제블린의 무신이 이곳에서 통곡했던 것은 음유시인들이 떠들어대는 것처럼 한낱 권력다툼으로 동족에게 칼을 겨눈 현실이 안타까워서도, 수십 년을 공들여 온 북벌 계획이 틀어져서도 아니다.

그는 이곳에서 자신의 심장을 잃었다. 사막의 태양처럼 눈부시고, 오아시스를 지나는 바람처럼 시원한 웃음소리를 가진 여인을. 그것은 겨울처럼 냉혹한 사내가 품어 안은 유일한 온기이며 봄꽃이었다. 그에게 그것은 제블린 그 이상이었기에 그것을 잃고는 평생을 매진해 온 꿈조차 더 이상 앞을 향해 나아갈 수 없었던 것이다.

"그러니까 있을 때 잘하지. 제블린 여자면 뭐가 어떻단 말이야? 누가 뭐라고 한다고. 혼자서 아니라고, 그럴 리 없다고 난리를 치다가 막상 여자가 죽어버리니까 본인도 폐인이 돼버렸지. 병신 짓도 그런 병신 짓이 없어."

"뛰어난 무인이라고 두려운 것이 없는 것은 아니니까. 나비르님은 운이 없었던 거라고 생각해."

그렇다. 지금까지 그들이 나눠왔던 이야기의 주인공은 다름 아닌 폴 로웬 나비르―이해를 돕기 위해 좀 더 친숙한 명칭을 쓰자면 '마구간지기 폴'이다―그였던 것이다. 폴이 젊은 시절―젊은 시절이라고 해도 고작 십수 년 전일 뿐이지만―동대륙을 주름잡는 제블린의 무신이었다는 것은 아는 사람이 별로 없는 비사였다.

파엔은 무인으로서의 폴은 인정하지만 인간적인 측면에서의 그는 허점투성이라고 생각했다. 그것은 그의 아버지인 라미엘도 마찬가지다. 그는 부인이 살아 있을 때는 온 대륙을 떠돌며 갖은 한량 짓을 하며 염문을 뿌리고 다니다가 막상 부인이 죽고 나자 마치 수절이라도 하는 것처럼 여자에게 눈도 돌리지 않게 됐다. 그게 웬 헛짓거리란 말인가.

텐 론이나 라울은 두 사람에게 연애운이 없었던 거라고 동정했지만, 파엔은 그렇게 사람을 들볶으며 미친 짓거리를 해대서야 버텨낼 여자나 연애운 따위가 어디 있겠느냐고 냉소적으로 비웃었다.

그런 면에 있어서 라울은 강한 놈이었다. 뭐가 소중한지도 알고, 뭘 지켜야 할지도 안다. 파엔은 줄리아라는 이름의 소꿉친구이기도 한 마녀는 개인적으로 별로 좋아하지 않지만, 두 사람이라면 어떤 역경이 닥쳐도 잘 헤쳐 나가 반드시 행복해질 거라는 것은 의심치 않는다.

"제블린에 있을 때 말이야. 아무리 전대 샴이 후계자를 정하지 않고 죽었다고 해도 그렇게 강력했던 군대가 그리 손쉽게 갈가리 찢겼다는 것은 이해가 가지 않아서 나름대로 조사를 해봤거든. 그랬더니 페이샨이 개입한 흔적이 있었어."

"그랬겠지. 휘페리온도 바보가 아닌데 페이샨 정벌을 위해서라고 공언하고 키운 군대를 그냥 내버려 뒀을 리는 없을 테니까. 그럼 노인네(폴)는 수십 년 동안 헛짓거리만 한 게 되나?"

"꼭 그렇지만은 않지. 비록 군대는 부서졌지만 은월(隱月)은 온전하니까. 군대도 아마르라는 제대로 된 주인을 만나 반 정도는 전력을 다시 복구했잖아. 나비르님이 그 군대를 키웠던 것은 페이샨을 도모하기 위해서였으니까 그 목적만 달성할 수 있다면 군의 소유권이 누구의 손으로 넘어가든 나비르님 본인은 별로 신경 쓰지 않으실걸? 뭐, 은월이라면 얘기가 약간 다르겠지만."

"은월? 숨겨진 달? 그게 뭐야? 군대 말고도 다른 게 또 있었던 거야?"

금시초문이라는 파엔의 얼굴에 라울은 한심하다는 듯 한숨을 내쉬었다.

"기본적인 상식이잖아. 네놈은 탑기장(塔騎將) 시절을 거치면서 대체 뭘 한 거냐?"

"로즈마리(카린 성의 외탑 중 니켈란, 렉사, 파티마의 3탑을 포함하는 조직. 추격과 암살 등 은밀하고 공격적인 일이 주 임무다) 소속인 네놈에게만 상식이겠지. 나는 암투와 상관없는 루이보스(카린 성의 외탑 중 에스카렐, 오리하르콘, 미스릴의 3탑을 포함하는 조직. 가장 공격적이고 월등한 파괴력을 갖추고 있다) 소속이라고! 폴 노인네가 왕년에 뭘 했는지는 나의 관심 분야

밖이야."

 라울은 파엔의 몰상식을 지적하며 입씨름을 하느니 그냥 설명을 해 주기로 했다. 어차피 파엔에게 부탁할 것도 있으니 그가 사정을 전혀 모르고 있어서는 얘기가 되지 않는다.

 "나비르님은 이곳에 계실 때, 페이샨을 공략하기 위해 두 가지를 안 배해 두셨다고 해. 하나는 네가 아는 것처럼 황위 다툼 과정에서 갈가리 찢긴 황제군. 다른 하나는 숨겨진 칼인 비밀 조직, 은월. 사실 내가 제블런까지 왔던 이유는 그 때문이기도 해. 수행을 떠나기 전, 아버지께서 당부하셨거든. 어떻게 됐는지 알아보라고. 나비르님이야 이것도, 저것도 미련없이 훌훌 털어버리고 왔을지 모르지만 무시 못할 전력인 것은 분명하고, 약속의 3백 년이 당대로 다가온 이상 이용할 수 있는 것은 최대한 이용해야 한다고 말이야."

 "그래서?"

 "황제군이 산산조각날 때, 은월은 전력을 보존한 것 같아. 페이샨 쪽에서는 당시 은월의 존재도 감을 잡고 있었기 때문에 어떻게든 처리하려고 눈에 불을 켜고 찾았던 것 같은데, 결국 실체를 찾는 데 실패했지. 나비르님께서 은월은 로즈마리, 루이보스, 망루(카린 성의 정보를 전담하고 있는 탑)를 합쳐 놓은 것 같은 조직이라고 하셨거든."

 "어쌔신과 전투 전담반, 정보 조직이 합쳐져 있는 형태란 말이야? 분리되지 않고? 그게 제대로 잘 굴러가나?"

 "나야 내부인이 아니니까 잘 굴러가는지까지는 알기 어렵지. 어쨌거나 나도 몇 번 접촉을 시도해 보긴 했는데 꼬리를 잡는 데 실패했어. 경계심이 많아서 어지간해서는 걸려들질 않아. 게다가 근거지가 그런데다 보니 아무리 샴의 신임이 있다고 해도 대놓고 조사해 보기도 어렵고."

"그런 데라니, 그놈들의 근거지가 어딘데?"

"후원(後苑:황후궁과 후궁의 거처, 하렘 등을 포함하는 샴의 극히 개인적인 생활공간)이야."

"후원?! 샴의 여자들과 시녀, 시종들 사이에 암살, 전투, 정보를 망라한 비밀 조직이 있다고?! 말도 안 돼! 비밀 조직이라며? 사생활이라곤 없는 그런 곳에서 잘도 비밀 유지 같은 게 되겠다! 게다가 후원에 사람이 있어봐야 얼마나 있다고. 아, 물론 시녀들과 왕의 총애를 노리는 여자들은 넘쳐 나겠지. 하지만 너라면 그런 여자들에게 암살이나 정보수집의 임무를 맡기겠냐? 가슴이 수박만 한 여자에게 남자로 위장해서 웬 놈의 목을 따오라고? 젠장, 아무리 위장도구가 좋아도 이~ 런~ 가슴이 가려지거나 하겠냐? 이것도 적성이 있는 법이야."

라울은 자신의 가슴께에 양손으로 커다란 원구를 만들어 보이는 파엔을 어이없는 얼굴로 바라보다 한숨을 내쉬었다.

"너는 제블린의 황궁 후원이 어떤 곳인지 모르는구나. 제블린의 황궁은 사다하와 달라. 제블린 황궁의 가용인력은 최대 만 명이다. 가용인력만 따지면 제국인 페이샨의 황궁보다 2배나 많다고. 게다가 후원은 단순히 시종과 시녀, 후궁 예비후보들의 거처가 아니라 교육기관이기도 하단 말이다. 후궁 후보들의 교육은 말할 것도 없고, 시녀 교육, 시종 교육, 하다못해 명문 후족가에서도 제대로 된 교육을 위해 자식을 맡겨오기도 한다고. 그 안에서 무슨 일이 벌어지는지는 황궁의 주인인 샴조차 제대로 몰라. 아버지(라울의 양부. 그랜트 하웰)는 후원의 그늘에서 숨어 암약하고 있을 은월의 조직원을 전체 인원의 약 4할 정도로 예상하셨다."

"황궁의 안뜰에 주인인 샴의 힘으로도 통제할 수 없는 정체불명의 조직원이 4천이나 있단 말이야? 샴이 이 사실을 안다면 아무리 대범한 인간이라도 그다지 심기 편안치는 않겠는걸?"

"그게 다가 아니야. 나비르님이 무신으로 계시던 시절, 첩자다 뭐다 갖은 핑계를 대서 후원이 안정될 만하면 뒤집었다고 들었어. 수천 명씩 대규모로 물갈이가 된 것만 해도 일곱 번이야. 어림잡아도 2만 8천. 약 3만은 되는 '교육받은 인재'가 황궁을 빠져나갔어."

"기가 막힐 노릇이군."

"그러니까 아버지도 나도 확인해 두고 싶은 거야. 본격적으로 페이샨과 맞붙게 되면 분명 도움이 될 만한 전력이니까. 페이샨과의 은원 청산 문제는 개인적으로은 아스카님을 위해서라도 전면전처럼 너무 과격한 방향으로 가지 않았으면 하고 바라지만 내가 왈가왈부할 수 있는 일도 아니고, 지금으로선 평화적으로 해결나기도 어렵다고 보니까."

파엔은 자신과 고향 친구 셋 중에서 '대비(對備)'라는 단어에 가장 잘 어울리는 녀석이 있다면 그건 라울이 아닐까 생각했다.

예전에 자신과 레온, 라울, 줄리아 넷이서 아스카와 피크닉을 간 적이 있다. 구름 한 점 없이 화창한 날이었는데 막 도시락을 먹으려고 할 때 소나기가 쏟아졌다. 자신과 줄리아는 우왕좌왕하고 무식한 레온 놈은 검막(劍幕)을 펼쳐 아스카를 비에서 보호하는 동안 라울은 대체 어디에서 튀어나왔는지 알 수 없는 우산을 펼쳐 들었다. 녀석은 대수롭지 않다는 표정으로 아스카에게 우산을 씌우고 우비를 입혔다. 그것만으로도 충분히 놀랍건만 녀석의 짐에는 방수 가능한 휴대용 천막까지 있었다. 태연하게 천막을 세우는 라울을 보고 천하의 자신도 질린 표정을 지었던 기억이 난다.

그 정도의 준비성을 갖춘 놈이니 아직 일어나지도 않은 대(對) 페이샨 전쟁을 두고 남의 나라 비밀 조직 활용 방안까지 모색할 수 있는 것이겠지.

파엔은 당시 라울의 준비성과 행동력에 질린 자신들 세 사람(파엔, 레온, 쥴리아)이 도시락을 먹는 것도 잊은 채 아연한 표정으로 빗소리만 들었던 기억을 떠올리자 소리 내어 웃고 말았다.

파엔이 갑자기 웃음을 터뜨리자 라울은 왜 웃는지 모르겠다는 듯 미간을 찌푸렸다. 그의 어리둥절한 표정을 보자 더 웃겼지만 파엔은 아무것도 아니라는 듯 손을 내저었다.

"그 은월인가 하는 놈들 말인데, 네가 제블린에 수년 동안이나 있으면서 꼬리를 잡기 어려울 정도라면 이미 다른 주인으로 갈아탄 것 아냐? 당대 샤이라든가, 황위 쟁탈에 실패했으면서도 살아 있는 왕제라든가. 그럴 법한 후보는 많잖아. 원주인인 노인네가 만사 귀찮다고 다 팽개치고 떠나온 마당이니 전혀 가능성이 없는 것은 아닐 텐데?"

"너는 나비르님 성격 모르냐? 암살과 정보를 전문으로 하는 조직은 필요없어졌다면 자신의 손으로 부술지언정 허술하게 남의 손에 맡기지 않으시는 분이야. 얼마나 위험한지 아니까. 그 조직이 이후에라도 나비르님 손에 부서지지 않고 건재하다는 것은 그분을 중심으로 하는 어떤 기제가 엄연히 살아 있다는 말이고. 게다가 아버지께 지나가는 말처럼 하신 말씀이 있다나 봐. 제블린에서는 유력 후족 가문에서 딸을 시집보낼 때 지참금처럼 가병을 딸려 보내는 풍습이 있는데, 자신에게는 은월이 남아 있으니 아스카님 지참금 걱정은 덜지 않았냐고."

"그게 언제 얘긴데?"

"아스카님이 4살인가 5살이셨을 무렵이야. 나비르님이 그렇게 말씀

하셨을 정도라면 적어도 그때까지는 은월이 전력을 온전히 유지하고 있고, 나비르님의 지배권도 확고했었다는 말이야."

"음험한 노인네니까. 뭐, 그렇다면 복잡하게 여기저기 쑤실 것 없이 노인네에게 직접 물으면 간단하잖아."

"나비르님 앞에서는 제블린에 대한 것 자체가 금기라는 것을 몰라? 아버지나 엘라시스님마저 그 화제는 일부러 삼가시는데 어떻게 그분 면전에서 대놓고 은월에 대한 것을 물을 수 있겠어? 물론 텐 론이라면 가능하시겠지만 아스카님 태어나셨을 때 나비르님께서 직접 은월은 아스카님의 몫이라고 선언하셨으니 그분 성격에 꼼꼼하게 상태를 점검하거나 하실 리는 없지."

파엔은 저도 모르게 고개를 끄덕였다. 그들이 아는 텐 론은 딸의 재산은커녕, 자신의 재산도 제대로 관리를 못해서 이제 고작 13살인 딸이 그 방면의 업무를 전적으로 대리하고 있는 상태였다. 매일매일 딸에게 잔소리를 듣는 처지라는 것은 더 말할 나위도 없다.

"그래서 나보고 아스카님의 지참금 상태를 확인해 보라는 거야?"

"텐 론이나 나비르님이 원하지 않으셔도 여차하면 필요해질지도 모르니까. 전쟁이란 여력을 남겨가면서 할 수 없는 것 아냐? 게다가 제블린 황위 다툼 과정에서 너무 알려져 버렸어. 비록 실체를 잡지는 못했어도 여기저기서 노리고 있을 거야. 제대로 잘 있는지 확인하는 것만으로 좋으니까 알아봐 줘."

파엔은 그제야 라울이 그답지 않게 왜 그토록 자세하게 은월에 대한 설명을 해주었는지를 깨닫고 벌레 씹은 듯한 표정을 지었다. 아스카님 신랑감 명단에 이어 이제는 지참금 상태까지 확인해야 하는 신세가 되었다.

하지만 다른 도리가 있을까. 다른 것도 아닌 아스카님의 지참금인데. 파엔은 한껏 일그러진 표정과는 달리 온순하게 알았다고 대답하는 수밖에 없었다. 하지만 할 때 하더라도 이런 복잡한 상황을 만든 그 누군가를 욕하지 않고는 견딜 수 없었다.

"이 빌어먹을 영감탱이!!"

대륙 반대편 어딘가에서 욕을 먹은 당사자가 '엣취!' 하고 재채기를 해대며 코를 문지르고 있을지도 모를 일이다. 그 생각을 하니 파엔은 기분이 조금 유쾌해졌다.

오늘은 동지(冬至). 무슨 일이 일어날지 알 수 없는 요정의 달밤. 밤하늘의 아노아가 그들을 내려다보며 요요하게 웃고 있었다.

톰은 제물 의식의 마지막 관문을 통과하기 위해 홀로 대연회장이라는 곳에 와 있었다.

샴과 물의 여신께 검을 바치는 이 의식은 샴과 시종장 및 샴의 측근으로 이루어진 심사위원단, 그리고 의식 참가자들만으로 치러진다. 그 밖의 참가자들의 가족이나 보호자, 후견인들은 원칙적으로 의식을 참관할 수 없기 때문에 파엔도 이곳에는 오지 못했다.

톰은 파엔을 떠올리자 저도 모르게 이를 갈았다. 그는 안내역의 시종이 나타나자 기다렸다는 듯이 톰을 떠넘기고는 자신은 다른 곳에서 열린다는 주연(酒宴)에 가버렸다. 톰은 단 한 마디 설명도, 지시도, 조언도 없이 제블린의 난다 긴다 하는 칼잡이들 틈바구니에 내던져진 것이다.

이 판국에 파엔과 라울이 던져준 과제란 더 기막힌 것이다. 무조건 이겨서 제물 의식의 제일검(第一劍)이 되라니, 자신보다 수십 년은 더

무신의 유산 91

오래 검을 연마했을 노련한 검사들을 상대로? 이제야 겨우 검의 기초를 뗀 자신이?

생각하면 할수록 암담하고 한숨만 나왔다. 그래도 시녀들에게 붙들려 여자들만 산다는 하렘으로 끌려간 세람을 떠올리고 그보다는 처지가 낫다는 것을 위안 삼았다.

문득 주변을 의식하자 사람들의 시선이 느껴졌다. 그가 앉은 자리를 중심으로 반지름이 약 1티렘 정도 되는 빈 공간의 원이 생겨나 있었다. 이곳에 모인 사람들이 누가 그러라고 시킨 것도 아닌데 톰에게서 가능한 한 뚝 떨어져 앉으면서 빚어진 현상이다.

수군수군. 말소리도 들려온다. 속삭이듯 낮은 목소리 탓에 자세한 내용을 알 수는 없지만 간간이 '카다피'라든가, '아티발 산맥의 카흐탄 부족'이라든가, '학살자의 아들'이라는 단어가 들리는 것으로 봐서 자신에 대한 얘기를 하고 있음은 쉽게 짐작할 수 있었다.

톰은 긴장한 탓인지 몸을 죄는 곳이 별로 없는 제블린 식 옷이 답답하다고 느꼈다.

그는 허리 아래로 내려오는 길이의 흰색 면 상의에 검은 바지를 입고, 부족의 문장이 수놓아진 가느다란 검붉은색 허리띠를 묶었다. 그 위에 검은색의 가운 비슷한 외투를 걸쳤을 뿐인 수수한 차림이다.

자신의 몸을 실크와 꽃무늬 브로케이드, 보이얀 레이스로 휘감은 파엔은 톰에게도 화려한 옷차림을 강요했지만 그는 고집스럽게 우겨서 지금의 복장을 고수했다.

원색의 빨갛고 노란 양귀비가 그려진 실크 셔츠나 표면이 번들거리는 요상한 느낌의 검은 셔츠 따위 거저 준다고 해도 입을까 보냐!

파엔은 은인인 세람과 조국을 위해서 그 정도 희생도 못하냐고 윽박

질렸지만, 파엔이 그 자신의 재미를 위해서 그 옷들을 입으라고 강요했다는 걸 모를 톰이 아니다. 게다가 무슨 희생을 더 하란 말인가. 톰은 갖은 색실과 리본을 총동원해서 머리를 쫑쫑 땋은, 사다하에서는 웬만한 여자애도 하지 않을 머리를 하고 있는 마당인데.

라울은 터번에 익숙지 않은 세 사람에게 카흐탄 부족이 터번 대신 머리를 땋아 장식하는 풍습인 것을 다행으로 여기라고 했지만, 톰은 이런 꼴이 될 바에야 차라리 터번을 하는 편이 나았다며 내심 울먹이고 있었다.

다 같이 땋은 머리를 했어도 파엔이나 세람은 그나마 낫다. 원판이 워낙 대단한 미남들이라 좀 개성적(?)인 스타일을 해도 타고난 미모나 매력이 부각될 뿐, 그다지 이상해 보이지 않으니까. 하지만 평범 그 자체인 톰 자신이 이러고 있으면 광대와 광인(狂人) 사이에 한 다리씩 걸치고 있는 걸로 보이는 것이다.

톰은 파엔이 제아무리 은인과 조국을 들먹이며 협박해도 절대 두 번은 못할 짓이라고 고개를 저었다. 그렇게 땋은 머리에 정신이 팔린 나머지 주변에 대한 경계가 상대적으로 느슨해졌을 때였다.

갑자기 어두워졌다는 느낌에 고개를 들었더니 척 보기에도 거구의 사내가 1티렘 정도의 거리를 두고 서 있었다. 어두워진 것은 사내의 그림자가 톰을 향해 드리워진 탓이었다.

사내의 키 때문에 톰이 그의 얼굴을 보기 위해서는 고개를 한껏 뒤로 꺾어야만 했다. 하지만 그렇게 해도 불빛의 역광 때문에 사내의 얼굴은 잘 보이지 않을 것 같다. 톰이 사내의 얼굴을 보기 위해서 일어나야 할까 말까를 고민하고 있을 때, 반 티렘 정도로 거리를 좁힌 사내가 털썩 하는 소리와 함께 톰의 바로 앞에 주저앉았다. 덕분에 톰은 일어

무신의 유산

나지 않고도 사내의 얼굴을 볼 수 있게 되었다.

사내는 대머리였다. 머리카락이 없는 탓인지 정확한 연령대를 가늠하기 어려웠지만 얼굴에 새겨진 주름으로 봐서 서른은 넘겼고, 마흔은 아직 아닐 듯하다. 톰이 제대로 본 것이라면 그사이 어딘가에 사내의 나이가 있으리라.

사막의 강렬한 태양 아래 그을린 얼굴에는 이마에서 턱까지 비스듬하게 얼굴을 종으로 가로지르는 상처가 나 있다. 칼날에 베인 것이 아니라 톱니바퀴처럼 표면이 울퉁불퉁한 무기에 살점이 뜯겨져 나간 듯한 상처다.

키는 2티렘을 가뿐히 넘길 것 같고, 소매 없는 상의를 입은 탓에 드러난 웬만한 여자 허벅지보다 굵은 팔뚝에는 울퉁불퉁한 근육이 뒤얽혀 있다. 그 때문인지 첫인상은 곰이나 이족 보행 몬스터가 떠올랐지만 날카롭게 빛나는 눈을 보자 결코 둔하거나 멍청한 인물은 아닐 거라는 느낌을 받았다.

"네가 카다피님의 아들이라지? 몇 살이냐?"

톰은 내심 '또냐?' 하고 생각했다. 카다피라는 실제로는 있지도 않은 후광 덕분인지 지금껏 그를 시험해 보고자 했던 자들이 하나둘이 아니었던 것이다. 접근해 온 방식은 제각각이었지만 목적은 대부분 비슷했다. 카다피의 아들의 무위 수준을 사전에 탐색하고 자신의 우위를 확인하는 것.

파엔이 시종들 앞에서 대전 상대로 언급한 세 명의 이름 덕분에 톰은 관심의 표적이 되어 있었다. 아직 10대인 톰은 이번 의식 참가자들 중에서 가장 나이가 어리다. 사람들은 아직 애송이인 그가 쟁쟁한 전사들을 꺾고 올해 제물 의식 제일검이 될 거라고는 믿지 않으면서도 한편으론 이변이 일어날까 우려하고 있었다.

톰은 시비를 거는 것이면 무시해 버리려고 했지만 사내의 눈에서 불순한 의도가 엿보이지 않았기에 순순히 대답해 주었다.

"열일곱."

자신의 화법이 불손하게 들린다는 것은 알지만 어쩔 수가 없다.

톰의 제블린 어는 황궁에 들어오기 전, 라울에게 집중적으로 교육받은 덕분에 일상 회화 정도는 가능한 수준이 되었다. 문제는 발음과 억양이다. 그는 아무리 해도 모국어의 억양을 지워내지 못했던 것이다. 그렇잖아도 어설픈 제블린 어에 사다하 식 억양이 섞이자 서부 사투리라고 둘러대기에도 민망할 지경이 되고 말았다.

그의 입에서 나오는 괴상하고 혀 짧은 소리를 듣고 파엔은 웃다가 호흡곤란을 일으켰고, 라울도 발음과 억양을 교정하는 것을 포기했다.

하지만 황궁에 있는 동안은 제블린 토박이인 척해야 했기 때문에 최대한 말수를 줄일 수밖에 없었던 것이다.

사내는 톰의 반말에 화를 내는 대신 피식 웃었다. 그는 아직 어린 톰이 지기 싫은 마음에 허세를 부리고 있다고 생각했다.

"열일곱이면 어른이지. 아티발 산맥에서는 열다섯 성인식에 혼자 오거(Ogre)를 사냥해 오는 풍습이 있다지? 혼자 오거를 잡을 수 있으면 이미 훌륭한 성인이고말고. 과연 카흐탄의 사내야."

한껏 치켜세워 주었지만 톰에게선 사내가 예상했던 것처럼 의기양양한 기색이 엿보이지 않았다. 맞장구조차 없는 톰의 태도에 무안해진 사내는 내심 다루기 어려운 녀석일세, 하고 혀를 차며 아무것도 없는 머리를 긁적였다. 그는 톰의 관자놀이로 무표정한 얼굴과는 어울리지 않는 식은땀 한 방울이 흘러내리는 것을 미처 보지 못했다.

'열다섯에 오거 사냥을 시킨다고?! 제블린은 정말 살벌한 동네구나.'

오거라면 2급 용병은 셋 이상, 3급은 열 명은 있어야 사냥할 수 있다는 흉포하고 위험한 몬스터가 아닌가. 그런 몬스터를 열다섯 살 아이가 사냥을 잘하면 얼마나 잘한다고 혼자서 사냥해 오라고 시킨단 말인가? 톰의 기준으론 이건 말이 좋아 사냥이지, 나가 죽으라는 말과 다름이 없었다. 이전에 오거가 아니라 오크 한 마리에도 쩔쩔맨 경험이 있는 톰은 그 오거 사냥을 나가 목적을 달성하고 무사히 살아 돌아온 열다섯 살짜리가 정말 있기나 한지 물어보고 싶어졌다.

"나는 가젠 부족의 얀이다. 얀 가젠."

톰은 그가 파엔이 자신의 대전 상대 중 한 명으로 지목한 '자이언트 얀'이라는 것을 알았다.

"토마스."

톰은 이번에도 자신의 이름만을 짧게 말했다. 얀이라는 사내가 했던 것처럼 그도 부족 이름을 섞어 그럴싸한 자기소개를 하고 싶지만 자신이 말하면 '카흐탄 부족'이 '까우딴 부족'이 되어버리니 어쩔 수 없다.

얀이 서글서글하게 웃으며 악수하자는 듯 커다란 손을 내밀자 톰은 잠시 망설였다. 이곳의 관습을 잘 몰라서였다. 혹시 모르지 않는가. 사다하에서는 호의와 친애의 표현인 악수가 이곳 제블린에서는 적대감의 표현인지도.

하지만 얀에게서 별다른 악의가 느껴지지 않았기에 머뭇머뭇 그 손을 잡으려는 순간이었다. 갑자기 등골이 '찌릿!' 하고 울렸다.

챙!!

반사적으로 손이 움직였고, 정신을 차리고 보니 톰의 검은 어느새 뽑힌 채 예리한 칼끝이 얀의 목젖에 닿아 있었다. 목을 움켜쥐려고 했던 얀의 손은 아직 톰의 목에 닿기 전이었다.

얀은 놀랍다는 듯 눈을 크게 떴다. 그는 자신의 이 일격을 톰이 피하거나 막아내지 못할 거라 여겼던 모양이다.

톰도 자신의 이 반응속도에 놀라고 있었다. 검의 자루를 쥔 것은 분명 자신의 손임에도 어떻게 검을 뽑아 얀의 목에 겨누었는지 생각이 나지 않았다.

이전에 오크의 목을 베었을 때처럼 기묘한 감각이다. 살기를 느끼자 자신이 검을 향해 손을 뻗은 것이 아니라 검이 자신의 손을 불러들였고, 검은 저절로 검집에서 빠져나가 얀의 목을 향해 날아간 듯한 느낌이다.

"제법이군. 어리다고 해도 사자새끼는 역시 사자라는 건가? 꼬마 친구, 네 실력은 잘 봤으니 이다음은 샴의 어전에서 계속하는 게 어때? 서두르지 않아도 밤은 길어. 너와 나는 어차피 이 밤이 가기 전에 검을 맞댈 운명이니까."

입은 싱글싱글 잘도 웃건만 눈은 웃지 않는다. 그 눈이 뱀처럼 차갑다는 것을 이제는 톰도 알아버렸다. 칼끝이 목에 닿아 있음에도 긴장한 기색이라곤 없이 꼬마 친구 운운하며 놀리는 말투는 너는 아직 내 상대가 못 된다고 말하는 듯하다. 울컥한 톰은 검을 쥐지 않은 손을 들어 검지, 중지, 약지의 손가락 세 개를 세워 보였다.

"셋. 당신 말고 둘 더."

3대 1의 예정이었으니 싸우고 싶으면 머릿수를 맞춰 와라, 라는 말이었다. 너무 용건만 간단하게 말해서 제대로 알아들을까 싶었지만 얼굴이 확 일그러지는 것을 보니 어떻게든 의미 전달은 된 모양이다.

"카다피님이 재미있는 농담을 하셨다는 얘기는 들었지. 하지만 그 아들은 어리석게도 진담으로 받아들인 모양이군."

"어리석은 것은 당신. 검과 목숨을 건 농담이란 검사에겐 없어."

딱딱하게 굳어진 얀의 얼굴에는 이제 더 이상 웃음기가 남아 있지 않다. 주위의 눈 때문인지 태연을 가장하고는 있지만 꽤 열받은 눈치였다.

"아티발 산맥에서는 강자에 대한 예의를 가르치지 않더냐? 알량한 재주를 믿고 설치다간 명줄을 줄이게 된다는 가르침을 주어야 할 모양이군."

"어떻게? 내 검에 목이 찔린 채로?"

이죽대자 회색 눈동자가 사납게 번득였다. 톰은 앞으로 싸워야 할 상대가 생각보다 다혈질이고 도발에 약하다는 유익한 정보 하나를 얻었다.

톰은 조금도 방심하지 않았다. 스스로 주장하는 것처럼 결정적 우위를 점한 게 아니라는 것을 누구보다 잘 아는 사람은 본인이었던 것이다.

지금처럼 칼끝을 상대의 목에 붙이기 위해서는 검의 길이만큼 바싹 다가설 수밖에 없는데, 톰의 검은 길이가 1티렘도 채 되지 않는 롱 소드다. 그에 비해 상대는 키도 크고 팔다리도 길기 때문에 방금 전 미수에 그친 목 조르기 같은 시도가 얼마든지 가능한 거리였다.

게다가 자세도 불리하다. 두 사람은 모두 바닥에 앉은 상태였다. 얀은 거구에서 나오는 파워가 있기 때문에 이 상태로도 얼마든지 위력적인 공격이 가능하다. 하지만 톰은 발검을 하면서 자연스럽게 한쪽 무릎을 세운 자세가 되긴 했어도 여전히 운신이 불편하다. 상대의 공격을 민첩하게 피할 수 없다는 말이다.

톰은 재빨리 머릿속으로 계산을 끝냈다. 반쯤은 의도적으로 상대를 긁었지만 이 상태로 계속하면 자신이 불리하다고 판단한 그는 얀이 행동에 나서기 전에 겨누고 있던 검을 내려 버렸다.

"가. 지금은 봐주지. 당신 말대로 밤은 기니까."

선심이라도 쓰듯 말하자 얀의 눈에선 불꽃이 튀고, 이빨 사이에선 섬뜩한 마찰음이 들려왔다.

얀은 너무 열을 받은 나머지 머리 위로 모락모락 김이 피어오를 지경이었다. 제블린 동북지방을 대표하는 강자로 이름을 떨쳐 온 그가 언제 이런 모욕을 당해봤겠는가. 그것도 한주먹거리도 안 될 어린놈을 상대로.

얀이 톰을 시험한 것에 악의가 전혀 없다고는 할 수 없다. 카흐탄의 카다피가 왔다는 소식을 듣고 내심 기대를 했던 것이다. 저 유명한 카다피와 한번쯤 검을 맞댈 기회가 있겠거니 하고. 카다피의 검은 죽음을 부르는 마검(魔劍)이라는 소문이 자자하지만 얀은 살아남을 자신도, 지지 않을 자신도 있었다.

그런데 카다피 본인도 아니고 이제 열일곱이라는 그 아들의 상대로 자신이 거론되었다는 얘길 들었으니 열 안 받고 배기겠는가. 그것도 안톤, 릴과 셋이서 저 꼬맹이 놈 하나를 상대하라니, 우습게보는 것도 정도가 있는 법이다!

발끈해서 어디 그 잘난 카다피의 아들놈 면상 한번 구경하자고 온 것이다. 그런데 이놈이 하는 짓이 가관이다. 운 좋게 칼끝을 그의 목에 갖다 붙이고 나니 다 이긴 줄 아는 모양이다.

무신의 유산 99

얀은 싸가지라곤 없는 꼬맹이의 언동에 열받아 놈이 자신의 목을 찌르거나 말거나 목을 움켜쥐어 뜨거운 맛을 보여주려고 했다. 그런데 얀의 손이 녀석의 목을 덮치기 직전, 참으로 절묘한 타이밍으로 놈이 검을 내리고 돌아선 것이다.

그것뿐이었으면 그래도 괜찮았을 텐데, 놈은 얀을 꼬리 내린 개 취급을 하며 대놓고 긁었다. 봐주다니, 대체 누가 누굴 봐준 거란 말인가?!

환장할 노릇이다. 얀은 너무 열받으면 눈에 아무 이상이 없어도 시야가 온통 시뻘겋게 보일 수 있다는 것을 알게 되었다.

성질 같아선 눈앞에 보이는 저 얄미운 뒤통수를 인정사정없이 후려치고 싶지만, 그런 짓을 했다간 자신은 이 많은 사람들 앞에서 고작 열일곱 살짜리 애를 이기지 못해 뒤통수나 후려치는 비겁한 놈이 된다. 아서라, 아서! 여기서 이 이상 망신을 초래할 수는 없다!

"이놈!! 이렇게 된 이상 나에게 자비를 바라지 마라!! 네 아비가 직접 나를 네놈의 상대로 지목했으니 내 칼에 네놈이 잘못된다 한들 나를 문책할 수는 없을 터."

"그러지 뭐. 나도 당신이 내 칼에 죽어도 위로금 같은 거 줄 돈 없거든."

미친다! 정말 한마디도 안 진다!

얀은 오늘 난생처음 말의 무서움을 실감했다. 빌어먹을 꼬맹이 놈, 과묵하게 생겨 가지고 무슨 언변이 저리 좋단 말인가!

그는 한 대 치고 싶어 근질거리는 손을 붙잡고 다음을 기약하며 돌아설 수밖에 없었다. 오늘 그의 운수가 유난히 사나웠던 건지, 아니면 성질 긁는 재주로는 대륙 제일이라는 파엔 곁에서 단련된 톰을 말로써 이겨보려 했던 그가 어리석었던 건지 알 수 없었다.

청석 바닥을 쿵쿵 울리며 멀어져 가는 그의 발소리만이 소리 내어 표현하지 못한 그의 울분을 대신 전해주는 듯했다.

얀이 사라지자 톰은 아무 일도 없었다는 듯 다시 자리에 앉았다. 그는 자신에게 집중된 사람들의 시선 때문에 내색하지는 못했지만 좌절하고 있었다.

'방금 전의 말투, 밉살맞음이 딱 파엔 경이었어! 라울이 파엔 경과 함께 있다 보면 저도 모르게 그 얄미운 말투가 옮는다고 하더니, 진짜로 옮아버렸어~!!'

무슨 전염병이나 피부병도 아니고 말투가 옮는 경험은 처음이다. 놀라운 것은 그 말투로 얀의 말을 받아칠 때는 혀 짧은 소리나 뒤죽박죽인 억양이 나오지 않았다는 것이다. 스스로도 놀랄 정도로 딱딱 끊어지는 유창한 제블린 어였다.

'파엔 경이 지시한 대로 잘 긁어놨으니 체면에 연연하지 않고 싸워줄 것 같기는 한데, 문제는… 어떻게 이기냐고?!'

톰은 선천적으로 예민한 기감을 타고났는데 그 덕분에 실제로 검을 맞대어보지 않아도 상대의 수준을 비교적 정확하게 가늠할 수 있었다. 방금 전의 얀은 적어도 소드 엑스퍼트(Sword Expert) 급이다.

사람들은 엑스퍼트, 엑스퍼트 하고 쉽게들 말하지만 엑스퍼트 급은 소드 마스터 아래의 단계로 마나를 유형화시킨 오러(Aura)를 다루는 높은 수준의 무위다. 얀은 톰이 지금껏 만나본 사람들 중에서 파엔과 라울, 라딘 백작을 제외하면 제일 강할 것 같다.

그런 사람을 상대로 엑스퍼트는커녕 어제오늘 검을 익힌 거나 다름없는 자신이 어떻게 이길 수 있다는 말인지. 이해할 수 없었지만 이 계획의 발안자인 라울은 톰의 승리를 추호도 의심하지 않는 것 같았다.

특별한 묘책이라도 있나 싶어 어떻게 하면 되냐고 물었더니 검에게 맡기란다. 그의 검은 길을 만드는 게 특기이니 생사의 갈림길 속에서 길을 보여줄 거라나?

톰은 그때의 허탈했던 기분을 떠올리고 쓴웃음을 지었다. 그는 지극히 평범해 보이는 자신의 롱 소드를 내려다보았다.

"길을 만드는 게 특기라니, 땅굴 파는 재주라도 있는 걸까? 그런 재주가 있으면 지금 발휘해 줬으면 좋겠네. 방금 전의 대머리 얀 아저씨가 나를 납작하게 만들어 버리기 전에 도망이라도 가게. 그런데 땅굴 같은 것을 파기엔 여기 청석 바닥이 너무 두꺼워 보인다, 그치?"

톰은 사람에게 하듯 검에게 말을 걸었으나 스스로는 의식하지 못했다. 그는 한숨을 내쉬었다. 비록 외관은 정상인의 모습을 하고 있어도 파엔과 더불어 훌륭한 비상식인의 부류에 들어가는 라울을 믿는 게 아니었는데, 하고 톰은 뒤늦은 후회를 곱씹었다.

고민에 빠진 톰은 자신의 무릎 위에 놓인 검이 반짝, 하고 빛나는 것을 알아차리지 못했다.

뿌우 뿌우 뿌우우우우—

뿔피리 소리가 울리자 각자 편한 자세로 앉아 있던 사람들이 일제히 자리에서 일어섰다. 톰은 영문을 알 수 없었지만 어쩐지 분위기가 심상치 않아 덩달아 일어섰다.

뿔피리 소리가 그치고 얼마 되지 않아 연회장 앞쪽의 5티렘도 넘는 거대한 석조 문이 열리며 사람들이 들어왔다.

선두에 선 것은 무늬 없는 하얀 면직 상의에 바지, 남색 가운을 걸친

소탈한 차림의 사내였다. 키가 180티노트는 넘을 듯한 장신이었는데 특이한 것은 머리였다. 그는 다른 사람들과 달리 터번을 하지 않고 긴 흑발을 하나로 질끈 묶어 허리 아래로 드리우고 있었다.

톰은 제블린에 온 이래로 터번을 하지 않은 성인남자를 만난 적이 없기에 그 긴 흑발을 신기하게 바라보았다.

사내의 뒤로는 하얀 수염을 배까지 늘어뜨린 마르고 강퍅해 보이는 노인과 시종 복장을 한 사내들이 따르고 있었다.

연회장의 정면, 십여 개의 계단이 늘어선 높은 곳에는 등받이와 팔걸이가 있는 벨벳 쿠션이 놓여 있었는데 사내는 바로 그곳에 가서 앉았다. 그의 주변을 천막처럼 폭이 넓은 휘장이 감싸고 있었는데, 바닥까지 길게 늘어진 휘장에 새겨진 것은 물병을 든 여신과 X자로 교차된 두 자루의 칼. 제블린의 황위(皇位)를 상징하는 문양이다.

저 사람이 바로 세람이 그토록 만나고자 하는 제블린의 샴, 아마르카인 레 뤼카인 것이다.

그가 자리에 앉기를 기다렸다는 듯 일어선 사람들이 일제히 무릎을 꿇었다.

"위대하신 신의 그림자, 세세토록 여신의 축복을 누리소서!"

많은 사람들이 사전에 입이라도 맞춘 듯 한목소리로 외치자 넓은 연회장이 울릴 지경이었다.

"시작하라."

연회장 가장 높은 곳에 앉은 사내가 명령했다. 그러자 하얀 수염의 노인이 시종들로부터 두루마리를 건네받아 거기에 쓰인 듯한 이름을 호명했고, 이름이 불린 사람들은 연회장 중앙에 와 섰다. 그들은 샴을 향해 절을 한 뒤, 각자의 상대를 맞아 싸우기 시작했다.

톰은 파티션으로 구분된 무대 앞쪽에 자리 잡고 앉아 사람들의 행동 하나하나를 자세히 봐두었다. 나중에 자신이 불려 나갔을 때 실수하지 않기 위해서.

무대 위의 사람들은 서로가 철천지원수라도 되는 것처럼 격렬하게 싸웠다. 피를 보는 것은 예사였고, 운신하기 힘들 정도의 중상을 입어 들것에 실려 나간 사람만 벌써 세 명이 넘는다. 허술한 파티션(Partition: 칸막이)은 사람들의 몸싸움으로 걸핏하면 무너졌고, 파티션 너머로까지 피나 무기, 사람이 날아오는 경우가 있었다. 의식 참가자들 간의 비무라고 하기에 가벼운 친선경기 정도를 상상했던 톰의 얼굴에선 시간이 지날수록 점점 핏기가 가시고 있었다.

대결의 승자는 다음 상대를 지목할 권한이 있는 듯했다. 그런 식으로 몇 번이고 무대 위의 승자가 뒤바뀐 후에 톰과도 안면이 있는 사내가 무대 위로 불려 나갔다. 바로 얀 가젠이다.

얀은 웬만한 사람 키보다 큰 투 핸드 소드(Two hand sword)를 들고 있었다.

너무 크고 무거워서 보통은 양손으로 쓴다는 투 핸드 소드를 얀은 한 손으로 휘두르고 있었다. 은빛 검신이 불빛에 현란하게 반짝이자 톰은 원인을 알 수 없는 위화감을 느끼고 살짝 미간을 찌푸렸다.

"기분 탓인가? 어쩐지 칼날 부분이 다른 것과 조금 다른 것 같은데……."

"눈썰미가 좋군. 미스릴이야."

기대하지도 않았던 대답이 들려왔다. 고개를 돌려보니 바로 옆에서 눈처럼 하얀 백발의 소년이 빙긋 웃고 있다.

키는 140티노트가 될까 말까 하다. 새하얀 머리가 허리 아래까지 흘러내리고 작고 섬세한 얼굴은 얼음으로 빚은 인형처럼 투명하고 예쁘다. 가느다란 눈썹, 오뚝한 코, 장미 꽃잎처럼 붉은 입술. 무엇보다 인상적인 것은 붉은 눈동자였다. 오렌지색도 주황색도 아니다. 맑고 선명한 선홍색의 그것은 사람의 눈이라기보다 한 쌍의 보석처럼 보였다.

소년은 톰이 멍하니 자신을 바라보자 영문을 모르겠다는 듯 고개를 갸웃했다.

"저 덩치의 검의 재질을 궁금해했던 것 아닌가? 검신이 백색에 가까운 은색인 것은 미스릴 재질인 탓이야. 철검은 같은 은색이라도 좀 더 푸른빛이 돌지. 이 거리에선 구분하기 힘들 텐데 잘 봤군."

"넌 누구야?"

"키르. 넌 톰이지?"

톰은 여기에 이런 아이가 있었던가 하고 생각했다. 넓은 연회장 안에는 수백 명에 가까운 사람들이 모여 있으니 그 많은 사람들을 다 알지도, 기억하지도 못한다. 하지만 의식 참가자들 중에 자신의 나이가 가장 어리다고 했던 것은 기억하고 있다. 눈앞의 소년은 톰보다 적어도 서너 살은 어려 보인다.

"너도 의식 참가자냐?"

의심스럽다는 기색을 숨기지 않자 키르는 픽 웃었다.

"키르라고 했잖아. 둔하네. 내가 누군지 모르겠어?"

키르는 그것이 자신의 신분 증명서라도 되는 것처럼 옷자락을 흔들어 보였다. 그는 제블린 의상 특유의 풍성한 옷이 아니라 상반신은 몸에 딱 붙고 허리 아래로는 폭 넓게 흘러내리는 독특한 코트 같은 옷을 입고 있었다. 하얀색 코트는 목깃이 목을 가릴 정도로 높게 올라오고, 깃과 소매의 가장자리를 따라 붉은 장미 꽃잎처럼 독특한 무늬가 흩뿌려져 있었다. 톰은 그 무늬가 어쩐지 눈에 익었지만, 아무리 생각해도 어디서 봤는지 기억해 낼 수가 없었다.

무대 쪽에서 쾅 하고 폭음이 들려왔다. 화들짝 놀란 톰은 황급히 무대 쪽으로 주의를 돌렸다. 지금은 한가하게 소년의 정체나 캐고 있을 때가 아니다.

무대 위에선 얀의 대결 상대가 궁지에 몰려 있었다. 객관적으로는 그도 약한 편이 아니었지만 얀이 압도적으로 강했다. 얀은 2티렘에 육박하는 거검(巨劍)을 들고 싸운다고는 믿기 힘들 정도로 빠르고 경쾌한 움직임을 보였다. 발소리가 거의 들리지 않는 가벼운 발의 움직임은 일류 무용수의 스텝을 연상시켰다.

톰은 얀의 발의 움직임이 댄스 스텝처럼 일정한 패턴이 있다는 것을 깨닫고 그것을 외우기 위해 박자를 셌다. 하나 둘 셋, 둘 둘 셋……. 어린 여동생이 둘이나 있는 톰은 그 아이들에게 사교춤을 가르치면서 이런 작업을 수없이 해봤다.

무대 위의 승패는 거의 결정났지만 얀은 고양이가 쥐를 가지고 놀듯 대결 상대를 이리저리 몰아붙이고 있었다. 상대가 느끼는 당혹감과 공포, 좌절 등의 감정을 즐기는 것 같았다. 얀을 관찰하던 톰은 그가 곧 이 승부에 종지부를 찍을 것임을 알았다.

쨍쨍 하는 금속성을 울리며 격렬하게 맞부딪치던 얀의 검이 사내의 머리를 향해 떨어져 내렸다. 사내는 황급히 방어했지만 이 공격이 지금까지와는 다르다는 것을 미처 깨닫지 못했다.

얀의 검과 사내의 검이 맞부딪치는 순간, 톰은 소리로는 들리지 않는 폭음을 들었다. 공기가 진동하고 건물 전체가 잘게 흔들리는 느낌이 났다. 얀의 상대는 가랑잎처럼 무대 밖으로 나가떨어지고 있었다.

털썩.

무거운 것이 떨어지는 소리가 났다. 쓰러진 사람은 죽었는지 살았는지 알 수 없다. 어쩌면 오늘 밤 최초의 사망자가 나왔는지도 모른다.

톰은 얀의 은빛 검신을 타고 아지랑이처럼 일렁이는 붉은 기운을 볼 수 있었다. 유형화된 마나, 오라다.

톰과 얀의 눈이 우연처럼 마주쳤다. 얀이 웃는다. 톰은 그가 자신에게 보이기 위해 그런 식으로 싸웠다는 것을 알았다. 이를 악물고 있는데 누군가 톡톡하고 어깨를 두드린다. 돌아보니 예의 백발 소년, 키르다.

"두려워?"

"…아니."

"도망치고 싶어?"

"아니!"

"솔직하게 말해도 돼. 어차피 승산은 없잖아. 이기지도 못할 싸움, 왜 하는데? 아프고 고통스러울 뿐이잖아. 피하고 싶으면 그렇다고 말해. 내가 여기서 안전하게 몸을 뺄 방법을 가르쳐 줄 테니까."

톰은 계속해서 눈치 없는 소리만 늘어놓는 그를 노려보았다. 이놈, 얀의 앞잡이 아냐?

하지만 그 순간 필요없다고 단호하게 거절하지 못한 것은 자신의 마음 한구석에 녀석의 말처럼 도망치고 싶은 마음이 있었기 때문인지도 모른다.

키르를 보고 있으려니 사다하에 있을 막내 여동생이 생각났다. 비슷한 연령 탓일까? 똑똑한 척하며 얄미운 소리를 늘어놓는 것이 꼭 닮았다.

열 살배기 여동생 아멜리아. 만만한 동네 사내아이들을 모아놓고 골목대장 노릇을 하고 있는 씩씩하고 활달한 말썽꾸러기. 세상에서 오빠가 제일 좋다는 어리광쟁이. 톰은 녀석이 넘쳐 나는 호기심과 장난기로 사고를 칠 때면 화가 나 엉덩이를 팡팡 때려주고 싶다가도 녀석의 애교에 넘어가 이러면 안 되는데 하면서도 웃어버리곤 했다.

자신이 잘못되면 그 아이가 슬퍼하겠지. 몇 날 며칠 밥도 안 먹고 울지도 모른다. 마음이 아팠지만 여기서 도망칠 수는 없었다. 하기 싫어도 해야만 하는 일이 있고, 고통스럽더라도 회피할 수 없는 일이 있다.

검자루를 힘주어 잡자 손에 와 닿는 단단한 감촉이 마음을 안정시켜 주었다. 예전에 기사였던 아버지는 어떤 이유로든 검을 들면 필연적으로 그만큼 죽음에 가까이 다가서게 된다고 말했었다. 자신은 라울에게서 이 검을 건네받았을 때부터 이 순간을 예감했는지도 모른다.

"도망가라고? 어디로? 강한 적에게서는 도망갈 수 있을지 몰라도 비겁한 자신에게서는 도망갈 수 없어. 그리고 이길 수 없다고 누가 정했는데? 싸움의 승패란 싸워보기 전에는 모르는 거 아냐?"

톰의 결연한 눈을 마주한 키르가 빙긋 웃는다.

"좋은 눈이군. 너에게는 아직 좀 힘들지 않을까 싶었지만 걱정 안 해도 되겠어. 지금의 각오로 버텨봐."

얀은 예상했던 대로 다음 상대로 톰을 지목했고 그는 일어서 무대를 향해 발걸음을 옮겼다.

톰은 다른 사람들이 하던 것처럼 샴을 향해 절을 하고는 얀과 마주하고 섰다.

"꼬맹이, 입으로 나불거리던 것만큼 실력도 되는가 보자. 선수를 양보하마. 덤벼봐."

선심 쓰듯 말했지만 톰의 반응은 시큰둥했다.
"됐어. 나중에 선수를 양보한 탓에 졌다고 구시렁거리면 귀찮아."
"이놈이!!"
발끈한 얀이 덤벼들었고 두 사람의 검이 날카로운 금속성을 내며 맞부딪쳤다. 톰은 얀의 투 핸드 소드에서 쏟아지는 힘이 상상 이상이라 쥐고 있던 검을 놓칠 뻔했다. 그동안 라울에게서 배운 대로 검에 실린 힘을 흘리고 있지만 그렇게 해도 팔과 어깨가 떨어져 나갈 것만 같다.
"어떠냐? 꼬맹아, 여기서 엎드려 빌면 목숨만은 살려주지."
히죽 웃는 얀을 보자 톰은 밸이 꼴려서 낮게 코웃음을 쳤다.
"당신네 부족 검술에는 내려치기밖에 없나 보지? 이런 허접한 검으로 밥 벌어먹고 살려면 참으로 애로사항 많겠어. 쳇! 시시한 촌구석 검술 따위로 어디 와서 유세야?"
"이 빌어먹을 꼬맹이, 곧 죽어도 입은 살았군!"
얀은 그 육중하고 둔해 보이는 덩치로는 믿을 수 없도록 빠른 쾌검을 구사하며 톰을 몰아붙였다. 톰의 내려치기 운운하는 말이 자존심 상했는지 갖가지 검술 기교를 선보이는 것도 잊지 않았다.
얀의 폭풍 같은 기세에 휘말린 톰은 처음에는 빠를 뿐 아니라 변칙적으로 이리저리 치고 들어오는 공격을 제때 막아내는 것만으로 힘에 부쳤다. 하지만 검을 부딪치는 시간이 길어질수록 점차 그 속도에 적응이 되어갔다.
라울에게 배운 것도 하나둘씩 기억났다. 그동안 파엔에게 두들겨 맞으면서 깨쳤던 방어의 요령도 도움이 되었다.
톰은 라울과 파엔이라는 상식 밖의 인물들에게 둘러싸여 살고 있다. 변칙이라면 자신보다 통달한 사람이 없을 거라고 씁쓸히 자부했다. 얀의 변칙 정도로는 파엔처럼 자신의 뒤통수를 호되게 후려칠 수 없으며, 그의 투 핸드 소드 정도로는 라울이 종종 그러는 것처럼 자신을 절망의 구렁텅이에 빠뜨릴 수 없었다. 얀의 검 정도는 당황하지 않고 침착하게 대응만 한다면 막아내지 못할 것도 없는 것이다.

게다가 무대 밖에서 얀의 스텝을 외웠던 것도 도움이 되었다. 패턴의 일정한 규칙성을 찾아내자 동에 번쩍, 서에 번쩍 하는 것처럼 보였던 얀의 움직임을 따라가는 것은 물론이고, 그다음 행동까지 어느 정도 예측할 수 있게 되었다.

그렇게 몇 가지 호재가 겹치자 톰은 단순히 얀의 검을 막아내는 데서 그치지 않고 그를 몰아붙일 수 있게 되었다. 얀의 검술은 단조로웠다. 속도와 파워가 결합된 그의 검은 분명 위력적이었지만 그것을 뛰어넘는 격렬함이 없었다. 이기기 위해 몸을 사리지 않는 것, 부족해도 사력을 다하는 것. 톰은 그것이 패색 짙은 싸움에서 절대 없을 것만 같던 활로를 열어주고, 미세한 차이로 승패를 뒤집기도 한다는 사실을 오늘 깨달았다.

얀은 파티션이 쳐진 무대 가장자리까지 밀리자 놀람과 분노가 뒤범벅된 눈으로 톰을 노려보았다.

그렇게 승부가 결정지어졌다면 톰에게는 아주 좋았겠지만, 톰의 기술이 아무리 좋아도 얀에게 이길 수 없는 결정적인 것 한 가지가 있었다. 파엔과 라울은 검기라고 부르고, 여기 제블린 사람들은 오러라고 부르는 그것.

톰은 파엔에게서 몰매를 맞아가며 방어 기술을 어느 정도 익혔을 때, 검기 대처법을 물은 적이 있다. 파엔의 대답이라는 것은,

"바보냐? 마나도 모르는 놈이 검기를 어떻게 막아? 무조건 내빼는

게 최고야."

라는 무책임하고 인정머리없는 것이었다. 그것도 부족한지 덧붙인 말은,

"부딪치는 순간 재수없으면 검 부서지고, 마나가 체내를 진탕시켜 내상을 입는다. 더 재수없으면 그 길로 반신불수. 한마디로 쪽박이니까 도망가라는 말이야. 자존심이 중하냐, 목숨이 중하지. 사람은 경중을 따질 줄 알아야 해."

라는 명예를 목숨보다 무겁게 여긴다는 기사의 원칙에 심각하게 위배되는 말이었다. 톰은 이것이 사다하가 자랑하는 마검사인가 하고 생각하니 한숨이 절로 나왔다.

"정말로 방법 없어요?"

"마나라곤 쥐뿔도 모르는 놈이 검기 쓰는 놈을 이기는 방법? 없다니까. 신에게 빌어도 안 돼. 불쌍하게 여긴 신이 신성력이라도 펑펑 내려줘서 성기사라도 되면 모를까. 응? 그러고 보니, 너는 한 가지 방법이 더 있구나."

문득 생각났다는 듯 파엔이 말하자, 톰은 역시 방법이 있었어! 하고 쾌재를 불렀다.

"뭔데요?!"

"빌어라."

"빌라니, 뭘 빌라는 말이에요? 설마 파엔 경에게 빌라고? 빌어야 가르쳐 준다니 너무 치사한 거 아니에요?!"

"그게 아니라! 네 검에 대고 빌란 말이다!"

"검에 대고 빈다……?"

"그 검은 어린애들만 유독 편애하는 변태검이다. 소유주가 어린 소

무신의 유산 111

년이나 소녀일 경우, 이 검은 무슨 일이 있어도 죽게 내버려 두지 않아. 능력은 좋으니까 위기의 순간에 네가 아직 소년이라면 매달려서 도움을 받아라."

톰은 파엔 경이 내놓는 해결책이라는 게 그렇지, 하고 고개를 끄덕였다. 원래 기대가 적으면 실망도 적은 법이다.

톰은 얀의 은빛 검신에 붉은 아지랑이 같은 기운이 휘감기는 것을 본 순간, 파엔과의 대화를 떠올렸다.

맞받지 마라. 검은 부러지고, 몸은 엉망이 된다. 무조건 피해라!

검기 대처법의 핵심이 머릿속을 스쳐 가자 톰은 날아오는 검을 피해서 몸을 굴렸다. 톰은 겪어보고 나서야 검기라는 것이 얼마나 무서운 것인지 알았다. 검은 스치지도 않았는데 옷과 피부가 찢겨져 나간 것이다.

얀은 계속해서 검기가 실린 검을 날렸고, 톰은 피하는 것 외엔 달리 방법이 없었다. 상황이 순식간에 역전되어 톰은 달리고, 넘어지고, 꼴사납게 바닥을 굴렀다. 얀은 낭패한 톰의 모습을 보고 히죽히죽 웃었다. 분했지만 방법이 없었다. 둘의 대결은 얀이 톰을 얕보지 않고 처음부터 검기를 썼다면 초반에 끝났을 싸움이다.

톰은 필사적으로 검기를 피했지만 도저히 피할 수 없는 상황도 있는 법이다. 엉덩방아를 찧은 상태에서 가슴을 향해 검이 날아오자 피할 수 없다고 직감한 톰은 반사적으로 검을 들어 막았다.

쾅!!

검과 검이 맞부딪쳤는데도 금속성이 아니라 공기가 진동하는 듯한 무시무시한 소리가 났다.

톰은 검이 부딪친 순간, 폭력적인 마나가 자신의 내부를 온통 휘젓는 듯한 느낌을 받았다. 신체 내부가 격탕된 충격으로 입가로 가는 피가 흘렀지만 그것을 의식할 여유는 없었다.

톰이 검기에 당할 때 가장 먼저 떠올린 것은 가랑잎처럼 날아가던 얀의 이전 대결 상대다. 그는 뒤로 쭉 밀려나는 느낌을 받자 들고 있던 검을 바닥에 꽂아 밀어내려는 힘에 대항했다. 파티션 밖으로 밀려나 장외패가 되지 않기 위해서다.

그런 노력 덕분인지 톰은 파티션에 등이 닿은 상태로 간신히 멈춰섰다. 단단한 청석 바닥에는 한줄기 홈이 패어 있었다. 톰이 검을 꽂은 채 밀려난 자국이다.

그런 그를 보고 얀은 뭐 이렇게 독한 것이 다 있냐는 듯 기가 찬 표정이다.

톰은 침을 꿀꺽 삼켰다. 장외패를 막은 것까지는 좋은데 손가락 하나 까딱할 수 없다. 지금의 자신은 얀이 검기를 쓸 것도 없이 손가락 하나로 툭 쳐도 쓰러질 것 같다. 손에서 검이 떨어지지 않은 게 신기할 지경이다.

두근, 두근 하고 자신의 심장 뛰는 소리가 들린다. 모든 소리가 멀리서 울리는 것 같고 잡음이 심해 알아들을 수가 없다. 시력에도 이상이 생겼는지 사물의 경계선이 흐릿해지고 색들이 뒤죽박죽으로 섞였다.

자신의 절망적인 상태를 깨달은 톰은 여기서 끝인가, 하고 생각했다.

"어이, 살아 있냐?"

온갖 잡음만 시끄러울 뿐, 의미있는 소리는 들리지 않는 귀에 처음으로 들린 명확한 목소리였다. 정신을 차리자 검에 의지해 버티고 앉아 있는 톰 앞에 작은 체구의 소년이 쪼그리고 앉아 그와 눈을 맞추고 있다.

하늘하늘 흘러내리는 새하얀 머리. 얼음 조각처럼 단정하고 정갈한 얼굴. 잊을 수 없을 만큼 인상적인 붉은 보석 같은 눈동자. 바로 키르였다.

톰은 어떻게 그가 한창 싸움이 진행 중인 무대에 올라올 수 있었는지 알 수가 없었다. 마치 짙은 안개라도 낀 것처럼 사물이 흐릿하게 보이는 가운데 키르만이 선명한 색을 가지고 빛나고 있었다.

"아프냐? 잘난 척하던 것치고는 상태가 썩 안 좋아 보이는데? 기왕이면 이렇게 너덜너덜해지기 전에 구해줬으면 좋았겠지만 원칙을 어길 수는 없어서. 내가 너를 위해 힘을 쓰기 위해서는 너를 주인으로 인정한 뒤라야 하거든. 그래서 네가 나의 주인이 될 자격이 있는지 알아봐야 했어."

소리는 선명하게 잘 들리는데 무슨 말을 하는지 의미를 알아들을 수가 없었다. 머리에 이상이 생긴 걸까?

톰은 몽롱한 의식 가운데서도 소년의 옷자락에 새겨진 붉은 장미 꽃잎 무늬가 유독 눈에 들어와 박혔다. 자신은 저 무늬를 분명 어디선가 봤다. 순간 연상 작용처럼 의식 저편에 묻어두었던 기억이 머릿속을 스치자 그는 가슴이 쿵하고 내려앉았다.

톰은 꿀꺽하고 침을 삼켰다. 아닐 것이다. 그런 일은 있을 수 없다.

"너, 누구야?"

"키르라고 했잖아."

"정체가 뭐냔 말이야."

"뭐일 것 같아?"

"요괴든 악령이든 적어도 인간은 아니겠지."

소년은 부정하지 않았다. 그러고 보니 이 키르라는 녀석은 존재감이 묘하게 흐릿하다. 한 번 보면 절대 잊을 수 없을 것 같은 강렬한 미모를 가지고 있음에도 피와 살을 가진 생명체라는 느낌이 들지 않는 것이다. 톰은 비록 타입은 다르지만 비슷한 놈을 한번 겪은 일이 있다. 허락도 없이 남의 몸을 갈취하려는 악령인지, 광기의 요정인지를 간신히 떼어냈건만 왜 또 이런 일이?! 라울의 말처럼 자신은 이런 놈들이 들러붙기 쉬운 체질이란 말인가?!

톰은 낙담했지만 속단은 아직 이르다고 자신을 다잡았다.

"그 옷의 꽃무늬 말이야. 비슷한 것을 전에 한 번 본 적 있거든? 검신(劍身:Blade)에 새겨진 거였어. 그래서 말인데, 상식적으로 그런 것은 있을 수 없다고 생각하지만 너 혹시… 사람의 모습을 한 검이라든가……?"

키르는 픽 하고 웃었다. 그 웃음에 담긴 것은 명백한 비웃음이라 톰은 얼굴이 화끈거렸다.

"나도 아닐 줄 알았어. 내가 요즘 워낙 상식 밖의 일을 많이 겪다 보니 혹시나 하고……."

"이제 알았어?"

톰은 변명을 늘어놓기 바빠 키르가 뭐라고 하는지 잘 듣지 못했다.

"뭐라고 했어?"

"네가 생각한 게 맞다고. 그걸 이제야 알아채다니 어지간히 둔하네. 이전에 날 거쳐 갔던 녀석들은 이름만 들으면 알던데. 키르는 키르아이나의 애칭인 게 뻔하잖아, 바보냐?"

사람도 아닌 검에게서 바보라는 비웃음까지 받고 말았다. 충격이다. 톰은 자신의 검 이름이 '키르아이나'라는 것은 전부터 알고 있었다.

하지만 대체 누가 어느 날 갑자기 자신의 앞에 나타난 인간이 자신의 검과 이름이 비슷하다고 해서 자신의 검이 변한 모습일지도 모른다고 의심한단 말인가? 자신이 바보인 게 아니라 첫눈에 알아맞힌 놈들 쪽이 이상한 거다. 게다가 톰은 지금도 키르라는 녀석의 말을 완전히 믿을 수가 없었다.

"무슨 말도 안 되는 소릴 하는 거야? 인간의 모습으로 변할 수 있는 검 따위가 세상에 있을 리 없잖아! 마법 무기의 정수라는 에고 소드(Ego sword:자아를 가진 검)도 그런 건 못한다고! 누굴 진짜 바보로 알아?!"

톰은 붉은 눈동자가 자신을 쏘아보자 움찔했지만, 곧 '니가 날 노려보면 어쩔 건데?' 하고 자신도 마주 쏘아봐 주었다. 그러자 키르는 천천히 하얗고 모양 좋은 손을 들어 올리더니 톰의 양 볼을 잡아 고무줄을 늘이듯 사정없이 쭉 잡아당겼다.

"아으아아아아!!!"

"어디서 이런 귀엽지 않은 게 걸려 가지고."

톰은 눈물이 글썽글썽한 눈으로 볼을 문지르며 키르를 노려보았다.

"네가 진짜 내 검이라는 증거가 어디 있어!! 내 검은 그냥 평범한 롱소드(Long sword)라고!!"

거기까지 말했을 때, 검이 아직도 자신의 손에 쥐어진 채라는 것을 깨달았다.

"봐봐!! 내 검 여기 있잖아!! 이게 어디서 거짓말을……! 너, 사기꾼 요정, 아니, 요괴지?"

"이게 진짜!! 쿠르 놈에게 걸려서 몸 뺏기고, 영혼 뺏기고, 골수까지 쪽 빨릴 뻔한 것을 구해줘 놓으니까 은혜도 모르고!! 증거? 증거라고 했냐? 눈 똑똑히 뜨고 봐라!"

키르는 톰이 쥐고 있는 롱 소드의 검신에 손가락을 갖다 댔다. 그러자 얼어붙은 강의 수면 아래서 물고기 그림자가 어른거리듯 붉은 반점 같은 것이 생겨나더니 곧 선명한 꽃잎 무늬가 검신 위로 떠올랐다.

"어? 어어!!"

뜨악해서 키르를 돌아본 톰은 더 놀라고 말았다. 키르의 하얀 코트에 그토록 선명하게 자리하고 있던 붉은 꽃잎 무늬들이 다 어디로 갔는지 하나도 보이지 않았다.

"증거, 더 필요하냐? 네가 이런 놈인 줄 알았으면 쿠르 놈에게서 구해주지도 않았어!"

"그, 쿠르라는 게 누군데?"

"쿠르디니안. 네놈이 멋모르고 불러들였던 광기의 요정이다."

톰은 눈을 크게 떴다. 광기의 요정에게 몸을 뺏겼던 그날의 일은 당사자인 자신과 라울밖에 모른다. 게다가 라울의 검에서 분명 저런 형태의 꽃무늬가 떠오르는 것도 보았다.

"그, 그럼 진짜……?!"

흥, 하고 코웃음을 친 키르가 검신에서 손가락을 떼자 가장자리를 따라 문신이 새겨진 것처럼 선명했던 무늬가 원래 없었던 것처럼 사라져 버렸다. 그와 동시에 키르의 하얀 코트엔 꽃무늬가 돌아왔다. 톰은 그 신기한 광경을 숨조차 쉬지 못한 채 바라보았다.

"저, 저기, 그 꽃무늬 뭐야?"

요정에게 몸을 뺏겼을 때의 기억은 분명치 않다. 하지만 라울이 검을 빼 들어도 놀라지 않던 녀석이 검신에 나타난 저 무늬를 보고는 당황했고, 어쩐지 두려워한다는 느낌을 받았었다.

"약속의 증거다. 어둠의 정령왕이 아스카님께 한 약속을 새겨놓은 거지."

아스카님? 분명 어디선가 들어본 이름이다.

"무슨 약속인데?"

"자신의 권속들은 아스카님 앞에서나 아스카님의 이름 앞에서 나쁜 장난을 치지 않겠다는 내용이다. 그래서 쿠르 놈이 겁먹었던 거야. 쿠르는 어둠의 하급정령이거든. 왕이 자신의 이름을 걸고 맹세한 것을 하급정령이 어기면 그냥 안 끝나. 레아트레스는 성질이 더럽거든."

"레아트레스?"

"어둠의 정령왕의 이름이다. 그 이름은 함부로 입에 담지 않는 게 좋아. 이름 자체로 마력(魔力)이 있거든. 마를 불러들이게 된다."

톰은 '합!' 하고 입을 다물었다. 그는 때구루루 눈을 굴리며 키르의 눈치를 살폈다. 마주하고 있는 지금도 믿을 수 없지만 녀석이 정말로 자신의 검의 에고(Ego:자아, 정신)인 것 같았기 때문이다.

"저기, 그럼 넌 진짜 에고 소드인 거야? 아무리 에고 소드라도 에고의 형태를 직접 눈으로 볼 수 있다는 말은 들은 적이 없는데, 대단하다! 너를 만든 사람은 대마도사인가 보지?"

"나는 에고 소드 따위가 아니야! 감히 이 몸을 그런 입만 살아서 나불거리는 재주밖에 없는 것들과 같은 취급을 하는 거냐!!"

"그, 그래? 어, 어쩐지 이상하다고 했어. 에고 소드라면 답답해서라도 한번쯤 말을 걸어왔을 텐데 그동안 한 번도 네 목소리를 들은 적이 없어서. 나는 내가 마음에 안 들어서 입 다물고 있었던 건 줄 알았지."

"너는 원래 날 볼 수도, 내 목소리를 들을 수도 없어. 보이지 않는 것을 보고, 들리지 않는 것을 듣는 특별한 감각을 타고났거나 나와 교감(交

感)하지 않은 다음에는. 난 네가 생각하는 것처럼 마법사가 인위적으로 만든 에고가 아니라 나무에 깃든 정령처럼 검에 깃든 혼, 검령(劍靈)이거든."

톰은 검의 요정 같은 걸까 하고 생각했다.

"보이지도 들리지도 않는 게 정상이라면 지금은 어떻게 된 건데?"

"오늘은 동지니까."

그걸로 충분한 대답이 되었을 거라는 말투다. 톰은 이해할 수 없었지만 이 상황에서 '동지가 어쨌다는 건데?' 하고 물었다간 '이 무식한 놈! 그런 것도 모르냐!!' 라는 사정없는 면박이 날아올 것 같다. 게다가 지금 중요한 것은 계절의 절기 따위가 아니지 않은가.

"저기, 그런데 아까 내가 주인 자격이 있는지 알아본다고 했잖아. 나, 그 시험에 통과했어? 아니면 '노력 요함' 이나 '주인 자격 없습니다. 하루 빨리 다른 주인을 찾아주세요' 라든가?"

말투에 자신이 없는 것은 이 검이 자신에게 과분하다는 것을 스스로도 아는 까닭이다. 비록 성깔은 좀 있는 것 같지만 혼이 있는 검이다. 검사라면 소드 마스터인들 이런 검을 탐내지 않으랴.

"왜? 사기꾼 요괴 운운할 때는 언제고 내 주인이 되고는 싶냐? 네 검은 평범하고 정상적인 롱 소드라며? 이상한 게 붙어 있는 평범하지 않은 검이라도 상관없나 보지?"

키르는 픽 웃으며 이죽댔다. 사기꾼 요괴 소리가 어지간히 가슴에 맺혔나 보다.

"그, 그렇지. 그동안 모르고 있었지만 생명의 은인이기도 하니까."

입발림 소리가 아니라 나름 진심을 담아 말했건만 녀석은 홍, 하고 코웃음 쳤다.

"내가 심지 굳건하고 의지가 강한 아이를 주인의 자격 조건으로 하지 않았으면 너 같은 건 어림도 없었어!"

"에?! 정말?! 나, 주인 맞는 거야? 내일부터 당장 새 검 알아보지 않아도 되는 거지?"

"내가 거절했다고 당장 새 검을 알아볼 생각이었냐? 이런 근성도 없는 놈! 젠장, 어쩌다 이런 놈에게 걸려서는……. 잘 들어. 나는 검에 대한 자질 같은 것을 주인 자격으로 삼지 않는다. 난 재능은 넘치지만 싸가지 또한 심각하게 결핍되어 있는 파엔 같은 놈들을 지겹도록 봐왔어. 내가 중요하게 생각하는 것은 마음이 바를 것, 의지가 강할 것이야. 품성을 갖추지 못한 검귀(劍鬼) 따위 필요없단 말이지. 너는 너보다 강한 적 앞에서 물러서지 않음으로서 최소한의 자격 조건을 갖추었음을 증명했다."

검에게 인정받았다고 기뻐하는 것은 이상하지만 정말로 가슴이 두근거렸다. 녀석이 하도 쌀쌀맞게 굴어서 틀린 줄 알았는데!

"앞으로 잘할게! 방금 전에는 미안했어. 네가 그 광기의 요정이랑 같은 부류인 줄 알고. 내가 요괴 같은 것에 심각한 알레르기가 있거든."

마지막 한마디는 하지 않았으면 좋았으련만. 아니나 다를까, 녀석의 눈초리가 매섭게 치켜올라 간다.

"나, 요괴 아니거든!!"

톰은 실언이었다며 황급히 토라진 녀석을 달랬다. 그의 그런 노력에도 불구하고 녀석은,

"그런데 너, 검술 쪽은 많이 노력해야겠더라. 나를 거쳐 간 주인들 중에서 최하위야."

방긋 웃는 얼굴로 남의 가슴에 대못을 박는 몹쓸 검이었다.
"검의 재능은 요구하지 않는다며!!"
"그렇긴 한데, 그동안 내가 여기저기 깔아놓은 원한이 워낙 많아서. 내 주인이 라울에서 너로 바뀌었다는 것을 알면 만사 제쳐 놓고 달려올 놈이 하나둘이 아니거든. 너, 이대로는 목숨이 위태로워."

무생물인 검 주제에 무슨 원한을 그리 쌓고 다녔단 말인가. 하지만 농담이나 빈말로 들리지 않으니 더 무섭다. 톰은 이 괴상한 검의 주인이 된 것이 행운인지 불행인지 알 수가 없어졌다.

"참, 목숨이 위태롭다고 하니까 생각나는데 싸움은 어떻게 됐어? 나는 진 건가?"

그러고 보니 이상한 일이다. 얀은 왜 자신에게 결정타를 날리지 않는 걸까? 아니, 어쩌면 승패는 이미 지어졌는데 심각한 부상으로 시각이며 청각이 마비된 자신만 그 사실을 모르고 있는 것일지도 모른다. 하지만 키르는 고개를 저어 톰의 추측을 부정했다.

"아니. 아직 아무것도 결정나지 않았어. 여기는 시공간의 사이야. 동지나 하지에만 열린다는 요정의 길이지. 네가 원래 있던 공간과는 시간의 흐름이 다르기 때문에 그쪽은 지금까지도 네가 검기에 얻어맞은 상태로 시간이 멈춰 있을 거야. 네가 한 방만 더 맞으면 회복 불능이 될 것 같아서 급히 길을 내고 널 이쪽으로 옮긴 거거든."

"그렇구나."

아직 진 것은 아니라는 말에 안도했다.

"그런데 넌 어떻게 할 생각이야?"

"계속 싸워야지. 네가 날 이쪽으로 데려왔다니까 다시 돌려보내 줄 수도 있는 거 맞지? 아, 너는 경험도 풍부하고 재주도 많은 것 같아서

무신의 유산 121

묻는 건데, 혹시 검기에 당한 충격을 해소하는 방법, 모르냐? 이대로는 돌아간다고 해도 반항 한번 못해보고 얀의 투 핸드 소드에 목을 내놓아야 할 판이야."

"내상의 응급조치쯤은 해줄 수 있지만 지금의 너로선 몇 번을 싸워도 결과는 마찬가지일 텐데? 검기에 맞설 만한 비책이 있어?"

"지금으로선 방법이 없어도 싸울 수밖에 없잖아. 내가 할 수 있는 일이 그것뿐이니까."

키르는 톰의 이마를 딱 소리나게 때리며 눈을 부라렸다.

"이놈 이거, 목숨 아까운 줄 모르는 놈이네! 파엔이 말하지 않던? 자기보다 강한 놈을 만나면 무조건 내빼라고. 그놈 말이 진리야! 실력이 없으면 몸을 사려야지!! 네놈처럼 굴면 아무리 대단한 싹을 품고 있어도 그걸 꽃피우기도 전에 뒈진다고! 이 멍청아!!"

검한테서 바보에 이어 멍청이 소리까지 들었다.

"그, 그렇지만……."

"뭐가 그렇지만이야!! 아우~!!! 진짜 어쩌다 이런 게 걸려 가지고!!"

키르는 새하얀 비단실처럼 결 곱고 탐스러운 머리를 신경질적으로 벅벅 긁었다.

"너, 흉내 내기가 특기라지? 파엔의 소류검을 딱 한 번 보고 형(形)을 훔쳤다며?"

"그, 그 정도는 아닌데?"

"됐어. 어울리지 않게 겸손 떨 것 없어."

겸손한 척한 게 아니라 사실을 말했을 뿐인데. 자신이 파엔의 검무를 완벽하게 베껴냈다면 라울이 소류검을 일부러 가르쳐 줄 이유가 없지 않은가. 하지만 키르는 남의 말을 잘 안 듣는 성격인 듯하다.

"그렇다면 이것도 한번 흉내 내볼래? 너라면 별로 어렵지 않을 거야. 소류검의 사촌뻘 되는 검술이니까."

"뭐어?!"

검술도 사람처럼 사촌이 있나? 아, 아니, 그런 것보다!! 아직 소류검을 다 소화해 내지도 못했다니까! 소류검을 완벽하게 익혔으면 안에게 맞고 있겠는가. 벌써 써먹었지. 소류검도 아직 감당 못해서 빌빌대는 자신이 다시 소류검의 사촌을 익혀서 어쩌라고?

"네가 그의 검술을 제대로 불러오기만 하면 실 같은 검기 나부랭이를 가지고 깝죽대는 저 덩치쯤은 껌이야!"

그렇겠지. 저 소류검의 사촌이라면.

"하지만 난……."

못한다고 말하려는 순간, 키르의 긴 손가락이 이마 정중앙에 와 닿았다.

"지금부터 과거에 남겨진 잔상을 보여줄 테니까 정신 똑바로 차리고 제대로 훔쳐!"

'난 못한다고! 검술이 무슨 칼춤이냐? 형태만 그럴싸하게 흉내 낸다고 같은 위력이 나오겠냐고! 제발 사람 말 좀 들어, 이 먹통 검아!!'

소리치고 싶었지만 목소리가 나오지 않았다. 뿐만 아니라 머릿속으로 뭔가가 쏟아져 들어오고 있었다. 쏟아지는 정보를 감당하지 못해 메스꺼움이 일었다. 몇 번이나 정신이 혼미해졌다. 그리고 정신을 차리자 톰은 어느 한적한 교외의 숲처럼 보이는 곳에 있었다.

나뭇가지 사이로 햇살이 부서지고 여기저기서 새소리가 들렸다. 그는 여기가 어디인지, 자신이 왜 이곳에 있는지 이해할 수 없었다. 아무리 둘러보아도 키르의 모습은 보이지 않았다.

숲은 인적조차 없어서 여기서 빠져나가지 못하는 게 아닐까 불안해질 무렵, 어디선가 낭랑한 웃음소리가 들려왔다. 톰은 망설이지 않고 소리가 들리는 방향을 향해 달렸다.

소리가 들린 곳에는 대리석으로 만든 커다란 물의 여신상이 있었다. 물병을 든 여신은 연못을 향해 물을 쏟아 붓고 있었다. 여신의 모습을 본떠 만든 분수인 셈이다.

연못가에는 여자 하나와 남자 하나가 나란히 앉아 있었다. 톰이 들은 웃음소리는 이 여자의 것이었던 모양이다. 여자는 남자를 향해 무언가를 재잘재잘 떠들어대고 있었다.

"세디안이 말하기를, 겨울풍경을 대표하는 것 두 가지를 꼽자면 세이프리아와 눈이래요."

여자는 가무잡잡한 피부에 햇볕에 탈색된 금발 머리를 가지고 있었다. 구불거리는 긴 머리는 하나로 올려 묶고, 제블린 식 상의와 바지를 입었을 뿐인 간편한 차림이다. 허리에는 시미터(Scimitar:날이 곡선으로 휜 만도)가 매달린 검대를 차고 있었다.

눈에 확 띌 만큼 대단한 미인은 아니었지만 얼굴 표정에 따라 미묘하게 색깔이 달라지는 고양이 같은 금빛 눈동자가 매력적인 여자였다.

"쓸데없는 소리! 기후가 다르고 자연이 다른데 겨울풍경이라고 모두 같을 수 있나. 제블린에는 세이프리아도 눈도 없다. 그럼 제블린의 겨울은 겨울이 아니라는 말인가? 사람의 얼굴이 제각각이듯 자연의 얼굴 또한 계절이 같다고 모두 같은 모습을 보여주지는 않는다. 그러니 그런 놈의 헛소리는 그냥 흘려들으면 그뿐이야."

새카만 흑발이 어깨를 덮고 있는 남자는 장인이 공들여 깎은 대리석

조각 같은 얼굴을 하고 있었다. 수려한 이마, 손대면 베일 듯 날카로운 선을 자랑하는 콧날, 모양 좋은 입술과 짙은 눈썹, 귀족적인 광대뼈에 이르기까지 모든 부분이 완벽하게 조화를 이루고 있었다. 흔히 보기 힘든 미남이다.

워낙 미남이다 보니 장식 하나 없는 밋밋한 검은색 상의와 바지도 격식을 갖춰 입은 예복처럼 보인다. 하지만 여자와는 달리 지독하게 표정이 없었다. 분수대의 여신상과 나란히 세워놓으면 사람이 아니라 잘 만든 조각이라고 착각할 것 같다.

"음, 하지만 예전에 세이프리아를 본 적이 있는데 정말 아름다웠어요. 얼음으로 빚은 것 같은 투명한 꽃과 꽃잎이 벌어지며 살짝 보이는 황금색 수술이 정말 사랑스러웠죠. 그러니까 궁금해진 거예요. 그렇게 아름다운 세이프리아와 함께 언급될 정도라면 눈이라는 것은 또 얼마나 아름다운 걸까, 하고."

"낮은 기온 탓에 비가 얼어서 떨어지는 거다. 얼음 가루일 뿐이야."

"얼음 가루? 하늘에서 얼음 가루가 떨어지는 거예요? 와아, 멋지겠다!"

남자는 자신도 보고 싶다고 감탄하는 여자를 무심한 표정으로 내려다볼 뿐이다.

"당신이 온 곳에는 눈이 많았겠지요? 페이샨의 겨울처럼 눈이 너무 많이 와서 길이 끊기고 지붕이 무너지고 그랬나요?"

그는 표정 없는 얼굴을 처음으로 살짝 찌푸렸다.

"무슨 말이 듣고 싶은 거냐?"

"당신은 말도 표정도 능숙하게 숨길 줄 아는 사람이지만, 사람의 마음은 꼭 표현해야 아는 것은 아니니까요. 때때로 사막을 바라보는 당신의 눈이 아주 먼 곳을 향해 있다는 것을 알아요. 그럴 때의 당신은 당신 눈에만 보이는 그 무언가가 사랑스럽다는 듯 미소 지었다가 곧 자신이 있는 곳이 어딘지 깨닫고 무척 갖고 싶지만 손에 닿지 않아 체념하고 돌아서는 것처럼 슬픈 표정이죠. …고향이 그립나요?"

"무슨 말을 하는 건지 모르겠군."

남자는 화제를 회피하는 것처럼 자리에서 일어섰다. 그러자 여자도 다급히 따라 일어나 그의 팔을 잡았다.

"나는 당신의 과거를 캐고 싶은 게 아니에요. 설령 알았다 한들 내가 그것을 당신을 해치는 데 이용하지 않을 거라는 건 당신도 알잖아요. 나는 그저 알고 싶은 것뿐이에요. 당신이 뭘 좋아하는지, 뭘 싫어하는지, 무엇을 바라보며, 무슨 꿈을 꾸는지! 내가 당신을 좋아하니까!!"

혼자 성큼성큼 걷던 남자가 여자의 마지막 말에 걸음을 멈추었다. 그의 발걸음을 멈춰 세운 것이 좋아한다는 말인지, 아니면 간간이 흐느낌이 새어 나오는 여자의 목소리인지 알 수 없었다.

그는 그 어떤 위로의 말이나 행동도 없이 그 자리에 그대로 서서 울고 있는 여자를 바라보고 있을 뿐이었다. 아무리 기다려도 그가 먼저 다가오지는 않을 것이라는 걸 알았는지 여자가 다가가 남자를 끌어안고 그의 품에 얼굴을 묻었다.

"당신은 때때로 사람을 정말 지치게 해요."

남자는 말이 없다. 가만히 여자의 머리를 쓰다듬어 줄 뿐이다.

"당신이 나에게 거짓말을 하지 않는다는 거 알아요. 그럴 바엔 차라리 입을 다문다는 거. 곤란하다면 묻지 않을게요. 그러니까 당신이 말해주세요. 말하고 싶을 때. 그런 마음이 들었을 때. 아주 작은 거라도 좋으니까. 나, 당신에게 그 정도는 요구할 수 있는 사람 아닌가요?"
"그래."
남자가 대답하자 여자는 그제야 고개를 들었다. 눈물로 젖은 얼굴이 비에 젖은 꽃잎처럼 애처로웠다. 그는 자신의 소맷자락으로 여자의 눈물을 닦아주었다.
"내 고향은 페이샨이 아니다. 그렇지만 눈이 많고, 바람도 많고, 몬스터도 많은 곳이지. 겨울에는 눈 쌓인 침엽수들 사이로 비치는 겨울 햇살이 눈부시고, 밤새 눈이 많이 내린 날 아침에 설원에 나가보면 눈토끼가 길을 잃고 헤매는 것을 볼 수 있지. 소중한 것이 많았지만 두고 올 수밖에 없었고, 그래서 지금은 잊었다."
"거짓말쟁이."
'잊었다' 라는 말에 대한 투덜거림인 듯했다. 하지만 여자는 환히 웃고 있었고 그것을 보는 남자의 얼굴도 부드러워졌다.
뭔가를 느꼈는지 남자가 갑자기 고개를 들었다. 그의 시선이 향한 곳은 톰이 있는 곳이었다. 톰은 남자와 눈이 마주치자 가슴이 철렁 내려앉았다. 그의 짙푸른 눈은 오싹할 정도로 차가웠고 살기가 어려 있었다. 톰이 몰래 훔쳐본 것이 기분 나빴던 걸까?
하지만 톰은 곧 남자가 보고 있는 것이 자신이 아니라는 것을 알았다. 그의 시선은 톰의 훨씬 뒤쪽에 고정되어 있었다. 남자는 곧 아무 일도 없었다는 듯 무심한 표정으로 돌아와 여자를 향해 고개를 돌렸다.
"아스, 눈이 보고 싶다고 했지? 눈 내리는 것을 보여줄까? 덤으로 세이프리아도."
"네?"
여자는 남자의 말에 어리둥절해했다. 그는 땅에서 작은 돌멩이 몇

개를 주워 들더니 허공에 쫙 하고 흩뿌렸다. 그러자 돌멩이는 각기 다른 방향을 향해 무서운 속도로 날아갔다.

돌멩이가 날아간 방향에 뭐가 있었는지 작은 신음 소리가 연이어 들렸다. 그러더니 여기저기서 뭔가가 튀어나온다. 톰 뒤쪽에서도 뭔가가 달려나갔다. 복면을 쓴 자들이다.

검은 시미터를 뽑아 든 자들은 하나둘이 아니었고, 그들은 순식간에 여자와 남자를 에워쌌다. 하지만 남자는 긴장한 기색이라곤 없었다. 이런 상황에 처하면 보통은 나올 법한 '웬 놈들이냐?'라는 질문도 없는 것으로 봐서 복면인들의 정체가 궁금하지도 않은 모양이다.

그는 그렇게 차갑고 무뚝뚝한 남자가 한 것이라고는 믿을 수 없을 정도로 부드럽게 여자의 이마에 입을 맞췄다.

"말은 잘 못해. 널 좋아하지만 그 페이샨 놈처럼 네 방 창문 밑에서 세레나데를 부르는 낯 뜨거운 짓거리 따윈 절대 하지 않을 거다. 하지만 대신 눈을 보여주마. 비록 진짜는 아니더라도."

말을 채 마치기도 전에 복면을 쓴 자들이 일제히 검을 날렸다. 그는 여자를 한 팔로 안은 채로 자신들을 포위한 복면인들 사이를 이리저리 움직여 다녔다.

그의 움직임은 장애물을 요리조리 피하며 유연하게 물살을 가르는 물고기 같기도 했고, 무도회장에서 파트너와 함께 음악에 맞춰 우아하게 스텝을 밟는 기품있는 귀족 같기도 했다.

톰은 남자의 움직임이 물 흐르듯 자연스러운 데다 표정이나 행동에 긴박감이라곤 없어서 그들이 죽고 죽이기 위해 칼부림을 하고 있다는 생각이 도무지 들지 않았다. 때때로 칼이 부딪치는 금속성조차 박자를 맞추는 음악 소리 같았다.

톰은 복면인들을 상대로 펼쳐지고 있는 남자의 검이 묘하게 눈에 익다고 생각했다. 그 순간, 남자와 검을 마주한 복면인이 쓰러지고 그의 시미터가 허공으로 튕겨져 올랐다.

파앙!!

허공에서 시미터가 유리병이 파열하듯 산산조각나 부서졌다. 작게 부서진 칼의 은빛 조각들이 반짝반짝 빛을 흩뿌리며 허공에서 떨어져 내린다. 마치 한겨울 하늘에서 떨어져 내리는 하얀 눈처럼.

남자는 무희의 춤사위처럼 가볍게 검을 휘둘렀지만 그의 검을 대한 복면인들은 한 번 이상 검을 맞받지 못하고 쓰러져 갔다. 그들이 쓰러질 때마다 그들의 검은 허공으로 치솟았다.

팡!! 파앙!! 파앙!!

그리고는 산산이 부서져 하얀 은빛 가루가 땅으로 떨어진다. 바람에 서로 부딪친 세이프리아 꽃이 부서지듯, 혹은 밤하늘을 수놓으며 불꽃이 터지듯 환상적인 광경이었다.

순식간에 복면인들의 반수 이상이 쓰러졌다. 남은 자들은 더 이상 승산이 없다고 판단했는지 눈짓을 주고받더니 여기서 몸을 빼려고 했다. 희생양이 된 몇몇이 남자를 견제하는 사이 나머지가 재빨리 달아나자 그와 복면인들의 거리는 순식간에 벌어졌다.

달아나는 자들을 본 그의 얼굴에 차가운 비웃음이 서렸다. 그는 안고 있던 여자를 바닥에 내려놓고 가볍게 걸음을 떼었다.

한 걸음, 두 걸음, 세 걸음.

그리고는 아무것도 없는 허공에 검을 내리긋는다.

그의 행동을 본 톰은 경악해서 눈을 크게 떴다. 검을 내치는 자세라든가 사소한 부분에서 차이는 있지만 대부분은 라울이 보여줬던 것과

무신의 유산 129

흡사하다. 틀림없다! 저건 소류검이다!! 저 남자는 대체 누구이기에 소류검을 안단 말인가?

남자의 검에서 그의 눈동자처럼 짙푸른 색 검기가 뻗어나갔다. 안의 것과는 비교도 되지 않는, 그의 가느다란 검기 수백 가닥을 뭉쳐 꼰 것처럼 엄청나게 굵고 선명한 검기다. 검기는 살아 있는 것처럼 쭉 뻗으며 도망치고 있던 복면인들을 덮쳤다.

콰아아앙!!!

사방의 공기가 압력을 견디지 못하고 비명을 질러댔고, 폭풍처럼 거센 바람에 흙먼지가 일며 주변의 나무들도 가지가 부러져 나갔다. 톰은 그 와중에 하늘로 떠오른 수십 자루의 시미터를 보았다.

파아앙!!!

시미터 수십 자루가 동시에 터졌다. 검의 잔해인 은빛 가루들이 바람에 실려 이리저리 공기 중을 떠다니며 떨어져 내렸다. 작은 눈송이들이 춤추는 것처럼. 은빛 조각들은 서로 부딪치며 샤라랑, 샤라랑 하는 소리를 냈다. 마치 저희들끼리 수다를 주고받다가 깔깔대고 웃는 것처럼.

쩍! 쩍! 쩌저저저억!!!

땅바닥이 불길한 소리를 내며 갈라지는 소리가 났다.

톰은 라울의 소류검을 본 적이 있기에 검이 펼쳐진 후 남자의 반경 수십 티렘 안의 모든 것이 초토화될 줄 알았다. 하지만 가까이 있던 대리석 분수도 박살나지 않았고, 나무들도 가지가 조금 부서졌을 뿐 통째로 날아가거나 사라지지 않았다. 게다가 땅바닥 여기저기에 널브러져 있는 복면인들조차 그대로였다. 다만 검기에 직격당한 복면인들이 쓰러지고, 그들의 검이 부서지고, 남자와 여자를 중심으로 바닥이 쩍쩍

갈라지고 있을 뿐이었다.

톰은 그런 결과를 도무지 이해할 수 없어 고개를 갸웃거렸다. 소류검이 아닌 건가? 형태만 비슷한 다른 검인가?

톰은 생각에 골몰한 나머지, 바닥의 금이 마구잡이로 뻗어가는 게 아니라 대단히 정교하고 규칙적으로 뭔가를 그려내고 있다는 것을 뒤늦게 깨달았다. 끝이 뾰족한 타원이 원과 부드러운 곡선을 만나며 서로 이어져 갔다. 마침내 완성된 그것은 놀랍게도 활짝 핀 한 송이 꽃이었다.

세이프리아!!

남자와 여자, 두 사람을 중심으로 땅에는 세상에서 제일 커다란 세이프리아 꽃이 피어 있고, 하늘에서는 하얀 눈가루 같은 은빛 조각들이 끊임없이 팔랑팔랑 떨어져 내린다. 그 아름다운 광경을 본 여자가 남자를 향해 활짝 웃었다.

더할 나위 없이 멋진 겨울풍경이었다.

톰은 남자가 펼친 검에 경악하고 있었다. 그가 이 광경을 의도적으로 만들어낸 것이라는 것을 깨달았기 때문이다. 가로막는 모든 것을 거침없이 쓸어버리는 광포한 소류검으로 저토록 섬세한 조작이 가능하다니 믿어지지가 않았다.

톰은 남자가 펼쳤던 소류검을 떠올리며 자세를 잡았다. 손의 위치, 검의 각도, 팔꿈치가 벌어진 정도, 다리가 벌어진 정도, 힘이 실린 방향 등등 모든 것을 세세하게 따져 가며 몇 번이고 자세를 고쳐 나갔다. 이것은 톰이 흉내 내기를 할 때의 습관이었다.

미세한 1, 2티노트의 차이까지 따져 가며 몇 번이고 자세를 수정한 결과, 마침내 기억 속 남자의 자세와 가장 비슷하다고 생각되어지는 자세가 나왔다. 그는 그 자세 그대로 남자가 그랬던 것처럼 검을 내리그 었다.

아무 일도 일어나지 않는다. 당연하다. 검술이 형태만 비슷하게 흉내 냈다고 같은 위력이 나올 리 없으니까. 그래도 톰은 흡족하게 웃었다. 아직은 이것으로 충분하다. 한 걸음에 산을 넘을 수는 없는 법이니까. 이 검은 기억 속에 담아두자. 이 아름다운 검을 잊지 말아야지. 그런 날이 올지는 모르겠지만 언젠가 자신이 라울이나 파엔, 눈앞의 남자와 같은 경지에 이르게 되면 자신의 검으로 오늘의 이 광경을 재현할 수 있게 될지도 모른다.

바로 그때 믿을 수 없는 일이 벌어졌다. 허공에 내리그은 톰의 검에서 검기처럼 보이는 은색의 빛줄기가 쭉 뻗어나간 것이다. 이 괴현상에 그 누구보다 놀란 사람은 다름 아닌 톰이었다.

"뭐, 뭐야?! 저거 설마 진짜 검기인가? 아, 아니겠지? 그런 일이 있을 리가 없어."

톰이 당황하고 있는 동안에도 쭉쭉 뻗어나간 은색 빛줄기는 앞쪽에 있던 뭔가를 덮쳤다.

콰아앙!!!

고막이 터지는 게 아닐까 싶을 정도로 굉장한 소리가 났다.

화들짝 놀라 눈을 떠보니 여신의 분수도, 남자와 여자, 복면인들도 모두 사라지고, 자신은 사람들로 가득한 건물의 청석 바닥 위에 홀로 서 있었다.

'뭐야? 꿈을 꾼 건가? 그럼 그렇지, 그런 말도 안 되는 일이 일어날 리가 없지.'

톰은 쉽게 상황을 납득했다. 검술의 겉껍데기를 비슷하게 흉내 냈다고 검기가 쭉 뻗어나간다는 것은 자신이 생각해도 말이 되지 않았던 것이다.

'자, 그럼 여기는 어디지? 깜빡 존 것 같은데 대체 뭘 하다가 존 거야?'

자신에게 상황을 설명해 줄 사람을 찾아 주위를 두리번거렸더니 자신과 눈이 마주친 사람들이 하나같이 시선을 피한다. 톰은 영문을 알 수 없었다. 그러다가 우연히 멀지 않은 곳에 떨어진 그것을 발견했다. 그것은 검의 자루처럼 보이는 이상한 물건이었다. 자루가 긴 것을 보니 투 핸드 소드 종류 같은데, 특이하게도 검신이 사라지고 없었다.

투 핸드 소드를 보자 연상 작용처럼 대머리 거한이 떠올랐고, 순간 정신이 번쩍 들었다.

'얀! 얀 가젠!!'

그렇다. 자신은 얀과 싸우는 중이었다. 그의 검기에 속수무책으로 밀리다가 한 방 얻어맞고 주저앉아 있었는데……. 그러고 보니 얀은 어떻게 된 걸까? 왜 덤벼오지 않는 거지?

눈을 돌려보니 파티션을 한참 벗어난 저 멀리에 얀과 비슷해 보이는 덩치가 피를 흘리며 쓰러져 있다. 톰은 미간을 찌푸렸다.

'저거, 설마 얀인가? 왜 저렇게 쓰러져 있는 거야?'

답답한 마음에 고개를 뒤로 젖혔더니 꿈에서 봤던 것처럼 반짝이는 뭔가가 허공에서 하늘하늘 떨어져 내린다.

"눈……?"

그럴 리 없다. 실내에 무슨 눈이 내린단 말인가? 게다가 꿈속에서 사내가 말하지 않았는가. 제블린에는 눈이 없다고. 사내가 여자를 위해 만들었던 눈은 자객들의 시미터로 만들어진 것이었다. 그럼 저것은 무엇으로 만들어진 것일까?

 톰은 자신의 생각에 너무 골몰한 나머지 수많은 사람들 소리로 시끄러워야 할 이곳 대연회장이 찬물이라도 끼얹은 것처럼 숨소리조차 제대로 들리지 않으며, 수많은 사람들의 시선이 오직 자신에게 집중되어 있다는 것을 깨닫지 못했다.

 하지만 이상한 일은 그걸로 끝이 아니었다.

 쩍! 쩌억! 쩌저저저저억!!!

 톰이 발 딛고 있는 곳 아래의 단단한 청석 바닥이 갈라지기 시작했다. 곡선과 곡선이 만나고, 직선과 곡선이 만나서 일정한 형태의 그 무엇을 이루어간다. 그건 분명 톰이 한 번 본 적 있는 광경이었다. 푸른 청석 바닥 위에 세이프리아가 피었다.

 톰은 바닥에 그려진 세이프리아를 보고 완전히 넋을 잃었다. 어디까지가 꿈이고 어디까지가 현실인지 구분할 수 없었다. 감각이 마비된 기분이다.

 "와아아아아!!!"

 연회장 안에 가득한 사람들이 일제히 일어나 환성을 지르기 시작했다. 사람들이 왜 소리를 지르는지도 톰은 알지 못했다. 하지만 극심한 육체적, 정신적 기력 소모로 탈진 직전인 톰은 이제 만사가 귀찮을 뿐이었다.

Chapter 4
카디피 낚는 법

"저것은……?!"

청석 바닥 위에 세이프리아 꽃이 새겨지자 시종장은 자신도 모르게 벌떡 일어났다.

바닥의 선이 휘고 꺾이며 서로 만나자 흉한 균열에 불과했던 바닥의 금은 아름다운 꽃으로 탈바꿈했다. 그 위로 잘게 부서진 검의 조각들이 반짝반짝 빛을 반사하며 떨어져 내린다. 마치 눈처럼.

한낱 검 한 자루로 만들어냈다고는 도저히 믿기 힘들 정도로 아름다운 광경이었다. 시종장은 그 모습을 좀 더 자세히 보기 위해 상체를 최대한 앞으로 내밀었다. 하지만 떨어진 거리와 무대 주변에 몰려든 사람들 때문에 바닥의 꽃 그림이 잘 보이지 않는다. 몸을 이리저리 비틀며 헛된 노력을 하다가 짜증스럽다는 듯 발을 굴렀다. 샴을 보좌하는 시종장의 체면만 아니면 자신의 시야를 방해하는 저 썩을 것들을 싹 쓸어다 황궁 밖에 내다 버리고 싶다.

자신의 생전에 저 광경을 다시 보게 될 줄이야. 시종장의 노안에 눈물이 맺혔다.

"무신이여, 제블린을 위해 후인을 남겨주신 겁니까?"

"무신이라니, 그게 무슨 말인가?"

혼잣말을 들었는지 샴이 관심을 보인다. 시종장은 얼른 자신의 감정을 수습하고 공손하게 허리를 숙여 보였다.

"진위 여부는 알 길이 없으나 저 소년이 방금 전 펼친 검술은 세간에 알려진 무신의 검술과 흡사합니다. 선대 샴의 제위 시절, 황궁에 자객이 든 적이 있는데 그때 무신께서 자객을 제압하기 위해 펼친 검에서 저와 비슷한 흔적이 남았다고 합니다."

늙은 시종장은 아직도 그때의 광경을 생생히 기억한다. 자객이 들었다는 소식에 군사들을 이끌고 황급히 달려갔더니 무신 혼자서 그들을 모두 처리한 다음이었다. 검은 복면을 뒤집어쓴 놈들이 여기저기 널브러져 있는 가운데, 무신과 아스틴 공주를 중심으로 이제껏 본 적 없는 화사한 꽃 한 송이가 바닥에 새겨져 있었다. 그리고 하늘에서는 말로만 들어본 눈이 날리고 있었다.

그날 그 광경을 목격한 군사들의 입을 통해 그 환상적인 검술에 대한 소문이 퍼졌고, 이후 무신은 몇 번이나 그 광경을 재현해 달라는 사람들의 요청을 받았지만 그 검술이 그날 이후 다시 펼쳐진 적은 없었다. 그랬기에 깨닫게 되었던 것이다. 그 아름다운 겨울풍경은 말주변이 없는 사내가 단 한 사람만을 위해 바치는 고백이며 선물임을.

"흔적이라니, 저 세이프리아 그림 말인가?"

"그러합니다. 예전에 금원(禁苑), 여신의 분수 근처의 바닥에는 저와 비슷한 흔적이 남아 있었지요."

"황궁 내의 금원? 하지만 나는 금원에서 저런 그림을 본 적이 없는데?"

그 말에 시종장은 쓸쓸히 웃었다.

"제위 다툼으로 혼란하던 시절, 한 후족이 바닥을 파가 버렸습니다. 자신의 사리사욕 때문에 무신과 모든 제블린 인들의 염원을 배신하고 국력을 소모시킨 황족들은 누구 하나 이것을 가질 자격이 없노라며."

"그 후족이라는 게 카다피인가?"

시종장은 눈을 크게 떴다. 어떻게 아느냐는 얼굴이다. 샴은 피식 웃었다.

"어지간히 가지고 싶었던 모양이군. 무신이 남긴 흔적이. 하기야 카다피는 친우들 사이에서도 광신도라고 불릴 정도로 무신에게 열중했었다고 하니."

"저 소년은 카다피의 핏줄이라고 합니다. 무신의 검이 자신의 아들에게 이어졌으니 카다피로서도 더 이상은 원이 없겠지요."

"글쎄, 그것은 어떨까?"

샴은 짓궂은 미소를 지으며 연회장을 내려다보았다. 무대 주변에는 바닥의 그림을 좀 더 자세히 보고자 하는 사람들이 몰려들어 이미 경계선이었던 파티션이 무너진 지 오래였다. 저들 중에 아마 '진짜' 카다피가 있을 것이다. 수집광이기도 한 그가 이번에는 연회장 바닥까지 파가고 싶어할지도 모른다고 생각하자 웃음을 참을 수가 없었다.

샴은 무대 한가운데 서 있는 소년을 향해 시선을 옮겼다.

"스물도 채 안 되었건만 벌써 마스터라······."

과연 라울이다. 재주가 좋다는 것은 익히 알고 있었지만 상상을 초월하는 수단에는 매번 놀라게 된다. 대륙에 아무리 마스터가 많아도 저렇게 젊다 못해 어린 마스터를 키워낼 수 있는 사람은 그뿐일 것이다. 하지만 기왕이면 자신을 위해서 그런 재주를 발휘해 주었으면 좋았을 텐데. 얄미운 친구에게 섭섭한 마음이 든다.

지금으로부터 일주일 전, 라울이 은밀하게 아마르를 찾아왔었다. 그는 길 안내 겸 신변 호위로 사다하의 2왕자와 계약을 맺었다고 사정을 설명하고, 왕자가 샴에게 용건이 있으니 좀 만나달라고 부탁했었다. 사실 그 정도 부탁쯤은 라울과 자신 사이에 그냥 들어줄 수도 있었다. 왕자의 요구를 무조건 들어주라고 한 것도 아니고, 단순히 만나달라는 것뿐이었으니.

하지만 자신이 붙잡는데도 매정하게 뿌리치고 간 주제에 고작 사다하의 왕자 따위에게 붙어 있다는 그 말에 화가 나서 조건을 걸었다. 골칫거리인 골수 반골 카다피를 회유해서 그를 자신의 휘하에 둘 수 있게 해주면 세람 왕자를 만나주겠다고.

심했다는 것을 인정한다. 심술궂었다. 하지만 당시에는 울화가 치밀어 참을 수가 없었다. 내내 자신의 것이라고 믿어 의심치 않던 보물을 누군가가 자신도 모르게 가로채 간 듯한 기분이었다.

그의 부당한 처사에 라울은 항의의 말 한마디 하지 않았다. 그는 그 길로 곧장 아티발 산맥을 향해 떠났다. 그가 카다피를 만나 어떤 얘기를 나누었는지는 알 길이 없지만, 아마르는 오늘 밤 자신이 보고 들은 모든 것이 카다피 회유를 위한 포석이라는 것쯤은 알아차렸다.

누군가가 카다피 행세를 하며 입궁했고, 자진해서 제물 의식에 참가한다며 아들 둘을 내놓아 황궁을 온통 떠들썩하게 만들었다. 그리고는 그 아들 중 하나가 무신의 전설적인 검술을 재현해 내기까지 했다. 이쯤 되면 이 가짜 카다피 부자 일행의 의도를 짐작하지 못하는 것이 이상하지 않은가. 아마르는 조만간 궁지에 몰려 이러지도 저러지도 못하게 된 카다피가 알현을 청해올 것임을 예감했다.

"카다피가 아들의 상대를 따로 지목해 놨다고 들었는데. 얀 가젠 이외에도 몇 더 있지 않던가?"

"안톤과 릴 말씀이십니까? 전설이라고 불리는 검을 봤는데 제아무리 강심장이라도 검을 맞대고 싶은 마음이 들겠습니까? 기권이라는 것 같습니다."

"다른 도전자는?"

"없습니다."

"흐음. 그러면 저 아이가 이번 의식의 제일검이 되는 건가?"

"그렇지요."

"카다피는 딸이 없으니 아들이라도 받으라고 강짜를 부렸다지? 그럼 나는 오늘 밤 저 아이가 청하는 카다피의 다른 아들, 즉 사내놈과 밤을 보내야 하는 건가?"

거기까지는 미처 생각지 못한 시종장은 말문이 막혔다. 그가 적당한 위로의 말을 찾지 못해 진땀을 뻘뻘 흘리자 샴은 소리 내어 웃었다.

"너무 심려치 말게나. 이건 나에게도 하등 나쁠 것 없는 결과이니. 어차피 나도 한번쯤은 봐야 할 거라고 생각하고 있었다네."

"카다피를 말씀이십니까?"

심각한 어조가 제물로 바쳐졌다는 카다피의 장남을 두고 하는 소리 같지는 않아서 물었건만 샴은 그저 의뭉스럽게 웃을 뿐이었다.

샴이 대연회장의 상석에 앉아 라울의 수단에 감탄하고 있을 그 무렵,

그는 아마르의 생각만큼 그리 먼 곳에 있지 않았다. 바로 그의 머리 위에 있었으니까.

제블린의 특징적인 건축인 돔(Dome:반구형으로 된 지붕이나 천장) 형태의 지붕에는 인터돔(Interdome)이라는 특수한 공간이 있다. 안쪽 지붕과 바깥쪽 지붕 사이의 공간인데, 바로 그곳에 두 사람의 사내가 불편한 자세로 매달려 있었다. 지붕에는 채광과 환기를 위한 작은 채광창이 있었는데 그들은 그것을 통해 연회장 안을 엿보고 있었던 것이다.

"저 녀석, 제법인데? 약식이지만 노인네의 설화난무(雪花亂舞)를 제대로 재현했어."

톰의 검이 상대의 검을 부수고 바닥에 세이프리아를 그려내는 순간, 파엔은 재미있다는 듯 킬킬대고 웃었지만 라울은 혀를 찼다.

"무리했군. 아직 혈도를 충분하게 닦아놓지 못한 저 아이로서는 검을 부수는 것만 해도 힘들었을 텐데 세이프리아까지 그려댔으니. 빌어먹을 키르 녀석, 아무리 내가 부탁했다지만 뒷일은 생각 않고 마구 날뛰어주시는군."

톰이 자신이 본 검술의 외형을 흉내 내는 동안, 키르는 검기를 만드는 데 필요한 마나를 끌어 모았다. 키르는 에고 소드나 마법검이 아니기 때문에 마법은 쓸 줄 몰랐지만 마나 친화력을 타고났기 때문에 마나를 모으는 것 정도는 주인의 도움 없이도 손쉽게 해냈다. 게다가 오늘은 동지. 요정에 속하는 녀석의 힘이 특히 강해지는 날이다.

키르는 모은 마나를 검을 쥔 손을 통해 톰의 체내로 흘려보내고 정해진 경로를 통해 돌린 후 다시 검으로 건네받는 형태를 통해 검기를 만들었다. 검기를 형상화하기 위해서는 마나뿐 아니라 검사 본인의 깨달음이 있어야 했지만 키르는 수많은 주인을 거친 경험 풍부한 검이기에 그럴 경우에 쓸 수 있는 각종 편법에 대해서도 통달하고 있었다.

바로 이러한 것들이 톰이 '있을 수 없다'고 경악한 자신의 검기 발현 배경인 것이다.

"정체불명의 마나가 자신의 몸 안으로 들어와 휘젓고 다니는데 어떻게 모를 수가 있지? 깨달음도 없는 상태에서 억지로 검기를 발현시킬 정도라면 마나량도 엄청났을 테고, 고통도 심했을 텐데. 저 녀석, 둔해도 너무 둔하잖아?"

"키르가 환혹술(幻惑術)을 동시에 썼을 거야. 그것에 당하면 통감 같은 특정 감각이 둔해지거든. 한번 몰입이 깨어지면 아무리 노력해도 다시 그 상태가 되기 어려우니까. 톰이 무아지경 속에서 검의 외형을 완벽히 불러낼 수 있도록 키르 나름대로 머리를 쓴 거겠지."

"그거 레아트레스의 권속들이나 쓴다는 힘 아냐? 그런 위험한 힘을 주인의 동의도 없이 마구 남발하다니, 녀석이 자신의 천적이라고 주장하는 어둠의 정령들과 다른 점이 뭔지 모르겠다니까. 그러고 보니 너, 꼬맹이에게 검을 넘겨줄 때 키르아이나가 요정검이고, 범죄와 도덕 사이를 아슬아슬하게 넘나드는 위험한 검이라는 경고를 해줬냐? 저 꼬맹이 성격에 알면서 당할 것 같지는 않았는데."

"써보면 알게 될 텐데 입 아프게 뭐 하러? 자신의 검에 대해 알아가는 것은 그 주인만의 즐거움이지. 나는 그 즐거움을 방해할 만큼 매너 없는 인간이 아니라네."

파엔은 어이없는 얼굴로 라울을 바라보았다. 이건 매너의 문제가 아니라 최소한의 도의 문제가 아닐까. 저런 불량품 검을 멋모르는 어린 애에게 떠넘기면서 기본적인 정보 제공과 당연한 경고조차 않다니.

그는 라울이 자신에 비해 성실하고, 배려있고, 인간성 좋다고 주장하는 사람들에게 진지하게 묻고 싶었다. 대체 자신과 저 녀석의 다른 점이 뭐냐고!

"불쌍한 꼬맹이 녀석. 휘두르기 좋아하는 키르 놈에게 제대로 코 뗀 것 같으니 앞으로 고생문이 훤하다."

라울은 쓴웃음을 지었다. 키르가 주인을 휘두르기 좋아하는 것도, 목적을 위해선 수단과 방법을 가리지 않는 것도 사실이다. 대신 주인은 꽤 철저하게 보호하는 편이지만 그것도 그때그때 상황에 따라 기준이 왔다 갔다 해서 이번에 톰의 경우처럼 목숨은 붙어 있으니 됐어, 라고 하는 무책임한 면도 있었다.

하지만 어쩔 수 없다. 아스카의 말처럼 종족이 다른 요정에게 인간의 생각이나 기준을 강요할 수는 없는 일이다. 게다가 위력이 센 검이 다루기 까다롭고 위험한 것은 어찌 보면 당연한 것 아닐까?

톰도 지금은 키르에게 마냥 휘둘리고 있지만 시간이 지나고 경험이 쌓이면 그 검을 다루는 요령을 스스로 터득하게 될 것이다. 라울은 그 편이 검의 전 주인인 자신이 둘 사이에 끼어 이리저리 간섭하는 것보다 나을 것이라 판단했다. 톰이 불쌍하지만 그때까지의 고생은 수업료려니 해야지 어쩌겠는가.

"그런데 넌 아까부터 뭘 그렇게 뚫어지게 보고 있는 거야?"

라울이 파엔의 말도 듣는 둥 마는 둥 하며 작은 환기창을 통해 보고 있는 것은 톰이 아니었다. 그는 무대 주변에 모여든 사람들 쪽을 살피며 뭔가를 찾고 있었다.

"찾았다!! 역시 나타날 줄 알았어!"

"누가?"

"카다피."

"뭐어?! 내가 사칭한 놈의 원판이 여기 왔단 말이야?"

라울은 무대 옆에 몰려든 사람들 중 한쪽을 손가락으로 가리켜 보였다.

"톰이 있는 쪽에서 오른쪽 두 번째, 푸른 옷을 입은 턱수염 거한이 보이냐?"

"옆 사람에게 주먹질하고 있는 놈?"

"아아, 이런……! 싸움이 붙었군. 성질 지랄 맞은 것은 여전하군. 좀 밀쳤다고 주먹으로 치니 싸움이 나는 것은 당연하지. 나 원! 변장하고 있는 주제에 싸움을 벌이면 어쩌라는 거야, 저 아저씨!"

라울은 한심하다는 듯 혀를 찼다.

"원판은 샴과 사이가 나빠서 여기 황궁엔 안 오는 거 아니었냐? 지금 원판이 나타나면 곤란할 상황 아냐?"

"괜찮아. 카다피는 내가 불러서 온 거니까. 여기서 자신이 카다피라고 밝히는 일은 없을 거야. …라고 생각했지만 싸움이 커지면 변장이 탄로나는 것도 시간문제겠어. 저 아저씨, 대체 뭐 하고 있는 거야?"

사람들이 제각각 떠들어대고 있는 데다 거리가 멀어서 목소리까지는 들리지 않았지만 파엔은 입술을 읽었다.

"카다피라는 저 턱수염, 톰을 보쌈해 가려다 옆 사람에게 들킨 모양인데?"

"뭐어?!"

"옆 사람이 뭐 하는 짓이냐고 소리치니까 턱수염이 '이 애는 내 아들이다!' 란다. 안면가죽이 가히 강철급이네, 저놈."

파엔은 킬킬대고 웃었고, 라울은 혈압이 올라 뒷목을 붙잡았다.

턱수염 거한은 사람들과 옥신각신하다가 소동이 커지니까 안 되겠

카다피 낚는 법 145

다고 생각했는지 연회장 뒷문으로 빠져나갔다. 그의 모습이 시야에서 사라질 때까지 파엔은 배를 붙잡고 웃었다.
"그런데 네가 저놈을 불렀다고 했지? 왜 부른 거야?"
"샴이 세람을 만나주는 조건으로 카다피를 요구했다는 얘긴 했지? 카다피는 샴의 휘하에 들어가는 조건으로 나비르님의 설화난무를 보여줄 것을 요구했거든."
"흐응? 어쩐지. 키르 놈이 하고많은 검 다 놔두고 설화난무를 꺼내들 때부터 이상하다 했어. 꼬맹이가 소화해 내기엔 지나치게 수준이 높으니까. 약아빠진 키르 놈이 주인의 수준도 파악하지 못했을 리는 없고, 저 대머리 덩치 정도의 상대라면 굳이 설화난무까지 가지 않아도 해결할 방법은 많았을 테니까."
"톰에게는 좀 미안했지만 카다피를 승복시키려면 그 방법밖에 없었거든. 너의 검무를 보고 소류검의 형을 뽑아낸 톰의 눈썰미와 감각이라면 가능성이 있을 것도 같았고. 무엇보다 설화난무 같은 검은 인연이 따르지 않으면 견식하기 힘드니까 톰을 위해서도 나쁘지 않다고 생각했어."
소류검에 이어 설화난무까지. 톰은 카린 일족이 아니면 인연이 닿기 힘든 높은 경지의 검술을 연이어 겪었다. 파엔도 녀석의 운이 좋은 건지, 나쁜 건지 판별하기 어려웠다.
"꼬맹이가 실패했으면 어쩔 생각이었냐? 카다피는 지금의 샴 따윈 섬길 수 없다고 뻗대고, 샴은 샴대로 세람을 만나주지 않겠다고 나왔을 텐데."
"설마하니 내가 톰만 믿고 있었겠냐. 카다피는 이미 아마르를 당대의 샴으로 인정한다고 대외적으로 선포한 거나 마찬가지야. 동지의 제물 의식에 직접 와서 혈육을 바쳤으니까. 자고로 인간과의 약속은 깰 수 있어도, 신과의 약속은 깨기 힘든 법이지."

"하지만 의식에 참석한 것도, 바친 제물도 진짜가 아니잖아."

"진실이 무엇이냐는 이미 소용없어. 사람들은 카다피가 손수 제물을 바친 것을 알고 있으니까. 오늘 밤이 지나면 의식에 참가했던 사람들의 입을 통해 제블린 전역으로 그 사실이 퍼져 나가겠지. 이제 와 그런 사실이 없다고 발뺌해 봐야 사람만 우스워질 뿐이야. 카다피는 목숨보다 명예를 소중히 여긴다는 제블린 남자니까 그런 짓은 못하지."

씨익 웃는 미소는 선량한 이의 뒤통수치기를 즐기는 악질 술책가의 그것이다. 파엔은 혀를 찼다. 이놈이 이렇게 음흉한 놈인 줄도 모르고 자신의 옷까지 빌려준 카다피가 불쌍해질 지경이다. 그는 자신의 옷으로 라울이 무슨 짓을 꾸밀지 알고나 있었을까?

"너, 목 조심해라. 열받은 턱수염(카다피)이 네놈의 용병단에 네 목을 의뢰할지도 몰라. 애향회 놈들의 압박 때문에 한 푼이 아쉬운 네 밑의 놈들과 수전노 펠은 의뢰대상이 단장인 네 목이라도 개의치 않고 의뢰를 받아들일걸?"

라울은 '그런 일은 없어'라고 말하듯 웃었다.

"카다피는 화내지 않을 거야."

"어째서?"

"이번 일로 그의 명성은 더욱 드높아졌으니까. 그가 가진 무력의 강력함은 제블린 인이라면 누구나 인정하지만 그렇다고 인망까지 두터운 것은 아니었거든. 그가 샴에게서 등 돌린 것을 두고 젊은 전사들 사이에서는 무신의 이름을 핑계 댄 반역이 아니냐는 말까지 있어. 황권이 강한 제블린에서 신하인 후족이 샴을 인정 못한다며 뻗대는 것은 흔히 있는 일이 아니니까. 카다피를 적대하지 않는 자들도 그의 처신에 대해서는 우려해 왔어. 그런 와중에 카다피가 예고도 없이 제물 의식에 나타나 있는 자식을 모두 바쳤어. 신분이 높을수록, 권력을 가진 자들일수록 자신의 핏줄을 제물로 내놓지 않으려 했던 후족들의 행동과 명확히 대비되지. 게다가 막판에 카다피의 아들로 알려진 톰이 인상적인 검기를 선보이며 카흐탄의 사내들이 얼마나 강한지 증명했어. 감상적인 데가 있는 제블린 인들은 그를 칭송할 것이고, 젊은 전사들은 열광하겠지. 이번 일로 그는 자신의 입지와 명분을 확실히 세운 셈이야. 그런데 그 모든 것을 안겨준 나에게 왜 화를 내겠어?"

뒤통수를 쳐놓고도 '억!' 소리조차 내지 못하게 만드는 수단이 놀랍다.

"교묘하게 얽어맸군. 어쩐지 나에게 광대짓까지 시키며 일을 복잡하게 만들더라니."

파엔은 자신 역시 멋모르고 라울의 손에 놀아난 것이 좀 분한 듯했지만, 화가 난 것 같지는 않다. 스스로가 '광대짓'이라고 부르는 카다피 사칭이 꽤 재미있었나 보다.

"그래도 톰이 마무리를 잘해줘서 한시름 덜었어. 카다피는 천생 반골이라서 말이야. 억지로 굽히게 만들면 반드시 뒤끝이 있거든. 이 일을 계기로 겉으로는 복종하는 척하면서 황가에 앙심이라도 품으면 골치 아파. 하지만 내가 내기의 조건을 충족시킨 이상, 부당한 일을 당했다고 분개하거나 앙심을 품을 여지가 전혀 없지. 내기 조건을 제시한 사람은 다름 아닌 그 자신이니까. 기분 좋게 샴의 휘하에 들어간 카다피가 혼자 투신한 것으로 그치지 않고 샴과 다른 반골 후족들 간의 화해까지 유도한다면 그야말로 일석이조지."

"세람에게 샴을 만나게 해주기 위해서라는 것은 명목일 뿐이고, 결국은 샴을 위해서였나?"

"그렇게 따진다면 모두를 위해서겠지. 카다피는 그 자신을 위해서라도 이제 그만 거취를 정하는 게 좋아. 그가 오매불망 기다리고 있는 무신은 이제 세상에 없는 거나 마찬가지니까."

카다피는 폴이 자신의 눈앞을 스쳐 지나가더라도 알아보지 못할 것이다. 이제 카린 성의 마구간지기 폴은 있어도 제블린의 무신은 없으니까. 그가 제블린의 무신으로 돌아올 날은 아마 앞으로도 영영 없을 것이다.

"게다가 요전에 사다하 국경 근처에서 유진 형님을 우연히 만났는데 전해 들은 정보로는 페이샨의 움직임이 어쩐지 심상치 않아."

"왜?"

"황태자 경합이 벌어지고 있나 봐."

페이샨 제국은 혈통이나 태어난 순서에 따라 황위를 물려주지 않는다. 황자들이 자라 적당한 시기가 되면 황제는 그들을 모아놓고 서로의 우열을 겨루는 경합을 벌이게 한다. 그리고 그 결과에 따라 자질이 뛰어나고 국가에 대한 공헌도가 높은 황자를 골라 후계자로 삼는데, 이것을 황태자 경합이라고 한다.

"그런데?"

"확실하지는 않지만 황자들 중 하나의 자금이 사다드 왕제에게로 흘러든 것 같아. 너도 알다시피 전쟁은 병사와 칼로만 하는 게 아니야. 돈이 필요하지. 아마르의 눈치만 보며 변방을 떠돌던 사다드에게는 사다하의 국경을 약탈하는 걸로 그치지 않고 본격적인 전쟁을 벌일 만한 여유는 없었어. 하지만 지금의 사다드는 겁도 없이 사다하의 성을 접수하며 저돌적으로 치고 올라가고 있지. 그에 필요한 자금을 어떻게 마련했을까?"

"군자금을 대어주며 분란을 획책한 것이 페이샨의 황자란 말이야? 제블린의 왕제가 페이샨의 황자에게 돈을 얻어 쓴다니 재미있군."

믿기 힘든 내용이었지만 파엔은 아무렇지도 않게 받아들였다. 라울이 자신에게 거짓말을 할 이유가 없는 데다가 사다하나 제블린이 어떻게 되든 자신과는 상관없다.

"세람에게는 말 못했지만 사태가 심각해. 지금의 페이샨 황제가 제블린의 전대 샴을 복상사하게 만들고 황군을 찢어발겼던 공을 인정받아 황태자가 되었다는 건 알고 있지? 그 아들 중에 제 아비와 같은 짓을 하려고 덤비는 놈이 있다는 말이야. 놈은 통 크게도 제블린과 사다하를 함께 말아먹으려고 하고 있어."

"그래서 넌 그 사실을 샴에게는 알려줄 거야?"

"아니. 페이샨의 황자에 대한 부분은 망루의 엘렌 누님께 전해 들은 거라서 정보 출처를 밝히기가 곤란해. 누님도 당분간은 비밀 엄수를 당부하셨고, 아마르의 정보 조직도 나름대로 쓸 만하고, 제블린은 페이샨에 대해서는 언제나 촉각을 곤두세우고 있으니까 좀 시간이 지나면 자력으로 사태를 파악하겠지."

라울은 머리가 복잡하다는 듯 한숨을 내쉬었다.

"이런 상황이니까 제블린도 샴 세력, 무신 추종 세력으로 힘을 분산하는 것은 바보짓이야. 페이샨의 도발에 적절하게 대처하려면 그 힘을 제대로 쓸 수 있는 자에게 몰아주는 게 나아. 게다가 내가 겪어본 아마르는 주인으로서도 썩 나쁘지 않으니까."

"자신에게 접견을 청해온 외국 왕자에게 사신 대접은 고사하고 자신의 부하 놈 하나를 꼬셔주면 만나주겠다고 뻔뻔스럽게 말하는 인간인데 말이지. 어지간히 비싼 면상이야."

파엔은 자신이 세람이었다면 오늘의 이 부당한 대우를 잘 기억해 두었다가 제블린에서 사신이 오면 그대로 되갚아주었을 거라고 생각했다. 감히 누구를 돈도 안 주고 부려먹으려고 들어?

"어쨌거나 대면 기회는 잡았으니 다음은 애송이 전하, 하기 나름인가? 참, 이제 다 끝났으니 그 카다피란 놈에게 빌린 물건들도 다 돌려줘야 하나?"

파엔은 그러기 싫다는 기색이 가득 묻어나는 어조로 말했다. 진주 박힌 셔츠나 브로케이드 외투 따위에는 흥미없지만 긴 주칠 담뱃대에는 미련이 남았던 것이다. 담뱃대는 적어도 4, 5백 년은 된 드워프 제작의 골동품으로 돈이 아무리 많아도 손에 넣기 어려운 물건이다.

"돌려주지 않아도 된다고 하던데?"

그 인심 좋고 호탕한 말에 파엔은 눈을 크게 떴다.

골동품 담뱃대를 빼더라도 금사, 은사가 섞인 브로케이드 외투에 목과 소매 등에 진주가 무수히 박힌 셔츠, 보석 박힌 보이얀 레이스만 해도 최소 4, 5만은 넘는다. 아무리 입던 옷이라고 해도 돈 되는 물건을 대가없이 넘기는 것은 수전노 파엔의 사고방식으론 있을 수 없는 일이다.

"진짜로?! 하지만 이 허리띠는 어쩌고? 이거 신분 증명 대신이라며?"

"주된 용도는 황궁 출입증이니까 말이야. 황궁에 갈 일이 없는 자신에겐 이제 필요없는 물건이라더군."

카다피가 후족이라면 절대 남의 손에 건네지 않는다는 티라즈까지

카다피 낚는 법 151

라울에게 준 것은 이제 그만 황궁과의 인연을 끊고 독자적으로 살아가 겠다는 의지 표명이었을지도 모른다. 하지만 그는 라울의 수작 덕분에 앞으로 한동안은 더 제블린 황실을 위해 일하게 생겼다. 그러니 티라 즈도 필요하지 않을까?

라울은 잠시 고민했지만 곧 고개를 내저었다. 필요하면 아마르에게 달라고 하겠지. 설마 줬던 물건을 뺏겠나.

파엔은 기분이 좋아졌다. 그가 본 카다피의 뻔뻔하고 주접스러운 행동은 모두 기억에서 삭제되고 대신 호감 가득한 인상만이 남았다. 파엔 사전에 자신에게 돈을 주는 사람은 모두 봉이며, 물주이며, 좋은 사람인 것이다. 게다가 이번처럼 기대하지도 않았던 불로소득을 잔뜩 안겨준 경우에는.

"부수입이 있으니 고생한 보람이 있군. 이건 모두 다 내가 고생해서 얻어낸 거니까 아무것도 안 한 네놈은 넘볼 생각 하지 마!"

"안 해. 그런데 브로케이드 외투며 티라즈를 어떻게 하게? 신분을 나타내는 것들이라 이곳에서는 처분하기도 곤란하고, 그렇다고 제블린이 아닌 곳에서 입기에는 너무 이국적이야."

"아스카님께 선물할 거야. 제블린의 직조 기술은 동대륙 제일이라고 하잖아. 게다가 이런 브로케이드는 왕족들도 걸치기 힘든 옷감이야. 아스카님의 드레스를 만드는 데 쓰면 좋겠지. 보이얀 레이스는 숄로 쓰고."

"그럼 티라즈는?"

"물의 여신을 모티프로 한 섬세한 자수는 버리기 아까우니까 천을 덧대고 장식을 해서 트니에용 허리띠를 만들면 좋지 않을까?"

파엔이 카다피에게 받은 옷들은 머지않은 미래에 그가 구상했던 대로 가공된다. 하지만 지금 현재 그의 허리에 걸린 티라즈가 장차 아스카의 허리를 장식하게 되면서 어떤 사건과 오해를 불러오게 될지 파엔도, 라울도, 그것의 원주인인 카다피조차도 알지 못했다.

"샴이 움직인다! 약속대로 하렘으로 갈 모양인데?"

두 사람이 얘기를 나누는 동안, 의식은 끝나는 분위기였다. 샴은 톰을 제일검으로 선포하고 그의 검재를 치하했다. 그는 정해진 의식의 절차에 따라 톰이 바치는 검을 받고, 대신 톰의 요구대로 세람과 밤을 보내기 위해 자리를 떴다.

톰은 사람들에게 둘러싸였다. 연회장에서는 의식 참가자들 간의 뒤풀이가 예정되어 있으니 지금부터 밤새도록 술판이 벌어질 것이다.

"너는 이대로 아마르를 따라가서 세람을 보호했다가 비밀 회담이 끝나면 톰도 함께 데리고 나오도록 해. 참, 아마르의 손에 넘어간 키르아이나를 되찾아오는 것도 잊지 말고."

"뭐어?! 세람이야 계약을 했으니 돈값만큼 한다지만 왜 내가 꼬맹이 녀석까지 책임져야 해?"

"톰은 지금 환혹술의 여운이 남아 멀쩡해 보이지만 앞으로 두세 시간만 지나도 제대로 걷지도 못할 거야. 수용한계 이상의 마나가 단련되지도 않은 혈도를 휩쓸고 지나갔으니. 너는 그런 아이를 그냥 여기에 내버리고 오겠다는 거야?"

"왜 전부 내가 해야 하는 거냐고! 다른 놈 좀 시켜!!"

"다른 놈, 누구? 비실거리는 세람에게 그때쯤이면 축 늘어져 엄청 무거울 톰을 업으라고 할까? 아니면 아예 이곳에 없는 라딘 백작에게 책임지라고 할까? 게다가 황궁에 들어올 때는 문으로 들어왔어도 나갈 때는 담을 넘어야 한다는 걸 알잖아."

파엔은 낮게 욕설을 중얼거렸다. 들키지 않고 담을 넘기 위해서는 세람이고, 톰이고 자신이 넘겨주어야 한다는 것을 깨달은 것이다. 엎친 데 덮친 격으로 여긴 담이 겹겹이 있다. 파엔은 양파껍질 같은 제블린 황궁의 구조를 떠올리자 여간 짜증이 나는 게 아니었다.

꼬맹이 하나 없는 것이 힘들어서 불평하는 게 아니다. 제블린에 온 이후로 자신에게 쏟아지는 업무량이 지나치게 과도하다. 이래서야 게으름뱅이의 위신이 서질 않는다.

"너는 뭐 하고?"

세람 하나라도 라울에게 떠넘길 생각으로 물었으나 그는 네놈 속셈 따윈 훤하다는 듯 고개를 저었다.

"나는 따로 할 일이 있다."

"나에게만 다 떠넘기고!! 그 할 일이라는 게 대체 뭐야?"

"비공선(飛空船:마법의 힘으로 하늘을 나는 배)을 수배해 놨다. 오늘 밤 예약하러 갈 거야."

"비공선이라면… 흑마탑에서 만들었다는 그 쓰레기 같은 배 말이야?"

파엔은 경악했다. 이 무슨 잘 날던 와이번, 둥지 입구에 머리 들이받아 뒈지는 소리란 말인가?

"너, 그 배가 어떤 배인지 모르냐? 기관은 부실하고, 마나 효율은 나쁘고, 그 주제에 요금은 지랄 맞게 비싼 그 배를 예약했다고? 너 미쳤냐?! 그럴 바엔 차라리 대륙 마법사 길드에서 운영하는 이동 마법진을 이용하겠다! 그 편이 못해도 2, 3배는 싸게 쳐!"

"여기서 바라얀까지 연결된 마법진이 있기만 하다면."

세람과 라울은 다음 목적지를 서대륙에 있는 바라얀 왕국으로 하기로 사전에 합의했다. 세람은 샴과의 회담이 순조롭게 풀리더라도 사다드 왕제가 사다하에서 자진 철수하는 극적인 상황은 일어나기 어렵다는 것을 깨닫고 있었다. 그는 바라얀에 있다는 사촌누이의 원조에 희망을 걸고 있었고, 라울과 파엔은 마침 목적지가 같으니 동행하기로 한 것이다.

"너는 마법사이니 더 잘 알 텐데? 일족에서 만든 것을 제외하고는 거리를 무시한 채 대륙을 연결한 이동 마법진 같은 것은 없다는 걸. 마법사 길드의 마법진은 최장거리가 120티온이 고작인 데다가 바다를 건너지도 못해. 그러니 바라얀까지 말을 타고 가겠냐, 배를 타고 가겠냐? 시간이 촉박하니 비공선밖에 답이 없잖아."

"하지만 비공선은 흑마탑이 있는 흑섬('흑마법사들의 섬'의 줄임말. 원래 이름은 루페아 섬)까지만 갔다가 되돌아오는 단일 항로인 것으로 알고 있는데? 흑섬으로 가서 어쩔 건데? 거기서 바라얀까지 얼마나 멀다고. 배로는 20일 이상 걸리는 바닷길이야."

"흑섬은 동대륙과 서대륙의 중간쯤에 위치한 섬이야. 네 말대로 대륙에 있는 마탑 지부와 흑섬만을 왕복하는 단일 항로지만 종류는 두 가지야. 제블린 지부와 흑섬을 연결하는 항로와 서대륙의 에슐릿에 있는 지부와 흑섬을 연결하는 항로. 제블린의 캐버린 항에서 비공선을 타고 흑섬으로 가서, 다시 서대륙의 에슐릿으로 가는 비공선을 탄다. 비공선이 목적지까지 도착하는 데 소요되는 시간은 대략 3일. 흑섬에서 에슐릿으로 가는 비공선이 바로 있을 경우 6일이면 서대륙에 도착해. 에슐릿에서 바라얀까지는 이동 마법진을 이용하면 되니까 충분히 신년회 전에 도착할 수 있어."

파엔은 결의에 차서 눈을 번뜩이는 라울을 보고 움찔했다. 쥴리아가

신년회까지 돌아오지 않으면 딴 놈과 결혼한다고 협박했다더니. 이놈, 어지간히 몸이 달았나 보다.

마음이 급한 것은 라울만이 아니다. 파엔도 신년회 전에 꼭 고향에 도착하고 싶었다. 그것을 위해서라면 어지간한 것은 감수할 수 있지만 비공선은 도저히 아니다.

그는 마법사인 탓에 흑마탑이 자랑하는 비공선에 대해서 라울보다 훨씬 잘 알고 있었다.

"야! 그건 말이 좋아 비공선이지, 실상은 추락선이라고! 날아다니는 넝마주이란 말이야! 세 번에 한 번은 추락한다고! 오죽하면 마탑 놈들은 돈을 주고 타라고 해도 안 탄다는 배란 말이야!! 그런 것을 탈 바에야 내가 징계 먹을 각오하고 애향회 놈들을 협박하든가 워프 게이트를 강제로 열어서 바라안까지 워프하고 만다, 내가!!"

"열려야 말이지."

파엔의 강변에도 라울의 반응은 시큰둥했다.

"뭐?"

"내가 벌써 알아봤어. 워프 게이트 자체가 반응을 안 한다고 하더라고. 집사님이 손을 쓴 것 같대."

파엔은 욕설을 중얼거렸다. 대마법사인 킬렌이 이미 마법진에 손을 썼다면 파엔이 아무리 6서클 급 마법사라고 해도 닫힌 게이트를 억지로 여는 것은 불가능하다.

"그럼 그냥 여기서 찢어지자. 신년회까지는 못 가는 한이 있어도 난 그 빌어먹을 비공선은 절대 안 타. 차라리 배를 타고 말지."

"아, 그래? 그럼 그러든가."

라울은 구태여 파엔을 붙잡지 않았다. 파엔이 일이 끝나는 대로 다른 교통수단을 알아보려고 마음먹었을 때였다.

"레온은 물론이고 쥴리아까지 레이엘을 계승받았다던데, 별로 안 급한 모양이지? 여유네."

파엔의 고개가 '홱!' 소리가 날 정도로 급하게 돌아갔다.

"뭐?! 그게 무슨 소리야?!!"

"엘렌 누님이 그러시던데? 레온과 쥴리아가 레이엘을 계승받아서 아스카님의 섀도우 자격을 갖췄다고. 이번 신년회 때 일족 앞에서 정식으로 공표하실 모양이야. 그런데 정말 신년회까지 안 가도 괜찮겠어?"

절대 괜찮지 않다! 레이엘은 섀도우가 되기 위한 절대적인 조건이다. 그 말은 다시 말해 레이엘을 획득했으면 일이 반 넘게 끝났다는 말이다. 레온은 어느 정도 각오하고 있었지만 쥴리아 그 앙큼한 것은 대체 언제……?!

파엔은 이를 부득 갈았다. 역사상 섀도우가 넷 이상 나온 적은 없으므로, 최대치로 잡아도 남은 섀도우 자리는 이제 둘뿐. 이렇게 된 이상 죽을 각오로 신년회까지는 가야 한다.

"하지만 나 추락공포증이란 말이야!!"

절대로 그 부실한 비공선에 타지 않으려는 것에는 그런 이유가 있었다. 하지만 신년회까지 도착하려는 욕심으로 눈이 뒤집힌 라울은 그의 애절한 하소연에도 싸늘하게 대꾸했을 뿐이다.

"낙하산은 준비했으니까 나머지는 근성으로 버텨."

아아아아아아악!!! 이게 근성으로 버텨지는 거냐?!!

정말 그 쓰레기 같은 배를 타고 가는 것 외엔 다른 방법이 없단 말인가? 파엔은 그 배를 떠올리는 것만으로 눈앞이 캄캄해지고 멀미가 나는 것을 느꼈다. 빌어먹을 형들 때문에 생긴 추락 공포증의 여파다. 높은 곳은 괜찮지만 추락할 위험이 있는 곳에서는 몸이 자동으로 반응한다. 그 썩을 놈의 비공선은 자신이 살아 있는 동안 다시는 타지 않겠다고 맹세했건만.

젠장, 하고 파엔은 울먹였다. 오늘따라 스승이 개발한 대륙간 이동 마법진의 안전함이 뼛속 깊이 사무치는 파엔이었다.

한편, 그 시각 서대륙 에슐릿 왕국 노이엔 지방의 흑마탑 지부에서는 이상한 손님 때문에 지부장이 곤혹스러워하고 있었다.

"그러니까 비공선을 이용하시고 싶다고요? 흑섬에 볼일이 있으신가 보군요."

로브를 뒤집어쓴 날카로운 눈매의 사내는 지부장을 매섭게 노려보았다.

"왜 묻지?"

"아, 고객관리 차원에서 다른 편의를 봐드리고자……."

"필요없다! 흑마탑의 지부장씩이나 되는 위인이 쓸데없는 것에 관심 가지면 명줄을 줄이게 된다는 것도 모르다니, 한심하군. 당신은 나에게 돈을 받고 승선 허가를 내주면 그뿐이야."

어이가 없었다. 지부장으로서는 친절하게 손을 내밀었더니 느닷없이 뺨을 얻어맞은 셈이다. 그는 발끈한 나머지 이 인간을 본인이 원하는 대로 비공선에 태워 버릴까 하고 생각했다. 하지만 나름대로 양심과 직업윤리를 갖춘 그는 아무리 그래도 그것은 인간적으로 도리가 아니다, 라고 마음을 고쳐먹었다.

사실 지부장은 예전에 비공선 시운전 당시 그 배를 탄 적이 있다. 그

때 배가 산을 들이받아 죽을 뻔한 고비를 넘기며 갱생이 불가능한 최저최악의 악당이 아니고는 그 배에 태워서는 안 된다는 확고한 윤리의식을 가지게 되었다.

눈앞의 사내는 좀 싸가지는 없지만 그렇게까지 나쁜 놈 같지는 않다. 게다가 앳된 얼굴과는 달리 쑥 들어간 눈두덩이며, 홀쭉한 볼이 고생을 많이 한 듯 보여 어쩐지 동정심을 자극했다.

에슐릿 마탑 지부에 와서 비공선 승선권을 내놓으라고 닦달 중인 사내의 정체는 바로 에릭 베이츠였다. 드칸 산 드래곤 계곡을 습격했다가 카린 일족에게 걸려 데려온 부하들은 모조리 노예 시장에서 잃고, 친구들 역시 볼모로 잡혀서 그들을 구할 보상금을 마련하러 고향으로 돌아가는 길인 비운의 사내다.

부하들뿐 아니라 배도 뺏겨 빈털터리 신세. 돈 한 푼 없이 고향에는 어찌 돌아가나 했지만 다행히 같은 페이샨 출신인 아몰루 후작부인에게서 여행 경비를 마련했다. 마법사인 친구 클로드라도 있었다면 수정구를 통해 상부에 지금의 사태를 재빨리 알리기라도 했으련만, 지금의 에릭으로서는 서둘러 돌아가는 것 외엔 할 수 있는 일이 없었다. 마법사 길드나 흑마탑의 수정구를 빌릴 수도 있지만 그랬다가 자신의 정체나 상부의 정체가 외부에 노출되기라도 하면 그게 더 큰일인 것이다.

어떻게 하면 최대한 빨리 페이샨으로 돌아갈 수 있을까를 궁리하던 중에 흑마탑에서 개발한 비공선이 떠올랐다. 정보 조직인 '까마귀의 눈'의 수장으로 있던 에릭은 예전에 서면으로 그 정보를 접한 적이 있었던 것이다. 당연히 비공선의 승선 경험은 전무한 상태였다.

지부장은 비공선에 얽힌 사정을 잘 모르는 듯한 이 손님을 잘 달래보려고 했다. 그는 아직 살날이 창창해 보이는 이 청년을 자신의 손으로 사신(死神)의 품으로 밀어 넣고 싶은 생각은 없었다.
"저기, 손님. 잘 모르고 계신 듯한데, 비공선은 유람선이 아닙니다."
"유람할 생각 없다."

즉답에 지부장은 말을 잃었다. 사람이 탈 만한 배가 아니라는 의미였는데. 아무리 그래도 마탑이 자랑하는 마법기술력의 정화라는 비공선을 두고, 마탑의 지부장이라는 자신이 '걸핏하면 추락하거든요? 목숨이 아까우면 안 타는 게 나을 겁니다'라고 말할 수는 없지 않은가.

비공선은 원래 마탑의 마법사들이 고립된 근거지 흑섬에서 외부로 이동하기 위해 만든 교통수단이다. 흑섬이 바다 위에 뜬 섬이고 대륙과는 너무 거리가 멀어 이동 마법진을 설치하기에는 적합지 않았던 탓이다.

먼 거리를 날아서 이동한다는 발상 자체는 좋았지만 비공선이 완성되고 나자 흑섬에 거주하는 그 어떤 마법사도 비공선을 이용하지 않았다. 그들은 대륙으로 이동할 때나 흑섬으로 돌아올 때, 20일 이상 걸리는 뱃길을 감수하며 배를 탔다.

마탑의 비공선 개발 팀에서 왜 빠르고 편리한 비공선 이용을 기피하는 거냐고 마법사들에게 따지자 한 마법사가 딱 잘라 말했다고 한다. '니가 타봐라! 흑마법사도 내 목숨은 소중하다!' 고.

사실 마탑인들 개발비며, 고급 자재며, 마나석을 쏟아 부어 만든 비공선을 지금처럼 화물선으로만 쓰고 싶겠는가. 하지만 타려는 사람이 없으니 어쩔 수가 없다. 하다못해 배를 운전해야 할 마법사들조차 타지 않으려고 해서 엄청난 돈을 들인 항법 장치와 비공선 유도 장치를 통해 원격으로 배를 조종하는 무인 시스템이었다.

"손님, 비공선은 손님을 태우기엔 적합지 않습니다. 흑섬으로 가시겠다면 다른 배편을······."

지부장이 친절하게 다른 배편을 알아봐 주겠다고, 그 배는 흑섬에 사는 다른 마법사들도 많이 이용하는 안전한 배라고 설명을 마치기도 전에 성질 급한 사내가 '쾅!' 소리가 날 정도로 테이블을 세게 내려쳤다.

로브 속 사내의 얼굴은 시뻘겋게 달아올라 있고, 그의 눈은 분노로 활활 타오르고 있었다.

"내가 이런 꼴을 하고 있다고 한낱 마탑의 지부장 나부랭이가 나를 모욕하다니!"

그는 지부장의 멱살을 잡고 코앞에서 으르렁거렸다.

"내가 돈이 없어 보이니까 비공선에 태워주지 않겠다는 것 아니냐? 이런 식으로 승선비를 올리려는 수작일 줄 누가 모를 줄 아느냐?!"

그런 의도가 조금도 없었던 지부장은 열심히 고개를 저었다. 누가 그런 사람 잡을 배에 사람을 태우면서 승선비를 흥정한단 말인가?!

하지만 사내는 지부장의 목에 단검을 들이대기까지 했다.

"지금 당장 승선권을 내놓지 않는다면 네가 그토록 좋아하는 돈을 다시는 볼 수 없을 것이다!"

지부장은 그의 오해처럼 돈을 좋아하지는 않았지만 일면식도 없는 사내보다야 자신의 목숨이 소중했기 때문에 비공선의 승선권을 내놓았다. 사내는 그것을 홱 채어가며 대신이라는 듯 바닥에 뭔가를 내던지고는 나가 버렸다. 지부장이 뭔가 싶어 주워보니 비공선 이용 대금으로 충분하고도 남는 상품의 루비다. 그는 안타까운 표정으로 사내가 나가 버린 문을 응시했다.

"내가 말린 것은 비공선이 도저히 사람이 탈 만한 배가 아니기 때문이었다고. 최선을 다했지만 본인이 저렇게 죽고 싶어 안달일 때는 어쩔 수가 없지. 후우. 이 루비는 그 손님의 장례식 비용으로나 써야겠다."

검은 로브의 사내, 에릭이 비공선이 어떤 배인지 깨닫는 데는 그로부터 3시간도 채 걸리지 않았다.

"배가, 배가 추락하고 있어!! 으아아아아아아악!!"

Chapter 5
아가씨의 지참금

달의 신전은 밤하늘을 지배하는 달의 네 자매를 위해 지어진 신전이다. 봄의 달이자 충성과 고독, 고통의 달 아유미네, 여름의 달이자 열애(熱愛)와 격정, 시련의 달 히스네리아, 가을의 달이자 풍요와 고혹(蠱惑), 배신의 달 카세리나, 그리고 아노아.

달의 네 자매 중 막내이자 겨울의 달인 아노아에게는 순수와 비정(非情), 슬픔의 달이라는 별칭이 있다.

네 채의 신전은 네 자매의 어머니이자 이제는 고신(古神)이 되어버린 달의 모신의 이름을 딴 '레이아의 호수'를 사이에 두고 각기 동서남북의 방위를 차지한 채 서 있다. 신전 정문에서 숲길 사이로 난 오솔길을 따라 오른쪽으로 접어들면 동쪽에 자리한 아유미네 신전이, 왼쪽으로 접어들면 남쪽에 자리한 히스네리아 신전이 나오는 식이다.

아노아 신전은 동쪽의 아유미네 신전으로부터도, 서쪽의 카세리나 신전으로부터도 뚝 떨어진 북쪽의 외진 곳에 마치 숨듯이 자리하고 있었다.

술과 향을 바치고 신전을 나온 에나시르는 뭔가를 찾는 사람처럼 주위를 두리번거렸다. 시슬리안 기간에는 축복을 빌려온 사람들로 발 디딜 틈 없던 이곳도 지금은 언제 그랬냐는 듯 한산해졌다. 에나시르의 눈에 보이는 것이라곤 석양을 받아 주황색으로 빛나는 아담한 작은 신전과 주위를 오가는 몇몇의 여사제들뿐이다. 찾는 것을 발견하지 못한 에나시르는 자신도 모르게 어깨를 축 늘어뜨렸다.

회랑을 지키는 것처럼 죽 늘어서 있는 석상들이 가리키는 길을 따라서 입구까지 온 에나시르의 걸음이 길 옆에 세워진 한 석상 앞에 멈추었다.

신전을 돌아서 나오면서도 이유없는 아쉬움에 자꾸 고개가 돌아가고 걸음이 멈춰 서곤 해였을까. 이전까지는 그런 것이 거기에 있다는 것조차 모르고 있었던 것을 발견했다.

"어머나! 이런 곳에 석상이 있었네? 몇 번이나 아노아 신전에 왔었지만 오늘 처음 봤어."

하필 키 크고 가지가 무성한 세이프리아 나무 옆에 세워진 터라 그늘이 지면 잘 보이지 않게 되었었나 보다.

석상은 140티노트도 되지 않는 어린 소녀의 모습이었다. 아노아 신전 외원에 세워진 석상이니 소녀는 아마도 아노아님일 터였다.

석상은 만들어진 당시에는 세밀하고 정교했을지 몰라도 오랜 세월 비바람에 깎이고 쓸리면서 겨우 형태만 알아볼 수 있을 뿐이었다.

에나시르는 석상의 소녀와 눈높이를 맞추기 위해서 바닥에 쪼그리고 앉았다. 자신의 유모나 왕궁의 시녀장이 보았다면 품위를 지키라며 당장 잔소리가 날아올 법한 자세였지만 석상의 소녀의 얼굴을 좀 더 자세히 보고 싶었던 것이다.

여기저기 부서진 낡은 석상은 얼굴이라고 특별히 더 온전하지는 않다. 예전에는 오뚝했을 코도 끝이 부러졌고, 눈도 입도 위치가 명확하지 않아서 아마 이쯤이 눈이겠지, 그럼 이쯤이 입이 아닐까 하고 상상할 뿐이다. 뿐인가. 이마와 뺨에는 이끼까지 끼어 있다.

그런데도 에나시르에게까지 느껴지는 이 따뜻한 공기는 무엇일까? 실제로는 보일 리 없는 석상의 미소가 보이는 듯하다. 아주아주 평온하고 다정한 미소였다.

아무리 낡고 지저분해졌어도 신상(神像)이기 때문일까. 그냥 마주 보고 있는 것만으로 마음이 편안해졌다.

문득, 시슬리안 밤에 하칸 신전에서 만났던 정체불명의 소녀와 신상이 닮았다는 생각이 들었다. 신전의 내원에서 만났던 딱 요만한 키의 소녀가 자신에게 바라얀의 포도주를 내밀며 지었던 미소도 이와 같았다. 마음을 다독여 주는 듯한 상냥한 미소.

그렇다면 그 소녀는 정말 아노아님이었던 걸까? 왠지 진짜로 그렇다고 해도 놀라지 않을 듯한 기분이 든다.

에나시르는 가지고 있던 손수건을 꺼내 석상의 이끼를 닦아내었다. 쓸데없는 짓일지 모르지만 왠지 그렇게 하고 싶었다.

"여자애니까 말이야. 얼굴이 깨끗해야지."

석상의 소녀는 양손으로 꽃잎이 한껏 벌어진 꽃송이를 받쳐 들고 있었는데 그 모습이 자못 진지하고 간절해 보여서 에나시르는 저도 모르게 웃고 말았다. 다른 때 같았으면 아노아님이 들고 계신 꽃이니 구원을 형상화한 것이겠지 하고 이상적으로 생각하고 말았을 테지만 그녀가 만났던 아노아님은 디오르가 좋으니, 아멜린이 좋으니 하고 실컷 포도주 품평회 같은 수다를 떨다가 마지막엔 '자, 마셔라!' 하고 메사하르를 병째 건네주셨던 통 큰(?) 분이셨다. 그래서인지 들고 계신 저 꽃이 단순한 꽃이 아니라 불경하게도 술잔처럼 보이는 것이다.

"어쩐지 오늘따라 디오르(포도주 브랜드)를 가지고 나오고 싶더라니."

에나시르는 키득키득 웃으면서 들고 있던 주머니에서 작은 술병을 꺼내 술잔처럼 벌어진 꽃송이에 부어주었다. 신상에 대고 이런 짓을 하다가 아노아를 모시는 여사제에게 걸리면 혼나니까 주의 깊게 주변도 살펴가면서.

"그런데 너 진짜 만나기 어렵다. 나, 그 뒤로도 몇 번이나 하칸 신전에 갔었거든. 그 나무 밑에서 줄곧 기다렸는데 알고 있니? 알고 있으면 못 이기는 척 한 번만 나타나 주지. 나는 네가 어떤 존재라도 놀라지 않을 자신 있는데."

에나시르는 소녀에게 하고 싶었던 말을 석상에게 털어놓았다.

"이거 디오르야. 네가 마셔보고 싶다고 그랬잖아. 네가 그날 대접해 준 포도주, 정말 맛있었거든. 그래서 나도 답례로 마시게 해주고 싶었어."

꽃송이 가득 찰랑이고 있던 술이 슬슬 줄어들더니 바닥에 흔적만 조금 남았다. 오래된 석상이다 보니 꽃송이 안쪽에도 금이 가서 술이 새는 모양이다. 틈새로 스며든 술 때문에 그렇잖아도 낡은 석상이 어느 날 갑자기 파삭 부서져 버리는 건 아닌지 걱정되었다. 하지만 기왕에 딴 술이고, 저질러 버린 일도 어쩔 수 없는 일이다 싶어 남은 술을 마저 부었다.

"고마워. 너를 다시 만나게 된다면 이 말은 꼭 하고 싶었어."

에나시르는 석상의 소녀와 눈을 맞추며 빙긋 웃었다. 어쩐지 후련하다는 생각이 들자 그제야 돌아가야겠다는 생각이 들었다. 늦어지면 시녀장이 잔소리를 할 것이다.

일어서려는데 다리가 찌르르했다. 너무 오랫동안 불편한 자세로 쪼그리고 앉아 있었더니 다리에 쥐가 난 모양이었다. 잠시 움직이지 못하고 서 있는데 바람이 불었다. 그러자 마침 그녀가 서 있던 나무 위의 세이프리아 꽃들이 바람에 부딪쳐 깨어지면서 부서진 꽃잎의 은빛 가루들이 에나시르의 머리 위로 떨어져 내렸다.

그때도 이렇게 꽃잎이 머리 위로 떨어져 내렸었다. 소녀가 세이프리아의 꽃말을 들먹이며 '사랑스러운 당신의 행복을 기원할게' 하고 축원해 주었다. 그 말을 들은 순간 알았다. 이제 자신은 괜찮다는 것을. 앞으로 아무리 힘든 일이 닥쳐도 스스로 행복해지려는 노력을 포기하지 않을 것임을.

이마에 살포시 닿았던 따듯한 숨결이 마치 천사의 그것처럼 느껴져서 더욱 현실이 아닌 것처럼 여겨졌었다.

인상적인 순간, 인상적인 말이었다. 세월이 더 흘러 호호 할머니가 된다고 해도 잊을 수 없을 것 같다. 매해 세이프리아가 피고 부서진 꽃잎이 머리 위로 떨어져 내리면 생각이 나겠지.

그래, 어쩌면 이걸로 좋은지도 모른다. 그 기적 같은 소녀의 잔상을 쫓는 것은 이제 그만 하기로 하자. 막 그렇게 마음먹었을 때, 어디선가 '딸랑!' 하고 방울 소리 같은 것이 들렸다.

"방울 소리?"

소리가 들리는 쪽으로 고개를 돌린 그녀는 눈을 크게 떴다. 나무 뒤쪽에서 새하얀 달빛 같은 은발 머리가 하늘하늘 바람에 날리고 있었기 때문이다. 그녀는 정신없이 달려가 나무 뒤에 서 있는 은발 머리 소유자의 팔을 낚아챘다.

"너……!"

자신의 목소리가 놀람과 희열에 갈라지고 있다는 사실도 모를 정도였다. 하지만 팔이 붙잡혀 천천히 돌아선 아이를 보고 에나시르는 실망에 눈을 흐렸다.

은발 머리였지만 그 아이가 아니었다. 밤하늘을 작게 조각낸 듯한 푸른 눈동자가 아니라 은색에 가까운 회색 눈동자였다. 인형처럼 예뻤던, 밤하늘의 달님처럼 어둠 속에서 홀로 빛나고 있었던 그 아이에 비하면 그냥 평범한 여자 아이였다. 그러고 보니 은발 머리도 좀 다르다. 백색에 가까운 눈앞의 아이와 달리 하칸 신전에서 만났던 아이의 은발은 푸른빛이 돌았었다.

심장이 기대로 들떴다 갑자기 식어버린 탓일까. 화가 치밀었다. 눈앞의 소녀에겐 아무런 죄도 없다는 것을 알면서도 너는 왜 그 아이와 비슷한 은발이냐고 심술을 부리고 싶어졌다.

하지만 간신히 마음을 추스른 에나시르는 억지로 웃으며 소녀에게 사과했다.

"미안해. 사람을 잘못 보았단다."

"당신이 기다리던 건 내가 아니었나 보지?"

에나시르는 고개를 갸웃했다. 이 소녀도 이 나무 밑에서 누군가와 만날 약속을 했나 보다.

"그래. 너와 닮았지만 다른 사람이야. 너와 비슷한 긴 은발이지만 푸른색이 돌고, 눈동자도 청금석이 연상될 정도로 아주 새파란 색이야.

별로 본 적 없는 특이한 옷을 입고 있는데 소매가 이렇게 길고…….”

"금색과 은색의 소디스 꽃잎들이 풍성하게 수놓인 바다빛 드레스겠지?"

"맞아!! 이 근처에서 본 적 있니? 혹시 어디 있는지 알아?!"

"시슬리안 축제에 놀러 왔던 것을 딱 한 번 봤던 거라서. 최근에는 본 적 없어."

"아, 그래…….”

에나시르가 실망해서 어깨를 축 늘어뜨리자 소녀는 물끄러미 그녀를 바라보았다.

"그 애를 만나고 싶은 거야? 왜?"

소녀의 질문을 받고 에나시르는 잠시 생각에 잠겼다. 그러고 보니 자신은 왜 이토록 애타게 그 아이를 찾아다니는 것일까? 고맙다는 말을 전하고 싶어서? 아니면 그때 그 일이 꿈이나 환상이 아니었다는 것을 확인받고 싶어서일까?

"음… 나도 잘 모르겠지만 그 아이를 다시 만난다면 내가 그동안 믿지 않았던 기적이 실재한다는 것을 확신할 수 있을 것 같아. 그 아이는 나에게 행복할 자격이 있음을, 행복해지려면 어떻게 해야 하는지를 일깨워 준 유일한 기적이니까. 한 사람의 생에서 그것만큼 멋진 행운과 기적이 또 있을까?"

소녀는 눈을 동그랗게 떴다. 에나시르는 어린 소녀가 알아듣기에는 말이 너무 어려웠던 걸까, 더 쉽게 설명해야 하나 하고 고민하고 있는데 소녀가 갑자기 활짝 웃었다.

지금껏 평범하다고만 여겼던 소녀의 웃는 얼굴은 의외로 무척 아름다웠다. 마치 그 곁에 피어 있는 투명한 유리화 세이프리아 꽃처럼. 혹은, 어두운 밤하늘을 홀로 밝히는 청초한 겨울달, 아노아처럼.

"그러니까 당신의 바람은 그 아이를 다시 만나는 거란 말이지? 어머니가 되는 것도 아니고, 사랑하는 사람 곁으로 돌아가는 것도 아니라."

난생처음 보는 소녀의 입에서 스스로 말한 적 없는 신상에 관계된 얘기가 나왔어도 에나시르는 놀라지 않았다. 처음 겪는 일이 아니기 때문이다. 에나시르는 자신의 정체가 들켜서 화들짝 놀라는 대신 자신의 이마에 신상 내력을 담은 프로필이라도 붙여져 있는 거냐며 투덜거렸다.

"너는 전쟁 위협으로 위태로운 나의 모국 얘기는 안 해?"

역시 경험이 좋다. 상대의 정체와 의도를 의심하며 바들바들 떠는 대신 이런 식의 농담을 걸며 여유를 부릴 수 있으니까.

"그건 내가 들어줄 수 있는 한도를 넘어선 문제니까. 나는 개인적인 수준의 소원만 들어주기로 되어 있어. 그런데 정말 필요없어? 아이도, 사랑도?"

필요하다면 당장 주기라도 할 것 같은 말투다. 에나시르는 소녀의 진지한 은빛 눈동자를 가만히 들여다보고 조금 놀랐다. 그녀가 찾고 있는 청금석 빛 눈동자와는 달랐지만 그 은빛 눈동자에서도 그 나이에서는 도저히 있을 리 없는 깊은 혜안과 자비에 가까운 깊은 애정을 엿보았기 때문이다.

자신이 만나는 은발 머리 소녀들은 하나같이 요정들인 모양이라고 생각하며 에나시르는 저도 모르게 웃었다.

"남에게서 얻은 행복 따위 덧없잖아. 쉽게 온 것은 쉽게 가는 것이 세상 이치지. 나는 힘들어도 스스로 행복을 잡는 법을 알고 있으니까 남에게서 받은 유리 같은 행복에 기대고 싶지 않아."

"당신은 강하구나. 나를 찾아오는 인간들이 당신만큼만 강하고 현명하다면 나도 좋을 텐데."

소녀는 감탄했다는 듯 말하고는 무엇을 생각하는지 살짝 미간을 찌푸렸다.

"당신이 찾는 그 아이 말인데, 주의하는 게 좋아. 카린은 운명을 뒤흔들 정도의 힘을 가진 흑백반전(黑白反轉)의 조커(Joker)야. 자칫 잘못하면 자신의 의지와는 상관없이 휩쓸려 버려. 하지만 카린은 강력한 파사(破邪)의 힘을 가진 무섭도록 공정한 새야. 그 곁에 있으면 아무리 고통스러운 상황에서도 마음이 어둠에 휩쓸리지 않고, 빛을 잃지 않아. 카린은 불의 새이기도 하니까. 새겨두도록 해."

소녀의 말은 마치 점쟁이의 그것처럼 무슨 소린지 반의반도 알아듣기 어려웠지만 자신을 위해서 하는 충고라는 것을 알 수 있었기에 그녀는 귀담아들어 두었다.

"이제 당신이 찾는 그 아이를 만나게 해주면 되는 거지?"

"응? 정말?! 그럴 수 있어?"

"카린의 자식은 인연이 없으면 만나기 힘들어. 하지만 오늘은……."

소녀는 고개를 들어 밤하늘의 달에 시선을 주었다.

"요정의 달밤이니까."

소녀가 허공에 대고 손을 흔들자 어디선가 '딸랑, 딸랑' 하고 맑고 경쾌한 방울 소리가 났다.

"방울 소리, 들려?"

"응."

"방울 소리를 따라가 봐. 그럼 네가 찾는 사람을 만날 수 있을 거야."

에나시르는 작별 인사와 감사 인사를 대신해 소녀를 끌어안았다.

"내가 찾는 아이가 비록 네가 아니었어도 너를 만나 기뻤어. 내 얘기를 들어주고 도움을 줘서 고마워. 너는 정말 상냥한 아이야."

에나시르는 하칸 신전에서 만났던 소녀가 자신에게 이별 인사 대신으로 해주었던 것처럼 소녀의 이마에 살짝 닿을 듯 말 듯 키스했다.

"상냥하고 사랑스러운 너의 행복을 기원할게."

그녀는 꽃처럼 환하게 웃으며 방울 소리를 쫓아 신전 문을 나가 사라져 버렸다. 방심하고 있다 기습 키스에 축원이라는 더블 펀치를 맞아버린 소녀는 미동도 못한 채 에나시르의 뒷모습을 멍하니 보고만 있을 뿐이었다.

"…세라, 축복을 받아버렸어."

소녀가 얼빠진 얼굴로 말하자 어디선가 맑고 낭랑한 웃음소리가 들려왔다.

"어머나, 좋으시겠어요, 어머니."

대체 언제부터 거기 있었는지 고위사제의 표식을 단 하얀 신관복을 입은 여인이 세이프리아 숲의 나무 그림자 뒤에서 걸어나왔다.

"줄곧 축복을 내려왔지만 축복을 받아본 것은 처음이야. 아, 젠장! 인간이란 욕심 많고, 이기적이고, 제멋대로인 데다가 약해 빠졌고, 때때로 더없이 추하기까지 한 주제에 왜! 왜 이렇게 사랑스러운 거야?! 이러니까 내가 그만둬야지, 그만둬야지 하면서도 여기 내려오는 것을 그만둘 수가 없잖아!"

이마를 문지르는 소녀의 얼굴은 새빨갛게 달아올라 있었다. 그런 소녀를 바라보며 중년의 여인은 온화하게 미소 지었다.

"좀처럼 만나기 힘든 강하고 현명한 여인이었어요. 눈치는 좀 없었지만. 그녀는 마지막까지 어머니가 이 신전의 주인이라는 것을 눈치 채지 못한 것 같죠?"

"그녀에게는 달리 '기적의 소녀'가 있었어. 내가 줄 수 있는 행복이란 그녀에겐 별 도움 되지 않는 하찮은 것이었던 것 같아."

그렇게 말하면서도 소녀는 기쁜 듯 웃고 있었다.

"그런데 최근 내가 소원을 들어주려고 마음먹기만 하면 어째 이런 이상한 인간들이 걸리는 것 같아?"

"그렇네요. 바로 몇 주 전에 소원의 잔을 채운 자는 겁도 없이 어머니께 수작을 거는 중늙은이였죠."

어쩐지 감정이 실린 듯한 중년 여인의 말에 소녀는 그때를 떠올렸는지 소리 내어 웃었다.

시슬리안 축제 기간이었다. 사내가 어째서 보이지 말았어야 할 아노아의 석상과 소원의 잔을 발견하게 되었는지는 알 수 없다. 그는 가지고 있던 포도주로 잔을 채우고는 아노아가 나타나 원하는 것을 말해보라고 하자 단지 '웃어보라'는 소원을 빌었다. 시무룩한 아노아의 모습을 보고 있으려니 자신의 집에 있는 소중한 '아가씨'가 겹쳐 보여서 마음이 아프다나?

스스로를 위한 소원이 아니라 아노아를 위한 소원을 빈 것은 소원의 잔이 생긴 이래 그게 처음이었을 것이다.

"카린의 자식들은 하나같이 약아빠졌어요! 그런 감언이설로 어머니를 홀려서는 기어코 '방울'을 받아갔잖아요! 대놓고 말해서 카린 공주에게 그 방울이 왜 필요한데요? 그 공주에게는 요정들과 정령왕들과 드래곤들의 가호가 넘칠 정도로 있잖아요. 공주가 어떻게 되기 전에 먼저 세상이 끝장날 거예요."

"그는 방울을 달라고 한 적이 없어. 내가 준 거지. 자격 요건에 딱 부합하니 어쩔 수 없잖아."

"그러니까 약았다는 거예요!"

아노아 신전의 방울은 시슬리안 축제 기간에 던져지는 다른 신전의 방울들처럼 신관의 신성력을 주입해 만들어진 것이 아니라 여신의 손길이 직접 닿은 성물(聖物)이다. 때문에 축제 같은 행사에서 경박하게 던져지거나 하지 않으며 아노아가 지목한 인간의 손에 들어가 그를 보호하게 된다.

어린 소년이나 소녀를 성년이 될 때까지 각종 질병이나 위해에서 보호하는 힘이 있으며 보호하던 자가 무사히 성년이 되어 역할을 마치면 방울은 저절로 신전으로 되돌아온다. 때문에 이 방울은 '소아수호(小兒守護)의 방울'이라고도 불렸다.

"저는 그 방울이 그 가호를 좀 더 간절하고 절실하게 필요로 하는 사람에게 갔으면 했다고요."

"할 수 없잖아. 방울과 운명이 선택한 것은 카린 공주인 모양이니."

소녀의 말에도 중년 여인은 납득할 수 없다는 듯 투덜거렸다.

"그나저나 이번 소원의 잔의 주인에게선 불길한 검은 그림자가 일렁이던데, 보셨어요?"

"그래."

"제가 잘못 봤는지 모르겠지만 조만간 심각한 신변의 위협이 닥칠 것 같던데, 경고해 주시는 편이 좋지 않았을까요?"

"카린과 인연의 끈을 이어놨으니 염려할 것 없어. 너도 알다시피 카린이란 통용되지 않는 곳이 없는 흑백반전의 조커니까 이만큼 확실한 안전망이란 없지."

"어머니가 그렇다고 하시면 그런 것이겠죠. 그나저나 어머니, 저건 어떻게 할까요?"

중년 여인이 손으로 가리킨 것은 세이프리아 나무 그늘 사이에 가려진 채 보일 듯 말 듯하게 서 있는 예의 낡은 소녀 석상이었다.

아노아 신전에는 두 가지 보물이 있는데 하나는 앞에서 말한 소아수호의 방울이고, 다른 하나가 바로 저것, '소원의 잔'이다.

아노아 신전에 소원을 들어주는 잔이 있다는 것은 사람들에게 널리 알려져 있지만 그 잔을 통해 소원을 이루었다는 사람은 거의 없다. 아노아가 기억을 돌이켜 봐도 수백 년 동안 불과 한 손으로 꼽을 정도가 될 뿐이다.

석상에는 힘이 있어 욕심으로 흐려진 눈에는 보이지 않고, 소원을 빌기 전에 먼저 잔을 채워야 한다는 규칙이 있다.

눈물로 잔을 채운 이도 있고, 피로 잔을 채운 이도 있고, 아득한 절망으로 잔을 채운 이도 있었다.

사람들이 잔을 채울 때마다 아노아는 아이를 잃어버려 넋을 놓은 어머니의 손에 아이를 되돌려주었고, 병을 낫게 해주었으며, 간절히 원하는 사람과 연인으로 맺어지게 해주었다. 하지만 그들 모두가 이야기 속에서처럼 오래오래 행복했던 것은 아니기에 아노아는 소원을 들어주면서도 가슴이 아팠다.

게다가 벌써 수십 년째 저 석상을 발견하는 이조차 없었기에 아노아는 이제 그만 저것을 거두어들일까 생각하고 있던 중이었다. 큰딸이 약아빠졌다고 말하는 카린 족의 사내와 오늘 잔을 채운 여인이 아니었다면 벌써 그렇게 했을 것이다.

"저기에 저것이 없다면 허전할 것 같아. 조금 더 저 자리에 두고 지켜보자꾸나."

　소녀가 온화하게 웃으며 말하자 중년 여인도 기쁜 듯이 환하게 웃었다.

　이렇게 아노아 신전의 보물, 소원의 잔은 폐기 처분될 위기를 이번에도 간신히 넘기고 현상 유지를 하게 되었다. 밤하늘에 뜬 아노아의 달빛이 작은 소녀의 모습을 한 석상 위로 드리우자 비바람과 세월에 닳아 없어진 석상의 얼굴 위로 표정이라는 게 생겨났다. 그 표정은 에나시르가 상상했던 그대로 지극히 온화하고 다정한 미소였다.

　자못 파란만장했던 동짓날 밤이 어느덧 가고 다음날 새벽이 가까워 올 무렵, 세람은 한 사람의 방문을 받았다. 한 나라를 대표하는 사절이자 일국의 왕자이기도 한 자신을 하렘까지 구차하게 숨어들어 오게 만든 인물, 바로 제블린의 샴이었다.

　샴을 모셔온 시종이 상석 양옆에 배치된 황동 등잔에 불을 붙이고, 시녀는 술과 안줏거리가 마련된 주안상을 낮은 테이블 위에 놓아준다. 재빨리 실내를 정돈한 두 사람은 공손히 허리를 숙이며 좋은 밤 되시라고 인사를 하고는 나가 버렸다.

　샴은 서 있는 세람을 지나쳐 비워진 상석에 가 앉았고, 세람도 그와 테이블을 마주하고 앉았다. 세람은 변변한 인사 한마디 건네지 못한 채 멍하니 그의 행동을 바라보기만 했다.

　샴은 고국에서 귀가 따갑게 들어왔던 흉흉한 위명과는 달리 특별히 흉악하게 생기지도, 잔인한 분위기를 풍기지도 않았다. 가무잡잡한 황금빛 피부에 이목구비가 뚜렷한 미남으로 그냥 평범한 보통 사내처럼 보였다. 세람이 놀란 눈으로 보건 말건 반쯤 눕다시피 한 방만한 자세는 대륙 남부를 지배하는 강력한 지배자라기보다 게으른 한량 같았다.

사적인 자리라서인지 복장조차도 목깃과 소매, 밑단에 선장식이 들어간 셔츠에 바지, 짙은색 가운을 걸쳤을 뿐이다.

하지만 세람은 그가 정말 저 '레오드 샴'일까 하고 의심하지 않았다. 소탈한 분위기임에도 숨길 수 없는 지배자의 광휘를 두르고 있었기 때문이다. 비릿한 혈향과 아릿한 쇳내가 그가 들어올 때부터 방 안의 공기를 묵직하게 누르고 있는 것 같았다. 그것은 강력한 권력의 냄새이기도 했다.

"샴, 제블린에 드리운 신의 그림자를 뵙게 되어 기쁩니다. 우선 제 소개부터 하지요. 저는 샴께서 아시는 것처럼 사막의 아들('제블린 인'을 의미하는 은유적인 표현)이 아니라……."

"알고 있다."

그가 갑자기 말을 자르자 세람은 살짝 미간을 찌푸렸다.

"아신다고요? 제가 누군지 아신단 말입니까?"

"세람 에메시스 사다하. 사다하의 2왕자. 아닌가?"

세람은 눈을 크게 떴다. 그는 라울과 샴 사이에 있었던 거래를 알지 못했다. 그래서 자신들이 제블린 후족인 척한 것이 황궁에 잠입하기 위해서라고만 생각했고, 샴을 만나면 자신의 정체부터 설명해야 할 줄 알았다. 그런데 샴은 자신의 정체를 꿰뚫어 보고 있으니 놀랄 수밖에.

"어, 어떻게……?!"

"라울이 찾아와서 널 좀 만나달라고 하더군. 시국이 어수선해서 사다하의 사신으로 온 네가 내 앞에 나타나기 어렵게 되었다면서. 공식적인 자리는 피차 껄끄러울 테니 조용한 자리를 마련하겠다고 했지."

그는 테이블 위에 놓인 술을 따라 마시면서 피식 웃었다.

"날 보려고 그 유흥을 준비한 거라지? 덕분에 재미있었다. 왕자는 어떤가? 나의 하렘을 둘러본 감상이?"

세람은 뭐라고 대답해야 할지 알 수 없었다. 멋지다? 여자들이 예쁘더라? 남자로서 부럽다? 아니면 긴장해서 제대로 못 봤다고 솔직하게 말해야 할까? 이렇다 할 정답을 못 찾은 그는 자포자기해 버렸다.

"순종적이라고 들었는데, 제블린 여자들도 보기보다 드세던데요. 여기 들어오자마자 얼굴에 손톱자국 나는 줄 알았습니다."

"하하하하!"

불쾌해할 줄 알았던 샴은 뜻밖에도 큰 소리로 웃음을 터뜨렸다. 그는 웃음을 그친 후에도 웃음기가 남은 얼굴로 턱을 쓸었다.

"왕자는 여러 가지로 날 즐겁게 해주는군. 그 성의를 높이 사서 기회를 주지. 할 말 있으면 해봐."

"일전에 샴의 시해 시도가 있었다고 들었습니다. 그 자객의 배후는 본국이 아닙니다."

"알고 있다. 할 말은 그것뿐인가?"

'네가 사다하의 사신으로 이 자리에 있다면 나에게 건넬 말은 그런 게 아닐 텐데?' 라고 말하는 듯한 샴의 눈을 보며 세람은 심호흡을 했다.

"몇 가지 여쭙고 싶은 것이 있습니다. 거짓없이 대답해 주시겠습니까?"

"나는 제블린의 샴이고, 너는 목적이 있어 나를 찾아온 사다하의 왕자다. 각자 자신의 나라의 국익을 위해 싸우는 외교의 최전선에서 적이 널 배려해 주길 바라나? 나는 필요하다면 거짓말도 하고, 뒤통수도 친다. 거기서 뭔가를 얻어가는 것은 너의 수완 나름."

그 말에도 불구하고 세람은 그가 불필요하게 자신을 속이지는 않을 것이란 생각이 들었다. 지배자로서의 체면에 연연하지 않는 사고방식, 목적을 위해 수단과 방법을 가리지는 않지만 그것을 쓸 상대는 가리는 것. 몇 마디 나누지도 않았건만 눈앞의 사내가 무서운 자라는 느낌이 들었다.

"샴의 형제 분이신 사다드 왕제(王弟)께서 군대를 이끌고 국경을 넘어와 본국의 성을 공격하고 있습니다. 이미 여러 개의 성이 그의 손에 떨어졌지요. 무력 도발을 넘어선 이 침략 행위에 대한 샴의 고견을 듣고 싶습니다."

샴은 술잔을 든 채로 눈썹을 치켜올렸다.

"내게서 대답을 이끌어내고 싶거든 질문부터 명확하게 해라. 뭘 묻고 싶은 거냐? 내가 사다드에게 사다하를 침략하라고 시켰는지가 궁금한가?"

"네."

"그런 적은 없다."

"그럼 차후에 왕제의 군을 지원하실 의사는 있으십니까?"

"제블린 황실에서 태어난 아들들은 같은 아비를 둔 형제라기보다 경쟁자이며 적이지. 내가 제위 다툼의 승자로서 그에게 베풀 수 있는 최대한의 은혜는 오직 그의 죽음을 유보하는 것뿐. 나는 사다드에게 그 이상을 해줄 생각이 없고, 그도 나에게 그 이상을 바라지는 않을 것이다."

세람은 내심 안도의 한숨을 내쉬었다. 샴이 사다드의 군대를 지원할 의사가 없다는 언질을 받은 것은 큰 수확이다. 그는 샴이 사다드의 군대에 한한 별다른 영향력이 없다는 것을 알기에 이 회담을 통한 침략

군의 자진 철군 같은 결과를 기대하지는 않았다. 제블린이 이 전쟁에 개입하지만 않으면 되는 것이다. 그는 보다 확실한 대답을 얻어내기 위해 재차 질문했다.

"그 말씀은 샴께서는 지금의 국경분쟁에는 관심이 없다는 의미라고, 그렇게 받아들여도 되겠습니까?"

샴은 금빛 눈동자를 가늘게 뜨고 픽 웃었다. 세람의 머릿속을 오가는 계산쯤은 이미 읽고 있다는 듯이.

"우스운 소리군. 나는 형제인 사다드를 도울 생각이 없다고 말했을 뿐이다. 제블린의 샴으로서의 권리까지 포기하겠다고 한 적은 없어. 국경분쟁이라고? 너는 지금의 상황을 그렇게 축소시키고 싶겠지만 그 정도 규모의 군대가 맞부닥뜨린다는 것은 이미 전쟁이다. 사다드는 나의 형제이기 이전에 제블린 인이고, 나는 그의 왕이다. 그가 사다하의 군대를 꺾고 성을 차지한다는 것은 나의 영토, 즉 제블린의 국토가 넓어진다는 말이지. 세상 어느 나라의 군주가 자신의 땅에 관심 가지지 않겠는가."

세람은 입을 딱 벌렸다. 샴은 제위 다툼의 경쟁자였던 사다드를 지원할 생각은 없지만 그가 차지한 사다하의 땅을 제블린의 영토로 편입시킬 생각은 얼마든지 있음을 내비쳤다. 그 노골적일 정도로 뻔뻔한 말에 세람은 할 말을 잊었다.

"거기는 사다하의 땅입니다! 사다하 인들이 수백 년 터전을 잡고 산 땅에 제블린의 군대와 말이 잠시 지나갔다고 해서 그 땅이 제블린의 땅이 될 수는 없는 법입니다!"

"흐음? 그런가? 너의 논리대로라면 지금의 페이샨도, 사다하도 나의 땅이겠군. 대륙 북부와 중부가 페이샨과 사다하란 이름으로 존재한 것은 불과 3백 년. 하지만 제블린 제국의 이름으로 존재한 것은 5백 년이 넘지."

3백여 년 전, 페이샨이 건국하기 전에는 지금의 페이샨 땅도, 사다하 땅도 모두 제블린 대제국의 이름 아래에 있었다. 무력 정복의 부당함을 주장한다면 반란으로 제블린 대제국의 일부를 무너뜨리고 나라를 세운 페이샨이나 그 틈바구니에서 기회를 노려 독립한 사다하 역시 정당함을 주장할 수는 없다는 말이다.

허를 찔린 세람은 재차 말문이 막혔다. 시트린(Citrine:황수정) 같은 금빛 눈동자에서는 아무것도 읽을 수가 없었다. 저 담담한 눈 속에 숨겨져 있는 것은 과연 무엇일까?

세람의 등은 어느새 식은땀으로 축축하게 젖어 있었다. 그는 고양이과 동물의 눈을 연상시키는 샴의 금빛 눈동자가 어쩐지 꺼림칙하게 여겨지기 시작했다. 정말 식량지원 같은 미끼로 저 흉포한 야수(제블린 군대)를 제블린이라는 우리 밖으로 나오지 못하게 막을 수 있을 것인가?

"사다드 왕제가 지금 몇 개의 성을 차지한 것은 기습의 유리함을 누렸기 때문입니다. 그 행운이 얼마나 갈 거라고 생각하십니까? 보급도 충분치 않은 군대가 기후나 지형이 전혀 다른 낯선 땅에서. 게다가 곧 겨울의 혹한이 닥쳐옵니다. 사다하의 겨울은 페이샨만큼은 아니지만 눈이 많고 춥지요. 제블린의 사막 기후에 익숙한 전사들이 사다하의 겨울을 잘 버텨낼 수 있을까요? 비가 많고 다습한 사다하의 여름은요? 대치 상태가 길어질수록 이 전쟁은 저희 쪽에 유리해지겠지요. 게다가 본국에도 바보들만 있는 것은 아니니, 적어도 봄이 오기 전, 이 전쟁은 끝날 겁니다."

세람은 자신이 넘치는 얼굴로 승리를 단정 지었다. 비록 그의 내심은 불안하게 떨리는 손을 꽉 움켜쥐고 있었어도 그의 표정은 흔들림이 없었다. 샴은 그의 말에 긍정도, 부정도 하지 않은 채 묘한 미소만 짓고 있을 뿐이었다.

"사다하의 왕자인 제가 고작 국경 침입범들 따위를 어쩌지 못하고 샴께 그들을 어떻게든 해주십사 청하기 위해 이 먼 거리를 달려왔다고 보십니까? 그 정도도 견디지 못하고 무너질 나라 같으면 3백 년이란 긴 세월을 버티지도 못했습니다. 본국에 가해진 군사적 위협은 본국의 힘으로 해결하는 것이 사다하의 원칙이니 이번에도 자력으로 침략자들을 몰아낼 겁니다. 샴, 저는 원군을 청하러 온 것이 아니라 양국 간의 평화를 제안하러 온 것입니다."

"사다드가 몇 개의 성을 차지하기는 했지만 곧 너희가 그들을 몰아내고, 본래의 영토를 회복할 테니 나보고 괜히 헛물켜지 말란 말인가? 재미있군. 하지만 약간의 수고를 곁들이면 손에 넣을 수도 있는 이익이다. 네가 주장하는 것처럼 사다하의 방비는 견고하지 않으니 울타리를 부수는 것쯤이야 어려울 것 없지. 얻을 수 있는 것을 얻지 않는다는 것은 손해야. 내가 왜 그런 손해를 감수할까?"

세람은 그의 도발에 걸려들지 않기 위해 심호흡을 했다. 그는 태연함을 가장하며 금빛 눈동자를 향해 여유롭게 웃어 보였다.

"말씀처럼 샴의 군대가 사다하의 국토 일부를 차지할 수도 있겠지요. 하지만 그것이 샴께 가져다줄 이익이 무엇입니까? 제블린의 국토가 넓어지는 것이요? 벌써 수년째 사다하 최대의 곡창지대인 중부지방에서조차 작황은 최악입니다. 케네스(농업과 풍요의 신)의 신관들조차 이 시련이 언제 끝날지 답을 내놓지 못하고 있습니다. 이런 때에 다스릴 땅과 백성들만 늘어난다는 것이 샴께 어떤 이득이 있습니까? 또한 농사에는 시기가 있습니다. 두 나라가 전쟁을 하느라 그 시기를 놓치면 미약하게 나오던 소출이나마 얻지 못하게 됩니다. 비축된 밀의 양으론 불과 수년도 버티지 못할 텐데 그 이후엔 어찌하시겠습니까? 샴의 군대가 사다하를 점령한다고 해도 죽는 것은 사다하의 백성만은 아닐 겁니다. 사다하와 제블린이 싸워 공멸하면 페이산만 좋아하겠지요."

"흥미롭군. 계속해 봐."

"제가 제안하고 싶은 것은 공존입니다. 샴께서 사다하의 땅을 차지하시는 대신 충분한 식량 지원을 약속드리겠습니다. 전쟁은 언제든 가능하지 않겠습니까? 굳이 이런 최악의 시기가 아니더라도. 부디 심사숙고해 주시기 바랍니다."

샴의 날카로운 시선을 받은 세람은 꿀꺽 침을 삼켰다. 샴은 한동안 말없이 그를 바라보기만 했다. 한참을 그러다가 빙긋 웃었다.

"나쁘지 않은 제안이로군. 마음이 흔들렸다."

세람의 안색이 밝아지려는 찰나, 샴은 '하지만!' 하고 말을 끊었다.

"그것은 네가 사다하의 왕좌를 차지하고 나서나 할 수 있는 제안이다. 너는 사다하의 왕자일 뿐, 국왕도 황태자도 아니다. 아무리 좋은 제안이라도 그 제안을 실현시킬 힘이 없는 상대와 나눈 약속 같은 것은 휴지 조각보다 못한 법이지."

"사다하의 국왕은 제가 됩니다."

"미래의 일은 미래의 일일 뿐. 지금의 너는 나와 약속을 나눌 자격을 갖추지 못했다. 어쨌거나 너의 제안은 잘 들었다. 사다하의 왕자여, 그럼 이번엔 내가 너에게 제안을 해볼까? 나의 힘을 빌릴 생각이 있는가? 너를 사다하의 국왕으로 만들어줄 의향이 있는데."

세람은 샴이 지방 영주 자리라도 던져 주듯 가볍게 사다하 국왕 자리를 언급하자 얼굴을 딱딱하게 굳혔다.

"당신이야말로 당신 능력 밖의 제안을 하시는군요. 저를 사다하의 국왕으로 만들 수 있는 사람은 제 아버님이신 국왕 폐하와 사다하의 국민들, 그리고 저뿐입니다. 타국의 지배자인 당신이 아니라. 저를 모욕하지 마십시오."

"그리 예민하게 받아들일 것은 없다. 이건 그냥 거래일 뿐. 너는 사다하 국왕이 되고자 하고, 나는 페이샨을 배후로 끼고 있는 네 이복형제가 왕이 되면 곤란하다. 네가 왕이 되면 내게 한 그 제안도 실현 가능할 테니, 귀찮은 적도 제거하고 서로 좋은 일이 아닌가."

"그래서 사다하에서 페이샨과 제블린의 대리전이라도 치르란 말입니까?! 사양하겠습니다!"

자신을 노려보는 세람의 눈을 보고 샴은 쿡하고 웃었다.

"너는 젊군. 너무 젊다. 네 후견인인 엘리스 리벨 공작이 고생하겠군. 너의 강직함은 인간적으로는 장점일지 모르나 지배자로서는 상당히 치명적인 결함이다. 세상은 정론만으로 살아지지 않아. 더불어 내가 왜 너를 후원하겠다고 했는지도 생각해 보기 바란다. 황태자인 에드워드 진에게 페이샨이라는 배경이 있어서이기도 하지만, 제블린의 샴으로서의 나는 그가 사다하의 왕이 되는 것보다 네가 왕이 되는 것이 제블린에게 있어 '낫다'고 판단한 거다."

에드워드가 사다하의 국왕이 되는 것보다 세람이 국왕이 되는 것이 제블린에 있어 낫다는 것이 무슨 말인가? 그것은 세람이 에드워드보다 다루기가 수월하다는, 다시 말해 만만하다는 말에 다름 아니었다. 이 노골적인 모욕에 세람은 주먹을 쥔 손의 손톱이 손바닥을 파고드는 것도 느끼지 못할 정도로 수치심을 느꼈다.

"전쟁을 하기엔 적당치 않은 시기라… 그럴 수도 있지. 하지만 내 경험에 따르면 모든 것이 완벽하게 갖추어진 적당한 시기 같은 것은 없었다. 그 상황이 닥치면 내가 할 수 있는 선택을 할 뿐이야. 나는 샴이기 이전에 제블린의 사내며, 사막의 백성이다. 굶주림도 목마름도 익숙하다. 사막과 더불어 살기 위해서는 그것은 어쩔 수 없는 것. 부족한 것은 고통이 아니다."

다시 술 한 잔을 따라 마신 샴은 세람을 응시하며 담담하게 말을 이었다.

"사다하의 왕자여, 너는 선심이라도 쓰듯 평화를 제안했지만 대륙 북쪽에 페이샨이, 그 아래에 사다하가 들어선 이후로 제블린에 평화란 없었다. 제국(제블린 대제국)을 찢어발긴 것으로도 모자랐는지 너희는 우리가 모래땅 한 귀퉁이에 의지해 사는 것조차 용납하지 못하고 시시때때로 유린했지."

"페이샨과 같이 싸잡아 매도하지 마십시오! 사다하는 지금껏 단 한 번도 제블린의 국경을 침범한 적이 없습니다."

세람의 항변에 샴은 도리어 이해할 수 없다는 듯 눈썹을 치켜올렸다.

"페이샨과 같은 취급을 하지 말라고? 어째서? 사다하는 페이샨의 앞잡이가 아니냐. 페이샨이 제블린을 침공하기 위해 군사를 동원하면 너희는 그들이 지나가기 좋도록 길을 빌려주고 군자금을 대어준다. 그리고는 그 전쟁을 통해 장사를 해서 이득을 얻지. 그로 인해 죽어간 제블린 인들이 헤아릴 수 없는데 전쟁을 일으킨 것이 너희가 아니라는 이유만으로 아무런 책임이 없다고 할 셈이냐?"

세람은 입술을 깨물었다. 사다하는 약한 나라다. 페이샨과 제블린이라는 두 강대국 사이에 끼어 눈치를 볼 수밖에 없다. 특히 페이샨은 사다하의 각 방면에서 강한 영향력을 행사하니 페이샨의 요구는 좀 무리하더라도 들어줄 수밖에 없다.

하지만 자신들이 제블린을 적대하고 싶어 그런 것이 아니라고, 힘이 없는 나라가 살아남기 위해서는 그럴 수밖에 없었다고 말한들 이 샴을 납득시킬 수는 없겠지. 제블린은 사막의 가난한 나라지만 대국인 페이샨도 두려워하지 않는 강한 기상과 군사력을 갖췄고, 눈앞의 샴은 누구의 도움도 없이 혼자 힘으로 우뚝 서 있는 자다. 그는 좀 비겁하더라도, 좀 자존심이 상하더라도 국가의 존립과 국민들의 안위를 위한 선택을 해야 하는 사다하나 자신을 이해하지 못할 것이다.

세람은 이제껏 약소국의 왕자인 것을 부끄러워해 본 적은 없으나 오늘만은 어쩐지 나라가 힘이 없다는 것이 서글펐다.

"아는지 모르겠지만 과거에 제블린이 페이샨만큼 힘을 갖췄던 때가 있었다. 하지만 샴이 돌연사하고, 후계가 정해지지 않은 상태에서 제위 쟁탈이 격화되면서 힘은 쪼개어지고 부서지고 사라졌다. 페이샨 정벌의 꿈을 꾸었던 사람들은 꿈을 물거품으로 만든 황자들을 비난했다."

세람은 제블린 근대사와 현대사를 배운 적이 있기에 그것이 샴 자신의 이야기라는 것을 알았다.

"하지만 선대의 샴과 무신이 키운 군대가 갈기갈기 찢긴 것이 과연 황위에 눈먼 나와 나의 형제들만의 탓일까? 제블린의 역사는 천 년에 가깝다. 샴이 바뀔 때마다 매번 군대가 찢기며 국력을 낭비한다면 그런 계승 다툼이 천 년이나 내려오지는 않았으리라. 유난히 격렬했던 황위 다툼의 배경에 페이샨의 농간이 있었음을 안다. 그런 식으로 당하기만 한 것이 어디 한두 번일까. 그래서 나는 비록 적기가 아니더라도, 모든 것이 충분치 않더라도 그동안 당한 것을 돌려주기로 한 것이다. 어려운들 어떤가. 승산이 적은들 또 어떤가. 가진 것은 모래뿐인 사막의 왕으로 내가 나의 백성들에게 줄 수 있는 가장 좋은 것은 사막의 남자로 사는 긍지뿐이지 않겠는가."

특별히 감상적인 어조도, 격양된 어조도 아니었다. 담담하게 말하는 목소리를 들으면서 세람은 등줄기가 오싹해졌다. 두려웠다. 눈앞의 남자가 두려웠다. 그가 무자비한 폭군이라서도 아니고, 자신을 위협해서도 아니다. 눈앞의 사내가 가진 그릇을 느꼈기 때문이다.

자신이 왕으로서의 가능성을 가진 미완성의 그릇이라면 이 사내는 이미 완성된 대기(大器)다. 그것도 지금의 제블린처럼 작은 나라가 아니라 수백 년 전의 제블린 대제국 같은 나라도 능히 감당하고 남는 큰 그릇이다.

어려운 것도, 부족한 것도 겁내지 않는 이 사내에게서, 자신의 백성들에게 줄 수 있는 가장 좋은 것은 식량도 아니고, 허울뿐인 평화도 아니라 사막의 백성으로 사는 긍지라고 말하는 이 사내에게서 자신은 사다하를 지켜낼 수 있을 것인가? 자신이 없어졌다.

"돌아가라, 사다하의 왕자여. 언젠가 다른 모습으로 다시 만날 날이 있을 것이다."

세람은 울컥 치솟는 오열을 억지로 눌러 삼키고 일어서 그에게 목례를 하고는 돌아섰다.

패배감, 좌절감, 수치심과 절망감. 이루 말할 수 없는 지금의 이 참담함이 자신을 키우는 밑거름이 되어줄 것이다. 그래서 언젠가 사내가 말했던 것처럼 다시 만나는 날에는 그의 눈을 똑바로 마주할 수 있을 정도의 그릇이 되어 있을 것이다. 세람은 그렇게 스스로에게 되뇌었다.

세람이 사라지고 난 뒤 방에는 샴만이 남았다.

"이제 그만 나오지 그래?"

술을 따르며 무심하게, 누구에게랄 것도 없이 내뱉자 아무것도 없던 기둥 뒤에서 검은 그림자가 나타났다.

대리석 조각 같은 하얀 얼굴에 금빛 눈동자, 긴 검은 머리를 허리까지 늘어뜨린 사내였다. 샴은 그가 걸치고 있는 화려한 꽃무늬 브로케이드 외투부터 키마이라 무늬가 있는 검은 카프탄, 물의 여신과 선대 샴의 연호가 수놓아진 티라즈 등을 보고는 재미있다는 듯 웃었다.

"자네가 카다피 흉내를 내서 황궁을 모처럼 떠들썩하게 만들었다는 장본인이군."

그가 카다피가 아니라는 것을 확신하는 말투였다. 뻔히 보이는 거짓말은 취미가 아닌 데다 일도 다 끝났는데 계속 남의 흉내를 내야 할 이유도 없었다. 파엔은 어깨를 으쓱하고 추어올린 뒤 담배 연기를 후, 하고 내뿜었다.

그는 귀부인용의 긴 주칠 담뱃대를 물고 있었는데 기둥 뒤에서 은신하고 있을 때도 하바비쉬(박하향이 나는 제블린산 고급담배) 연기가 몽글몽글 뿜어져 나왔기에 샴이 그의 존재를 눈치 채지 못하려야 못할 수 없는 상태였다. 물색 모르는 세람만이 그것이 기둥 너머에 있는 향로에서 나오는 연기려니 하고 생각했다.

샴은 전혀 긴장한 기색이라곤 없는 그를 흥미롭게 바라보았다. 그의 무심한 금빛 눈은 자신처럼 황적색이 아니라 좀 더 어둡게 가라앉은 황색이다. 보석에 비유하면 토파즈일까?

"당신이 왕자의 목을 뎅강 날려 버리기라도 하면 곤란하니까 지키고 있었을 뿐이야. 허락 없이 숨어들긴 했어도 기척을 숨기지는 않았으니까 나름대로 예의는 지켰다고 보는데?"

"너의 왕자라면 저쪽으로 나갔다."

턱으로 방문을 가리키자 파엔은 픽 웃으며 '내 왕자 아니거든?' 했다.

"선금까지 받은 거니까 의뢰 끝날 때까지 흠집 나면 안 되는 것뿐이야. 그런데 내가 진짜가 아니라는 것은 언제 알아차린 거야?"

"카다피의 입궁 소문을 들었을 때부터."

"내 얼굴을 보지도 않고 알아차렸단 말이야? 어떻게?"

파엔은 자신의 연기가 그렇게 형편없었단 말인가, 하고 인상을 썼다.

"그거야 보지 않아도 알지. 카다피는 너처럼 온 궁을 떠들썩하게 만들 만큼 미남이 아니거든. 그의 얼굴을 본 적이 없는 시종들은 몰랐겠지만."

"하긴. 그런 지저분한 턱수염과 비견되기에는 내 얼굴이 아깝지."

부끄러워하는 기색도 없이 늘어놓는 말에 샴은 웃음을 터뜨렸다.

"하하하! 그래. 자네 덕분에 카다피가 대단한 미남이라는 소문이 퍼져서 그 나이에도 불구하고 혼담이 줄을 잇게 되었다는군."

"그 턱수염한테는 이것저것 받았으니 그 정도 이득은 안겨줘도 되겠지. 뭐, 그렇다고 나에게 손해가 가는 것도 아니고."

샴이 카다피가 안겨줬다는 그 '이것저것'을 궁금해하는 기색을 보이자 파엔은 자신이 물고 있는 담뱃대와 옷을 가리켜 보였다. 샴은 다시 웃었다.

"재미있는 친구로군. 제블린 출신 같지는 않은데, 라울의 의뢰를 받았던 건가?"

"의뢰라기보다 협조 요청을 받았지. 잠시 한 배를 타기로 했거든."

"사다하의 왕자를 위해서?"

"돈을 위해서!"

샴은 너무도 당당하게 딱 잘라 말하는 그의 모습에 어깨를 떨며 웃었다.

"기사인 줄 알았는데 용병이었나 보지? 그럼 그 소년도 용병인가?"

"누굴 말하는 거야?"

"오늘 밤 내 앞에서 무신의 검을 재현한 소년 마스터."

"톰? 뭐야? 당신도 그 꼬맹이를 보쌈하고 싶은 건가?"

"보쌈?"

영문을 모르겠다는 표정을 보고 파엔은 설명을 덧붙였다.

"진짜 카다피라는 턱수염이 혼란스러운 틈을 타 은근슬쩍 그 꼬맹이를 보쌈해 가려고 하던데? 사람들에게 들키자 제 아들이라고 우겼던 걸로 봐서 자기 친아들과 바꾸자고 해도 바꿀 것 같더라고."

무신의 광신도이며 수집광인 카다피는 연회장 바닥뿐 아니라 그 소년도 욕심나서 들고 튀려고 했던 모양이다. 너무나 그다운 행동이라 샴은 웃음을 참을 수가 없었다.

"그 소년이 어째서 사다하의 왕자를 돕고 있는지 모르지만 무신의 검은 제블린의 유산. 그 검을 익힌 이상 소년 또한 우리 제블린의 것이니 돌려주면 좋겠군."

샴의 요구에 파엔은 코웃음을 쳤다.

"꼬맹이가 제블린으로 가든, 사다하로 가든 내가 상관할 바 아냐. 하지만 무신의 검이 제블린의 것이라고 누가 그래? 무신이 그러던가?"
 파엔은 테이블 위에 놓인 술잔을 가볍게 허공으로 던져 올렸다. 그의 손이 허공에서 무희의 손짓처럼 몇 번 가볍게 움직이는 순간, 허공에 떠 있던 잔이 펑 하고 터졌다. 은으로 만든 잔이 하얀 은가루들을 쏟아내는 가운데, 테이블 위에는 언제 새겨졌는지 알 수 없는 꽃이 그려져 있었다. 그런데 특이하게도 새겨진 꽃이 세이프리아가 아니라 장미다.
 샴은 놀란 눈으로 파엔을 바라보았다. 그가 본 것이 정확하다면 이 또한 무신의 검이다. 그것도 소년의 검보다 한층 발전된 형태의. 게다가 그는 검도 들지 않은 채 이것을 펼쳤다. 그것도 한 손은 담뱃대를 잡은 채 남은 한 손만으로.
 "그런 주장은 그 늙은이의 검을 제대로 익힌 제블린 놈이 하나라도 있을 때 해. 아무 데나 들이대지 말고. 그리고 그 꼬맹이는 네가 생각하는 것처럼 마스터가 아니거든? 키르 놈이… 아니다. 그냥 오늘 하루 기간 한정으로 마스터를 만들어주는 마법에 걸렸다고 생각해. 비슷한 거니까."
 "왜 장미지?"
 다짜고짜 묻는 말은 무신의 검이 파엔의 손에서 펼쳐지게 된 경위도 아니고, 톰의 마스터 진위 여부도 아니다. 왜 테이블에 새겨진 꽃이 세이프리아가 아닌 장미냐는 것이다. 파엔은 이놈도 보기보다 썩 특이한 놈일세 하고 웃었다.
 "세이프리아를 별로 안 좋아하니까. 왜? 그 옆에 세이프리아도 하나 새겨줘?"
 "보고 싶긴 하지만 관두지. 남은 잔은 이거 하나뿐인데 이것마저 가루로 만들면 술은 주전자에 입 대고 마시란 말인가?"

파엔은 키들키들 웃었다. 샴은 그런 그를 물끄러미 응시했다.

"썩 진귀한 크리스(Kris)로군. 이런저런 보검을 많이 봤지만 너처럼 극상품은 처음이야. 분명 이름이 있는 검일 테지?"

크리스란 물결 모양의 독특한 형태의 칼날을 가진 단검을 말한다. 파엔은 크리스는커녕 대거(Dagger: 직선형의 날을 가진 일반적인 형태의 양날 단검)도 없었기에 뭔 헛소리인가 했지만 곧 그가 말하는 크리스가 소유한 무기가 아니라 파엔 그 자신을 빗대어 하는 말이라는 것을 알았다. 파엔은 후, 하고 담배 연기를 뿜어내며 웃었다.

"짐승은 몰라도 무기 취급은 처음이군. 뭐, 고양이보단 낫나? 그런데 왜 하필 단검인 크리스지? 난 그렇게 키가 작진 않은데?"

"외형만 본다면 플랑베르주(Flamberge: 물결 모양의 날을 가진 도검)겠지. 하지만 자네에겐 은밀함이 어울려. 숨겨져 있기에 더 위험한 비수처럼. 그렇게나 화려한 분위기에, 확연한 존재감을 가지고 있으면서도. 이상한 일이지?"

파엔은 살짝 얼굴을 굳혔다. 그는 샴의 말에 짚이는 데가 있었다. 그는 줄곧 아스카의 섀도우가 되기를 갈망해 왔다. 섀도우란 무기에 빗댄다면 주인을 지키는 최후의 방패이자 비수. 그것을 일면식도 없는 낯선 타인이 알아맞힌 것은 처음이다.

게다가 수많은 단검 중에서 대거도 아니고, 제블린 인들이 흔히 쓰는 잠비아(Jambiya: 날이 휜 단검)도 아닌, 무기를 잘 아는 사람이 아니고는 이름조차 잘 모르는 엔리카족의 의전용 단검, 크리스에 빗댄 것도 의미심장하다.

크리스의 위험함은 그 양면성에 있다. 사람들은 자루를 금과 은으로 화려하게 치장하고 보석이나 진주, 산호를 박은 크리스가 의전용 이외의 용도로 쓰일 거라고는 생각지 못한다. 꾸불꾸불 휘어진 날까지 예술품처럼 아름다워서 도저히 사람을 해치는 무기라는 생각이 들지 않기 때문이다. 하지만 그 칼날이야말로 보는 이를 방심케 하고 치명적인 위험을 불러오는 요물이다.

많고 많은 단검 중에 하필 크리스에 비교했다는 말은 샴이 그 짧은 시간에 파엔이 가진 본성을 정확하게 꿰뚫어 봤다는 말이다. 그 정도의 통찰력은 아스카 이후론 겪어본 적이 없는 탓에 천하의 파엔도 조금 당황했다.

"장검은 많지만 단검은 처음이야. 그래서 그런지 보면 볼수록 탐나는군. 아직 주인이 없으면 나는 어때? 값은 비싸게 쳐주지."

이젠 아예 대놓고 무기 취급이다. 돈 많이 준다는 말이 이렇게 불쾌하게 들리긴 처음이라며 파엔은 빠짝 핏대를 세웠다.

"주인 있거든!"

아직 섀도우가 된 것은 아니지만 절대로 이런 곳에서 이런 능글맞은 놈에게 발목 잡힐 순 없다! 그 썩을 놈의 비공선을 타는 한이 있더라도!!

"아, 그래?"

샴은 아쉽다는 듯 입맛을 다셨다.

"그 정도의 검을 벼려낼 수 있는 대장간이란 흔치 않을 텐데, 너는 어디 산(産)인가?"

"적어도 이 대륙 토산품이 아닌 것은 확실하지. 서대륙 수입품. 더 정확하게는 카린의 비장품쯤 될까?"

"카린이라… 과연! 전설의 장인이란 그런 부분까지 두루 남다르다는 말이군."

샴이 카린의 이름까지 알아들을 줄은 몰랐다. 파엔은 너무 경솔하게 일족의 이름을 입에 담지 않았나 하고 생각했지만 곧 고개를 저었다. 저 정도의 배포와 안목이라면 카린의 이름을 들을 자격이 있다.

"너를 만든 장인에게 가서 팔라고 한다면 너를 얻을 수 있을까?"

파엔은 자신을 만든 장인에 해당하는 것은 누구일까 고민했다. 자신의 아버지인 라미엘 엘라시스일까? 사부인 키리엔 세레스일까? 일족의 족장인 텐 론일까? 마음의 주인으로 모신 아스카일까?

이들 중에 적어도 둘(라미엘과 킬렌) 정도는 자신을 팔아먹고도 남을 위인이기에 파엔은 삐질 식은땀을 흘렸다.

"난 이미 주인 있는 비매품이라고 했을 텐데? 아무리 카린이라고 해도 나 정도의 검이 여기저기 굴러다니지 않을 거라는 걸 알아야지."

파엔은 자신의 친형들이나 이웃형들, 사형제들이 들었으면 단체로 돌을 날리고도 남을 소리를 뻔뻔스럽게 해댔다. 하지만 샴은 파엔의 말을 믿었다.

"그렇겠지? 어쨌거나 아깝군."

"그렇게 아쉬우면 열심히 꼬셔보든가. 준다는 돈이나 보석을 마다할 내가 아니니까."

주인을 바꿀 마음은 없지만 샴이 그를 회유하기 위해 떠안길 금전이나 보석은 아무런 양심의 가책 없이 받아 챙기겠다는 말이다. 대놓고 뻔뻔한 말에 샴은 웃었다.

"그나저나 당신, 풀 네임이 아마르 카인 레 뤼카가 맞지? 나이는 스물아홉, 여자와 아이는 많지만 부인은 아직 없고, 얼굴은 그럭저럭 봐줄만 하고… 아, 이건 별로 내가 궁금해서 묻는 것은 아닌데 이상형이나 좋아하는 여자 취향이 있다면 한 번 읊어보지?"

샴은 어이없는 얼굴로 파엔을 바라보았다. 그는 갑자기 어디서 났는지 두꺼운 책자 같은 것을 펼쳐 들고 거기다 뭔가를 열심히 적고 있었던 것이다. 부업으로 첩자질도 하고 있나 싶어 다가가서 보니 그 책자의 표지를 장식한 것은 '아스카님의 신랑감 명단' 이라는 아주 묘한 제목이었다.

"뭐냐, 그건?"

"집안에 혼인 적령기를 맞은 아가씨가 있어서. 젠장! 조혼풍습 같은 것은 대체 어느 썩을 놈이 만든 거야? 열세 살이 무슨 혼인 적령기냐고!! 아우웃!!!"

그러니까 샴은 열세 살짜리 아가씨의 신랑감 명단에 올랐다는 것이다. 그는 신경질적으로 머리를 쥐어뜯는 파엔을 보고 웃지 않을 수 없었다.

침실 쪽의 창문이 열려 있는지 서늘한 바람이 불어온다. 바람에 실려 어디선가 흐느끼는 듯한, 비명을 내지르는 듯한 소리도 함께 들렸다.

"뭐야? 여기서는 한밤중에 여자를 때리기라도 해?"

"사람의 비명 소리가 아니라 비탄의 협곡에서 나는 소리다."

"뭐? 그건 칸… 뭐라는 산에 있는 협곡이잖아. 그 소리가 왜 황궁에서 들려?"

"칸라시스 산이다. 여긴 그 산과 가깝거든. 바람이 심한 날엔 여기까지 소리가 울려서 하렘의 여자들이 무서워하지. 호사가들의 말에 따르면 저 소린 죽은 무신이 자신의 꿈을 물거품으로 만든 황자들을 원망하는 소리라는군. 물의 여신의 분수 근처를 지날 때 저 소리를 들으면 저주를 받아 죽는다는 말도 있다."

파엔은 파하하하, 하고 요란한 웃음을 터뜨렸다.

"죽은 무신이… 푸흡! 저주를… 푸흐흡!! 여신의 분수는 또 뭐야? 아하하!! 아, 진짜 웃겨서 미치겠네. 노인네에게 이 소릴 꼭 전해줘야지. 어떤 표정을 짓나 보게."

"그게 그렇게 웃긴 이야기인가?"

"그럼! 이제껏 내가 들은 이야기 중에 최고였어. 재미있는 이야기에 대한 답례로 당신이 모르는 진실을 알려주지. 당신들이 무신이라고 부르는 그가 제블린을 떠난 것은 공들여 키운 군대가 조각조각나서도, 북벌의 꿈이 깨어져서도 아냐. 애인이 죽었기 때문이지."

"뭐?"

"자식처럼 아끼던 군대가, 병사들이 서로에게 칼을 겨눠서 실망했다고? 풋! 웃기네! 그 영감이 그렇게 귀여운 위인인가? 게다가 실망할 게 뭐 있어? 정황으로 보아하니 찢어진 황제군은 처음부터 페이샨을 도발하고 끌어들일 용도로 만든 게 분명하구먼. 만약 황제군이 진짜 전력이었으면 황자들이 아무리 권력이며, 부귀영화를 미끼로 꼬셔도 한 귀퉁이도 안 떨어져 나갔어. 그 노인네의 조직 장악력이 얼마나 무서운데. 전대 샴의 죽음이며, 황자들의 황위 다툼, 황제군의 분열, 페이샨의 은밀한 개입, 모두 다 노인네의 계획 안에 있었을걸?"

"자신의 계획대로 잘되어가고 있었다면 왜 갑자기 떠난 거지?"

"그러니까 애인이 죽었다니까. 냉정한 성격이라 곁에 두고 있던 여자 하나쯤 죽어도 아무렇지도 않을 줄 알았는데 막상 사라지고 나니까 그게 아닌 거야. 평생 매달려 왔던 꿈조차 허무하게 느껴질 정도로 상실감을 느꼈고, 정신적으로 폐인이 됐지. 결국 페이샨을 한 방 먹일 기회를 코앞에서 놓치고 휘페리온(페이샨 황제) 좋은 일만 시켰지."

"재미있군. 사랑 때문에 무너진 희대의 전사라. 로맨틱하다고 여자들이 좋아하겠어. 어느 음유시인의 작품이지?"

"서사시 따위가 아냐. 폴로웬 나비르, 당신들이 무신이라고 부르는 그 망할 영감탱이의 숨겨진 진실이지."

샴은 눈을 크게 떴다. 제블린에서 무신의 명성은 더없이 대단하고, 그를 소재로 지은 시도 한두 가지가 아니지만 그의 본명을 아는 사람은 거의 없다. 샴 자신도 죽은 자신의 스승의 입에서 들었을 뿐이다. 그런데 이 낯선 사내가 그 이름을 정확하게 언급한 것이다.

문득, 그가 선보였던 기술과 무신의 검이 닮은 것이 단순한 우연의 일치가 아닐지도 모른다는 생각이 들었다.

"너는 누구지? 무신은 어떻게 된 거야? 아직 살아 있기나 한가?"

"아주 잘 살아 있지. 그대로 폐인되어 인생 종칠 뻔했는데 13년 전쯤에 그 영감 인생의 마지막 구원이 세상에 나타났거든. 그 구원이 이르기를 '놀면 뭐 하냐? 말이라도 키워라'라고 해서 지금은 열심히 말을 키우며 마구간지기로 제2의 인생을 즐겁게 살고 있지."

샴은 하마터면 걸려들 뻔했다며 웃었다. 파엔이 너무 진지하게 말하는 데다 무신의 본명이라든가, 상황 묘사가 너무나 정확해서 샴조차도 깜빡 속을 뻔했다. 하지만 마무리가 너무 황당하고 현실성이 떨어진다. 그 무신이 마구간지기라니, 그런 말을 대체 누가 믿겠는가.

"재미있는 상상력이군. 무신이 비탄의 협곡에서 모습을 감춘 이후, 수많은 음유시인들이 그 뒷이야기를 지어냈지만 마구간지기가 됐다는 설은 아직 없었다. 독창적이야."

파엔은 자신의 말이 사실이라고 애써 주장하지 않고 어깨만 으쓱했을 뿐이다. 현실이야말로 그 어떤 서사시나 소설보다 드라마틱하다는 것을 직접 겪어본 사람이 아니면 모른다.

"들을 거 다 들었으니 나도 그만 가봐야겠군. 참, 꼬맹이의 검은 내가 찾아간다. 너의 요구 조건은 카다피까지만이었고, 꼬맹이는 카다피의 진짜 아들도, 너의 백성도 아니니까 오늘 밤의 충성 맹세는 무효야. 이의없지?"

"설사 마스터가 아니라도 그 소년이 탐이 나니 놓고 가라고 한다면?"

"날로 먹으려 들지 마. 샴 체면에 강도나 도둑놈 소릴 듣고 싶어? 가치있는 것에는 그에 합당한 가격을 지불해야 하는 법이야. 당신은 자신과 휘하의 전사들을 싸구려로 만들 셈이야?"

실로 통렬한 일침이었다. 천하의 샴도 더 이상은 욕심 부리지 못하고 쓴웃음만 지었다.

파엔은 방문이 아니라 열린 창문 쪽을 향해 걸어갔다. 그는 창문에서 뛰어내리기 직전, 갑자기 뭔가가 생각난 것처럼 샴이 있는 쪽을 돌아보았다.

"아, 무신 얘기가 나와서 말인데, 은월은 어떻게 됐지? 당신이 손에 넣었나?"

샴은 느긋하게 술잔을 기울이다 얼음물이라도 뒤집어쓴 사람처럼 화들짝 놀랐다.

"어떻게 그 이름을 알지?"

지금까지와는 달리 파엔을 노려보는 그의 금빛 눈동자에는 살기가 실려 있었다.

은월(隱月). 어둠 속에 숨은 달이라는 이름처럼 제블린의 숨겨진 힘.

무신이 남긴 두 가지 유산 중의 하나. 그중 한 가지인 황제군은 황위 다툼에서 세력이 약해졌고, 다른 한 가지인 은월은 무신의 실종과 더불어 신기루처럼 사라졌다.

샴조차 무신의 최측근이었던 스승에게 들어서 그런 게 있었다는 것만 알 뿐, 아직 정확한 실체조차 파악하지 못했다. 그런데 그 극비 중의 극비인 이름이 어떻게 저 낯선 사내의 입에서 나온단 말인가?

"반응을 보아하니 아직 손에 넣지 못한 모양이군. 그럼 지금부터라도 열심히 노력해 봐. 노인네가 맡겨둔 것 찾으러 오면 그런 기회도 없을 테니까. 그거, 우리 아가씨 지참금 중의 하나거든."

파엔은 장난기 가득한 얼굴로 제 할 말만 하고는 샴이 제지할 틈도 주지 않고 창에서 뛰어내렸다.

"잠깐 기다려!! 이봐! 이봐!!"

샴이 그를 붙잡으려 했지만 한발 늦어 창틀만 잡았을 뿐이다. 파엔의 그림자는 어둠 속으로 빠르게 사라져 갔다. 샴의 가슴에 풀 수 없는 의문과 의혹만을 가득 남긴 채.

Chapter 6
요정의 달밤

서대륙 바라얀 왕국. 세람 시.

해가 뉘엿뉘엿 질 무렵, 파렐 영감은 자신의 가게이자 집인 여관으로 돌아오는 중이었다. 거의 2주 만이었다. 그는 페소 영감과의 술내기 체스에서 한끝 차로 진 탓에 심사가 한껏 꼬여 있었다.

"빌어먹을 영감탱이! 한 수만 물리자는데 그걸 못해줘?! 살날이 얼마 남지도 않은 영감탱이가 쪼잔하긴 왜 그렇게 쪼잔해?! 술에 목숨 걸었나, 목숨 걸었어?! 피차 늙어가는 처지라 봐줬더니 해도 너무하잖아! 에잉! 이참에 연을 끊어버리든지 해야지!!"

파렐은 마지막 판의 역전 뒤집기로 꿍쳐 놨던 쌈짓돈까지 몽땅 털리자 씩씩거리며 페소 영감을 욕했다. 그는 자신이 지난주에 같은 수로 페소 영감의 비상금을 홀랑 털어먹은 것은 기억에서 지워 버린 지 오래였다.

파렐은 입으로는 연을 끊어버리네, 마네 하면서도 내일 날이 밝는 대로 다시 체스판을 옆구리에 끼고 페소 영감의 가게로 달릴 것이다. 오늘의 설욕전이라는 핑계로 말이다. 사실 그는 오늘이 동지가 아니라면 집으로 돌아올 생각도 하지 않았을 것이다. 딱 한 판만 더 했으면 이겼을지도 모르는데. 그것이 못내 아쉬웠지만 제아무리 불알친구 사이라고 해도 요정의 밤이라는 동짓날 밤까지 신세를 질 수는 없지 않은가. 그것도 집주인인 가장도 없는 집에서. 페소 영감은 오늘 밤 세람시 외곽에서 열리는 동지 야시장에 장사를 나간다고 한다.

자신은 돈을 잃어서 허탈하고 짜증나는데, 거리에는 왜 이다지도 즐거워 보이는 사람이 많단 말인가! 잘 차려입고 삼삼오오 몰려다니는 걸로 봐서 야시장 구경이라도 가는 모양이다.

"썩을! 동짓날 밤에는 집에서 얌전하게 잠이나 처잘 것이지! 밤에 나부대다간 요정에게 홀린다는 것도 모르나? 여하튼 요새 젊은 것들이란!"

파렐은 심술궂게 뇌까렸다.

사람들이 몰려나온 거리는 걷기에 여간 불편한 것이 아니다. 이쪽으로 가도 툭, 저쪽으로 가도 툭 부딪친다. 사람들 틈바구니를 억지로 비집고 들어가지 않고는 도저히 앞으로 나아갈 수가 없다.

파렐은 그렇게 십여 분을 씨름하다 마침내 인내심이 뚝 끊어졌다. 그는 자신과 어깨를 부딪친 청년에게 '네놈은 노인을 공경할 줄도 모르냐? 이 호로 자식 같으니!' 하고 버럭 성질을 냈다. 물론 괜한 화풀이였다.

인파를 헤치고 천신만고 끝에 자신의 집에 도착하자 이미 파김치였다. 그는 동지 액땜 한번 거하게 했다며 투덜거렸다.

"에롬에게 얼큰한 것 좀 하라고 해야지. 아니지, 마침 저녁 식사 시간일 테니까 그냥 손님들 틈에 끼어 매운탕이나 한 그릇 할까? 그래, 그게 좋겠군. 에롬 녀석이 얼큰한 것은 특히 잘하지 않나 말이야. 그거 한 그릇 먹고 나면 기운이 좀 나겠지."

하지만 그날 그의 불운은 그것으로 끝이 아니었다. 자신의 집이자 가게인 여관 문에는 대문짝만 하게 이런 글씨가 붙여져 있었던 것이다.

금일휴업—오늘은 대청소의 날.

"아, 아니, 이게 뭐야? 휴, 휴업이라니?! 청소라면 아침에 대충 바닥이나 쓸고 말면 되는 거지, 무슨 청소를 가게까지 쉬어가면서 한단 말이야?"

어차피 여관이야 문을 열든, 닫든 매상에 큰 차이가 없는 만년 적자 운영이다. 파렐 역시 어쩌다 찾아오는 단골손님을 위해 소일거리 삼아 여관을 열고 있는 것이니, 에롬이 멋대로 가게 문을 닫았다고 화를 내는 것은 아니었다.

문제는 파렐이 체스에 정신이 팔려 점심도 먹는 둥 마는 둥 해서 몹시 배가 고프다는 것이다. 저녁식사 손님을 안 받았다면 화덕에 불도 안 피웠을 텐데, 그래 가지고 언제 저녁을 지어 밥을 먹는단 말인가!

"이놈, 여관을 맡겨놨더니 대체 무슨 짓을 하고 있는 게야?"

그는 신경질적으로 여관 문을 열었다. 미닫이문 특유의 드르륵 하는 소리와 함께 '딸랑딸랑' 하는 소리가 났다. 고개를 들어보니 앙증맞은 은색 종이 문에 매달려 있다. 못 보던 건데, 아마 에롬이 달았나 보다. 그놈은 덩치에 어울리지 않게 이런 짓을 잘도 한다며 노인은 쓴웃음을 지었다.

아무 생각 없이 안으로 들어선 파렐은 눈을 크게 떴다.

제일 먼저 그를 반긴 것은 짙은 색의 나뭇결을 뽐내며 반짝반짝하고 빛나는 바닥이었다. 그는 여관을 연 이래로 바닥청소 같은 것을 해본 적이 없다. 그는 먼지가 눈에 띄면 빗자루로 대충 쓸면 되지 않냐고 생각하는 사람이었다. 먼지 때문에 숨 쉬기 곤란해질 지경이 되어서야 청소 좀 하라고 시켰고, 그러면 에롬 이전의 고용인들은 물 반, 흙먼지 반의 지저분한 막대 걸레로 바닥을 쓱쓱 문지르는 게 끝이었다. 파렐 본인은 그나마도 해본 적이 없다.

그는 나무 바닥이 저렇게 반짝반짝 광이 날 수도 있다는 것을 오늘 처음 알았다. 이게 꿈인가 싶어 고개를 돌렸다가 2층 객실로 이어지는 계단을 보고 '헉!' 하고 숨을 들이쉬었다.

난간이, 청백색의 곰팡이인지 녹인지 알 수 없는 이물질로 뒤덮여 있던 놋쇠 난간이 황금처럼 '버언~쩍!' 하고 빛을 내고 있었던 것이다. 너무 눈이 부신 나머지 그는 눈을 가늘게 떴다. 주위를 획획 둘러보던 파렐 노인은 한 가지 결론에 도달했다.

'여기는 우리 집이 아니야. 내가 집을 잘못 찾아왔군. 이런, 이런. 나도 다됐군. 이젠 집을 잘못 찾아오는 지경이 되다니.'

그는 혀를 끌끌 차며, 누군가에게 이 낯뜨거운 꼴을 들키기 전에 얼른 자리를 피해야겠다고 생각했다. 파렐은 처음 들어올 때와는 달리 살그머니 나가서 문을 닫고는 가슴을 쓸어내렸다.

"젠장맞을! 수노 영감이 술 처먹고 제집도 못 찾았다고 해서 노망났다고 비웃었더니, 나는 맨정신에 이런 일이 생길 줄이야! 들키지 않았기에 망정이지, 두고두고 온 동네 웃음거리가 될 뻔했어. 휴우~ 자,

그럼 어서 빨리 집으로…….”

파렐은 거리가 인파로 혼잡한 통에 다른 여관을 자신의 집으로 착각하고 들어왔다고 생각했다. 그는 자신의 집을 찾기 위해 주변을 획획 둘러보았다.

"어, 얼레?"

오른쪽에 핸슨의 여관, 왼쪽에 켈빈의 상점. 익숙한 풍경이 눈에 들어오자 고개를 갸웃했다. 그는 고개를 들어 여관의 간판을 확인했다.

고향 가는 길.

자신이 지은 이름에, 자신의 손으로 단 나무 간판이다.

"우리 집 맞잖아! 그럼 이게 어떻게 된 일이야?!"

파렐은 후다닥 가게 안으로 달려들어 갔다. 때마침 2층에서는 손님으로 보이는 누군가가 계단을 걸어 내려오고 있었다. 그는 이게 어떻게 된 영문인지 물어볼 생각으로 고개를 돌렸다가 그만 얼이 빠지고 말았다.

육십 평생을 통틀어 한 번도 본 적이 없는, 자신의 빈약한 미사여구로는 제대로 표현조차 할 수 없을 만큼 엄청난 미인이 눈앞에 서 있었던 것이다.

'요, 요정인가? 오, 오늘이 요정이 판치는 동지라서… 나, 난 요정에게 홀린 것인가?'

벌꿀색의 아름다운 금발 머리를 허리 아래로 길게 늘어뜨린 미인은 현관에 서 있는 그를 발견하고는 상냥하게 웃어 보였다.

"어떻게 오셨나요? 오늘은 영업을 하지 않는답니다. 가게의 청결을 위해서 대청소를 해야 해서요. 이해해 주셨으면 좋겠네요."

이 여관의 여주인이라고 해도 손색이 없을 만큼 자연스러운 웅대에 파렐은 달려나가 다시 간판을 확인해 보고 싶은 충동을 느꼈다.

"아, 저기, 나는……."

파렐은 난감했다. 이 정체불명의 처자는 대체 뉘란 말인가? 그리고 뭐라고 물으면 좋단 말인가? 여기가 혹시 우리 집 아니냐고?

그가 '나는' 만을 되풀이하며 식은땀을 죽죽 흘리고 있을 때, 2층에서 또 한 사람이 걸어 내려왔다.

"쥴리아, 창틀에서 새어 들어오는 샛바람까지 막으라는 것은 너무 무리한 주문이야. 이 여관이 얼마나 오래된 것인지나 알아? 모르긴 몰라도 주인 영감 나이보다 많을 거다. 창틀이 삭지 않은 것만으로 고맙게 여겨야 돼. 일단 난방은 손봤으니까 커튼으로 어떻게 대충……."

공구함을 들고 내려오던 사내가 파렐을 침묵의 늪에서 구해주었다. 그는 다름 아닌 이 여관의 요리사, 에롬이었던 것이다.

"어? 주인장, 언제 오셨소?"

"그러니까 내가 차라리 창틀을 갈자고… 뭐? 주인장?"

에롬을 향해 불만스럽게 뭔가를 쏘아붙이던 그녀는 파렐에게로 고개를 돌렸을 때는 활짝 웃고 있었다.

"어머! 이곳의 주인 어르신이셨군요?!"

그녀의 미소가 얼마나 눈부시던지 파렐은 번쩍번쩍하는 놋쇠 난간을 봤을 때처럼 눈을 가늘게 떴다.

"주인 어르신인 줄도 모르고… 실례했어요. 저는 쥴리아 헤렌다인이라고 한답니다. 에롬 오라버니가 어르신께 신세를 지고 있다는 얘기는 들었어요. 잘 부탁드립니다."

요정으로 의심될 정도의 미인이 방긋방긋 웃으며 싹싹하게 인사한다. 싫어할 남자가 있겠는가. 그녀에 대한 파렐의 호감은 당연히 급상승했다.

"어허, 인사성도 바른 처자로고. 이놈의… 아니지, 에롬의 혈육이신 겐가?"

"말씀 놓으세요. 친혈육은 아니지만 같은 마을에서 자라서 줄곧 친동기간처럼 의지하던 사이랍니다."

에롬은 당장이라도 '우리가 언제부터 그렇게 다정하게 의지하던 사이였냐?!' 하고 쏘아붙이고 싶은 것을 참았다. '저희 오라버니가 폐가 많아요' 하고 다소곳하게 허리를 숙이는 쥴리아의 내숭을 보고 있자니 속이 다 메슥거렸다. 하지만 아무것도 모르는 파렐은 흐뭇하다는 듯 너털웃음을 터뜨리고 있다.

"폐는 무슨. 내가 오히려 이놈에게 신세를 지고 있네. 아, 이놈이라고 불러도 되겠지?"

"그럼요. 주인 어르신이신데."

파렐은 쥴리아의 내숭 버전에 완전히 넘어가 버린 듯했다. 에롬은 들고 있던 공구함을 정리하며 혀를 끌끌 찼다.

"쥴리아라고 했던가? 그렇군. 아가씨가 여관에 머물고 있었기 때문에 이놈이 청소니 뭐니 하며 생전 안 하던 부산을 떨었던 게로군. 집이 너무 깨끗해진 나머지 내 집이 아닌 줄 알았지 뭔가."

"어머!"

두 사람은 웃음을 터뜨렸다.

"저는 괜찮다고 했는데도, 오라버니께서 꼭 청소를 하고 싶다고 하셔서……. 아시는지 모르겠지만 오라버니가 좀 털털하지 못하고 결벽

요정의 달밤 211

적인 구석이 있어요."

'내가 청소를 하고 싶다고 했다고?!'

에롬은 뿌득 이를 갈았다.

여관에 투숙한 그날부터 지저분하다고, 앉을 곳은커녕 서 있을 곳도 없다며 청소를 시킨 것이 다름 아닌 저 마녀다. 새벽부터 밤까지 바닥을 광이 날 정도로 닦아대고, 낡아 지저분한 테이블이며 의자는 표면을 깎아내고 새 것처럼 만들었다. 녹으로 범벅이 된 놋쇠 난간을 닦는 것은 또 보통 일이던가?

매일 새벽부터 밤까지 허리 한 번 제대로 못 펴보고 일해도 저 빌어먹을 마녀의 요구는 끝이 없었다. 난방을 손봐라, 테이블보를 깔아라, 방석도 놓아라, 창틀에서 샛바람이 들어온다, 창틀도 손봐라… 무슨 불만이 그리도 많은지. 차라리 이 여관을 허물고 새로 지으라고 하지, 왜?! 그래 놓고서 결벽적인 구석이 어쩌고 어째?!

마음 같아서는 저 마녀의 정체를 사정없이 까발리고 싶었지만 눈물을 머금고 참았다. 말로는 싸워서 이길 수 있을 만한 상대도 아니거니와 모든 상황이 에롬에게 너무 불리하게 돌아가고 있었던 탓이다.

"아무리 그래도 금일휴업 푯말까지 내걸고 청소를 할 줄은 저도 몰랐답니다. 영업에 지장을 드린 것은 아닌지 모르겠어요."

거짓말이다. 이렇게 지저분한 곳에서 식사했다가 단체로 식중독 걸릴 일 있냐며 당장 문 닫아걸라고 했었다.

"허허. 그 무슨 소리를… 우락부락한 남자 손님만 받다 보니 지저분해도 잘 모른다네. 하지만 줄리아 같은 아가씨를 내 집에 묵게 하려면 당연히 집이 깨끗해야지. 여관은 열어놓으나 닫으나 마찬가지이니 신경 쓰지 말게. 덕분에 집이 깨끗해졌으니 나는 오히려 득을 본 셈이야."

"어머, 그 얼마나 상냥한 말씀이신지……."

에롬은 뼈 빠지게 청소를 한 것은 자신이건만, 이 모든 것이 자신들의 공인 양 공치사를 주고받고 있는 두 사람을 보자 눈꼴이 시렸다. 그때, 2층에서 또다시 발걸음 소리가 들렸다. 손님이 또 있나 싶어 고개를 든 파렐은 눈을 크게 떴다. 그가 한 번도 본 적이 없는 이국적인 분위기의 드레스를 입은 은발의 소녀가 계단참에 서 있었던 것이다.

아노아의 달빛처럼 파르스름한 빛이 도는 은발은 백합 줄기 모양을 한, 한 쌍의 비녀를 교차시켜 곱게 틀어 올렸다. 한 송이는 활짝 피고, 다른 한 송이는 수줍은 봉오리 형태인 백합의 줄기 끝에는 진주 사슬이 매달려 어깨까지 내려오며 걸을 때마다 찰랑찰랑 하는 소리를 낸다.

소녀가 입고 있는 드레스는 은은한 푸른빛이 도는 하얀색으로 왼쪽 어깨와 오른쪽 소맷자락, 긴 치마 밑단에 핑크색 꽃이 정교하게 수놓아져 있었다. 모란처럼 황금색 수술을 감싼 겹겹의 꽃잎을 가진 화려하고 아름다운 그 꽃은 분명 희귀하기로 알려진 핑크 세이프리아였다. 청초한 아름다움을 가진 백색의 세이프리아와 달리 핑크색의 세이프리아는 화사한 아름다움을 뽐내며 드레스 속에서 살아 있는 듯했다.

레드와인색의 가장자리 선을 두른 검은 허리띠가 소녀의 가는 허리를 더욱 강조했고, 짤랑짤랑 맑은 소리를 내는 방울 형태의 특이한 장신구가 귀여웠다.

하지만 그 무엇보다 아름다운 것은 드레스도, 장신구도 아닌 소녀 그 자신이었다.

작고 섬세한 얼굴은 눈부시게 하얗고 피부는 투명했다. 수려한 이마 아래로는 가느다란 은색 눈썹이 자리하고 있었고, 코는 오뚝했으며, 입술은 장미 꽃잎처럼 붉었다.

단순히 그것뿐이었으면 '아, 인형같이 예쁜 아이구나' 하고 생각했을 것이다. 하지만 소녀의 눈썹 아래에는 은빛 속눈썹에 감싸인 청금석 같은 아몬드 아이 한 쌍이 자리하고 있었다. 파렐은 그렇게 아름답고 신비로운 눈은 한 번도 본 적이 없었다. 그 속에서 빛나는 현기는 도저히 그렇게 어린 여자 아이가 가질 수 있는 것이 아니기에, 소녀는 인간이 아니라 요정처럼 보였다. 혹은 겨울 달밤, 달빛을 타고 세이프리아 나무 아래에 어린 소녀의 모습으로 내려온다는 아노아의 화신일지도 모른다.

소녀가 걸음을 옮길 때마다 머리와 옷을 장식한 장신구에서는 짤랑짤랑 하는 맑은 소리가 났고, 사락사락 옷자락 스치는 소리가 들렸다. 소녀가 그곳에 있는 것만으로도 아노아의 달빛이 집 안에 한가득 들어찬 느낌이다.

"이런, 이런! 오늘 내 눈이 호강을 하는군. 이런 눈이 부신 미인을 한 분도 아니고 두 분이나 뵈었으니. 달무리를 몰고 다니는 아가씨는 대체 뉘신가? 혹 아노아님이신 겐가?"

소녀는 그의 너스레에 픽 웃었고, 쥴리아는 자신이 칭찬받은 것 마냥 기뻐하며 환하게 웃었다.

"그렇죠? 우리 아스카님 예쁘죠?"

"아스카님?"

어린 아가씨가 쥴리아와 자매 간일 거라고 생각한 파렐이 고개를 갸웃하자 에롬이 부연 설명을 덧붙였다.

"내가 집사 보조로 있던 댁의 아가씨요."

파렐은 에롬이 집사 보조로 일했다는 것은 처음 알았지만 그가 하고자 하는 말은 알아들었다. 높은 집안의 귀하신 아가씨인가 보다.

"허비트 파렐이라고 합니다요."

"허비트라고 불러도 좋을까? 나는 아스카야. 아스카 라피스라즐리 렌드 카린. 에롬이 신세가 많아."

허비트라니. 파렐은 저도 모르게 웃을 뻔했다. 육십 넘은 노인이 지금처럼 자기소개를 하면 보통 파렐 씨나 파렐 영감으로 부르지 않던가. 그런데 소녀는 일말의 망설임도 없이 허비트라고 불렀다. 그 입에서 불리는 자신의 이름이 어쩐지 낯설고 간지러워 20대로 돌아간 느낌이다.

게다가 그 자연스러운 하대라니. 귀족을 좋아하지 않는 파렐조차도 당연하다고 받아들일 정도로 소녀의 태도에는 위엄이 있었다. 얼핏 보기에도 하루 이틀로 만들어질 위엄이 아니다.

'태어날 때부터 자신이 무엇을 책임지고 있는지 아는 자의 눈이야. 이 나이에 이런 위엄이라니, 정말로 요정 공주님이군.'

가만히 서로의 눈을 들여다보며 상대를 가늠하던 두 사람은 동시에 빙긋하고 웃었다.

"허비트라고 불러주십쇼. 요정 공주님께 그 이름으로 불리게 되어 영광입니다."

"아스카라고 부르고 말은 편하게 해도 돼. 손님으로 왔지만 친구로 대해주겠어? 음, 나이 차이가 많이 나는 친구는 싫은가?"

고개를 갸웃하는 모습조차 사랑스러워 파렐은 파안했다. 동짓날 밤에 요정의 달빛이 집 안을 가득 채우다니, 이 얼마나 대단한 길조란 말인가? 앞으로는 사는 게 즐거워질 것 같다.

"그런데 아스카님, 어디 가십니까?"

"응. 쥴리아가 야시장 구경을 가자고 해서. 여기 있어봐야 할 일 없는 하칸의 신관들이 와서 신녀, 신녀 노래를 부르면서 귀찮게 굴지 싶어서."

아스카가 한숨을 내쉬자 에롬은 눈을 부릅떴다.

"사자 머리 영감, 또 왔습니까? 이 빌어먹을 영감탱이가!! 내가 문밖에 '하칸 신관 사절!' 이라는 문구를 붙여놨건만 또 언제 기어들어 와서는!! 당장 내쫓아 버리지 그러셨습니까?"

"얼굴이나마 보고 싶어 온다는데 그러기는 너무 야박해서. 게다가 하칸 신전에서 나름 대접을 잘 받았잖아."

"자신을 납치한 작자를 상대로 마음도 좋으세요."

쥴리아가 불만스럽게 툴툴댔으나 아스카는 웃을 뿐이었다.

"그 사자갈기처럼 숫구친 머리 때문인지 이상하게 미워지지 않는 거 있지? 짐승을 상대로 화를 내봐야 소용없잖아."

에롬과 쥴리아는 기묘한 표정을 지었다. 그들은 천하의 하칸 대신관조차도 거침없이 짐승 취급하는 아스카의 독특한 사고방식에 웃어야 할지 울어야 할지 알 수 없었다.

"참, 에롬. 허비트에게 준비한 것을 줘."

아스카가 문득 생각났다는 듯 말하자 에롬은 2층에 가서 직사각형의 나무 상자 같은 것을 두 개 들고 내려와 파렐에게 건넸다. 얼결에 받고 이게 뭐냐는 듯 아스카를 보자 그녀는 빙긋 웃었다.

"친구의 집에 신세를 지면서 숙박료를 내는 것은 예의가 아니지 싶어서. 처음이니까 인사려니 하고 받아줘."

갈색의 호두나무 상자에는 가장자리를 따라 장미 넝쿨이 새겨져 있었다. 뚜껑을 열어보니 체스맨(Chessman:체스의 말) 세트였다.

파렐은 그중 하나를 집어 들었다. 백의 나이트다. 손가락 정도 길이의 나이트는 진짜 살아 있는 사람 같았다. 말과 갑옷, 높이 빼 든 칼이며 단정한 얼굴 위에 새겨진 긴장까지. 이것이 사실은 진짜 말을 탄 기사이고 요정의 장난으로 체스맨이 되었다고 해도 믿을 수 있을 것 같다.

다른 것 하나를 집어 들었다. 이번에는 백의 퀸이다. 하얀 드레스를 걸친 여왕님은 고결하고 아름답다. 드레스의 주름 하나하나, 입술에 걸쳐진 작은 미소까지 진짜처럼 생생했다.

흑의 여왕님은 백의 여왕님과는 달랐다. 고양이 같은 눈을 가진 요염한 미인이었다. 뿐만 아니라 나이트나 폰 중에도 같은 형태, 같은 얼굴을 가진 체스맨은 단 하나도 없었다.

"체스를 좋아한다고 해서 준비해 봤어. 마음에 들었으면 좋겠는데."

"이건 체스맨이 아니라 예술품이군요. 함부로 쓰지도 못하겠습니다. 흠집이라도 났다간 천벌을 받을 것 같아서."

파렐이 쓴웃음을 지으며 말하자 아스카는 소리 내어 웃었다. 그녀는 파렐을 손짓해 부르더니 귓전에 대고 소곤소곤 귀엣말을 한다.

"마구 굴려도 돼. 강화 마법이 걸려 있어서 달리는 말발굽 밑에 깔려도 흠집 하나 안 나."

파렐이 경악한 듯 눈을 크게 뜨자 이번에는 장난기 어린 눈으로 상자를 가리켜 보인다.

"상자에는 도난 방지 마법이 걸려 있어."

농담인가 싶었지만 체스맨을 뒤집어보자 바닥에 뜻을 알 수 없는 문자가 금으로 새겨져 있다. 마법을 쓰는 데 사용한다는 문자, 룬이다.

"예전에 티오렌의 모 후작 가문의 가보라는 상아와 흑마노로 만든 체스맨을 본 적이 있습니다만, 이건 그것보다 더하군요."

"응? 상아와 흑마노가 좋아? 그럼 그걸로 만들어다 줄 걸 그랬나? 하지만 내가 써보니까 손에 잡히는 감촉은 나무가 더 좋더라고. 적당히 무게감도 있고 세월이 지날수록 깊고 중후한 느낌이 나는 게. 상아는 예쁘지만 그런 재미는 좀 없잖아. 허비트라면 틀림없이 이쪽을 마음에 들어할 거라고 생각했는데?"

파렐은 내심 '평범한 여관집 노인네가 쓰기에는 너무 고급품이라는 의미였습니다만' 하고 중얼거렸지만 자신을 향해 눈을 반짝거리고 있는 아스카를 보자 차마 그 말이 나오지 않았다.

"정말 마음에 듭니다."

"다행이네. 그럼 체스 할 때 써줄 거지?"

"그럼요."

이런 체스맨으로 내기 체스를 두자고 하면 페소 영감은 자신을 미친놈 보듯 보지 않으려나? 에라, 모르겠다! 여관집 노인네라고 이런 체스맨 쓰지 말라는 법 있냐고?!

파렐은 이것이 상아와 흑마노로 만들어진 체스맨이었다면 받지 않았을 것이다. 자신이 쓰기엔 과한 물건이기 때문이다. 쓰지도 못할 물건 받아서 뭐 하겠는가.

하지만 이것은 나무로 만든 것이다. 일견하기에도 범상치 않은 장인의 손길이 닿아 있지만 좀 잘 만든 체스맨일 뿐이라고 우기면 그뿐이다. 좀 정교한 호두나무 체스맨쯤은 서민 가정에서도 여기저기서 볼 수 있지 않던가.

파렐은 아스카가 자신을 위해 일부러 '쓸 수 있는' 체스맨을 선물해주었다는 점이 고마웠다.

"야시장 구경을 간다고 하셨지요? 시장이 열릴 때까진 아직 시간이 좀 있습니다. 그전에 차 한 잔 같이 하시겠습니까? 멋진 선물에 대한 답례로 대접하고 싶군요."

"아, 그러지 않아도 되는데……."

그는 사양하는 아스카의 손을 잡고 1층 홀을 가로질러 벽난로 가로 이끌었다. 하지만 벽난로 앞에 도착하자 걸음을 뚝 멈출 수밖에 없었다. 집 안의 다른 곳과 마찬가지로 벽난로 옆도 그가 집을 비운 사이 전혀 다른 모습으로 바뀌어 있었던 것이다.

바닥에는 융단, 그 위엔 사치스러운 분위기의 작은 테이블, 벨벳이 씌워진 의자, 발 받침대까지.

"그러니까 선물 때문에 전혀 부담 느낄 것 없다고. 식객 주제에 남의 집을 마음대로 뜯어고친 데 대한 사죄의 의미도 들어간 뇌물이거든, 그거."

한동안 얼이 빠져 있던 파렐은 미안한 듯 덧붙이는 아스카의 말에 결국 폭소를 터뜨리고 말았다. 정말 옛사람의 말이 옳다. 오늘 밤은 정말 무슨 일이 일어나도 이상하지 않은 요정의 밤이다.

에나시르는 어두운 골목길을 필사적으로 달렸다. 달리기처럼 격한 운동은 별로 해본 적이 없는 터라 숨이 턱에 닿고, 폐가 찢어질 것만 같았다. 몇 번이나 드레스 자락에 걸려 꼴사납게 나동그라질 뻔했지만 뛰는 걸 멈출 수 없었다. 복면을 쓴 자들이 그녀를 뒤쫓고 있었기 때문이다.

하지만 그들과의 거리는 점점 좁혀져 갔고 곧 잡힐 것 같다고 생각한 순간, 골목 사이로 난 작은 틈을 발견했다. 체구가 작은 그녀는 그 좁은 공간에 들어가 숨었고, 뒤쫓던 자들은 그녀를 발견하지 못하고 지나쳐 달려갔다.

"쫓아라!!"

"놓쳐선 안 돼!!"

에나시르는 자신의 숨소리가 들릴까 봐 양손으로 코와 입을 막고 있었다. 그녀는 그들의 발소리가 멀어져 간 한참 뒤에야 비로소 안도의 한숨을 내쉴 수 있었다.

'누가 보낸 자들일까? 아몰루 후작부인인가? 아니면 나를 반대하는 다른 귀족인가?'

사건이 일어난 것은 지금으로부터 몇 시간 전의 일이다.

달의 신전을 나온 에나시르는 신전 밖에서 대기하고 있던 마차에 올라 왕궁으로 갈 것을 지시했다. 아노아 신전을 나설 무렵까지는 귓전에 들리던 방울 소리를 쫓아가려고 했으나 그 소리가 달의 신전을 나서자 들리지 않게 된 것이다. 마침 오늘이 동지였기 때문에 그녀는 요정에게 홀린 것인지도 모른다며 쓴웃음을 지었다.

들리지 않는 방울 소리를 쫓아갈 수도 없고, 따라왔던 시녀와 기사들도 시간이 늦었다고 걱정하니 그들의 말에 따라 환궁하기로 한 것이다.

달의 신전은 외진 곳에 있기 때문에 왕궁 근처인 투멜렌 가도에 접어들었을 때는 이미 밤이 늦은 시간이었다. 에나시르는 엄격하고 깐깐한 시녀장의 얼굴을 떠올리고 또 한소리 듣겠다며 한숨을 내쉬었다.

그때 갑자기 말 울음소리와 함께 달리던 마차가 크게 흔들렸다. 에나시르와 그녀의 전담시녀 마리는 의자에서 마차 바닥으로 나동그라졌다.

"저, 전하! 괜찮으시옵니까?!"

마리가 황급히 에나시르를 부축해 일으키려는데 '퍽' 하는 소리가 났다. 소리가 난 쪽으로 시선을 돌리니 뭔가 뾰족한 것이 마차 내벽을 뚫고 불쑥 솟아올라 있다. 자세히 보니 끝이 뾰족한 게 화살촉 같다.

"저, 저, 전하, 도, 도, 도적인가 보, 봐요……."

새하얗게 질린 마리가 에나시르를 붙들고 부들부들 떤다.

"마리, 진정해. 여기는 수도의 투멜렌 가도야. 산적이나 도적이 나타날 리가 없는 길이라고. 아마 가까운 숲에서 누군가 사냥을 하다 잘못 날린 화살일 거야."

에나시르가 마리를 진정시키고 있을 때, 마차 밖에서 '웬 놈들이냐?!' 하고 외치는 소리가 들려왔다. 호위기사의 목소리였다. 그녀는 마차 창문을 열고 고개를 밖으로 내밀었다.

"무슨 일이에요?"

"안 됩니다! 어서 창을 닫으십시오, 전하!!"

다급한 목소리에 화들짝 놀라 창문을 닫았을 때는 이미 늦었다. 쏴아아, 하고 마치 소나기가 쏟아지는 듯한 소리가 나며 화살이 마차 벽에 박혔다. 벽을 뚫고 들어온 것은 에나시르가 앉아 있는 자리를 아슬아슬하게 통과해 반대편 벽에 박히기도 했다. 화살비의 여파로 마차가 마구 흔들렸다.

"꺄아아아아악!!!"

마리가 비명을 질러댔다. 에나시르도 같이 비명을 지르고 싶은 심정이었다.

"무슨 일이에요?!"

"웬 놈들이 길을 막고 공격을 퍼붓고 있습니다! 최대한 몸을 낮춰서 화살 공격에 대비하십시오!!"

"오, 맙소사!"

에나시르는 패닉을 일으켜 비명만 질러대고 있는 마리를 붙잡아 마차 바닥에 함께 웅크렸다.

"쉿! 마리, 진정해. 괜찮아, 아무 일도 없어. 기사님들이 지켜주실 거야."

그녀는 마리를 끌어안고 등을 토닥여 주었다. 마리는 다행히 진정한 듯 더 이상 비명을 질러대지 않았다. 두 손으로 입을 틀어막고 눈물을 흘리는 모습이 안쓰러웠다.

마차는 이미 멈춰 서 있었다. 밖의 동태에 귀를 기울이자 검이 부딪치는 것 같은 금속성이 연이어 들렸다.

"이 무슨 무엄한 짓이냐?! 왕실의 문장이 새겨진 마차를 공격하다니 반역죄로 능지처참당하고 싶은 것이냐?! 이 마차 안에 계신 분이 어떤 분인 줄 알고 이런 짓거릴……!!"

"마차 안에 누가 있는데? 왕비가 타고 있기라도 한가?"

그 말을 들은 에나시르는 흠칫했다. 실수나 사고가 아니다. 산적이나 도적 같은 것도 아니다. 저들은 왕비인 자신을 노리고 이 마차를 계획적으로 습격한 자객이라는 것을 깨달은 것이다. 대체 누가……?!

에나시르는 마차 바닥에서 살그머니 일어나 창문을 아주 조금 열고 그 틈으로 밖을 내다보았다. 그녀는 순간 '헉' 하는 소리를 낼 뻔했다. 수많은 복면인들이 마차 주변을 에워싸고 있었다.

그녀는 기가 막혔다. 어디 외진 산길도 아니고 왕궁이 지척인 수도 한가운데, 투멜렌 가도에서 이런 일이 벌어지다니!

에나시르에게는 두 명의 호위기사가 있었지만 둘이서 이 많은 사람을 다 감당하기란 역부족이라는 생각이 들었다. 그때 기사 하나가 조금 열린 창문을 눈치 챘는지 곁으로 다가와 창문을 막아섰다. 그는 복면인들을 견제하듯 노려보며 낮게 죽인 목소리로 그녀에게 말을 걸었다.

"전하, 여기서 빠져나가셔야 합니다. 다행히 마차에 연결된 말 중, 두 마리는 달릴 수 있으니 제가 틈을 만들면 무조건 그쪽으로 달리십시오."

"겨, 경들은요?"

"저희는 남습니다. 전하께서 무사히 탈출하시기 위해서는 저들의 추격을 막고 시간을 벌어야 하니까요."

"안 돼요!! 그대들을 버리고 갈 수는 없어요!!"

"그럼 여기서 다 같이 죽을 생각이십니까?! 저들의 목적은 전하이지, 저나 닉슨이 아닙니다. 기회를 봐서 도망칠 생각이니 걱정 말고 가십시오."

에나시르는 입술을 깨물었다. 자신이 그들을 위한답시고 이곳에 남으면, 그들은 그녀를 지키기 위해 마지막까지 목숨을 걸어야 한다. 그녀는 차라리 자신이 도망가 주는 편이 그들이 살아남을 확률도 높이는 것이라고 냉정하게 판단했다.

그녀는 창을 닫고, 이번에는 마부석과 연결된 앞쪽의 창을 열었다. 다행히 마부인 헨리는 무사했다. 그녀는 작은 목소리로 그를 불렀다.

"헨리, 헨리."

"전하?!"

"뒤돌아보지 마세요. 저들이 눈치 채면 안 돼요. 여기서 빠져나가야 해요. 말은 어떤가요?"

"한 마리는 죽었고, 한 마리는 다리가 부러졌습니다. 하지만 나머지 두 마리는 화살을 맞기는 했어도 달리는 데는 지장없습니다."

그녀는 평소에 바라얀 왕실에서 왕족의 품위 유지를 위해 지급하는 사두마차가 괜한 사치이며 낭비라고 생각해 왔다. 그런데 그 사두마차가 자신의 목숨을 구하게 될 줄은 몰랐다. 말은 두 마리가 회복 불능이나 두 마리가 살았으니 충분히 도망갈 수 있다.

"렉스 경이 포위망을 뚫어주기로 하셨어요. 죽은 말과 연결된 줄은 끊어버리고 포위가 약해지는 쪽으로 무조건 달리세요."

복면인들이 공격해 들어왔다. 기사들의 검은 어둠 속에서도 빛나는 희뿌연 빛무리 같은 것을 두른 채 복면인들을 거침없이 베어버렸다. 검기의 힘이다. 렉스가 그 검에서 나오는 폭발적인 힘으로 방어도 도외시한 채 한쪽만을 집요하게 공격하자 복면인들이 분분히 물러섰다. 그로 인해 대열이 무너지자 순간 작은 틈이 생겼다.

"지금이에요! 헨리, 저기로 달리세요!!"

마부인 헨리는 채찍을 내려쳤다. 마차가 달리기 시작하자 닉슨의 방어를 뚫고 마차로 다가와 문을 부수려고 하던 복면인들이 관성의 힘에 의해 마차에서 떨어져 나갔다. 복면인들은 달리는 마차를 보고 칼이며 활을 날렸지만 마차는 순식간에 그들의 포위를 벗어나 내달리기 시작했다.

"쫓아!!"

"쫓아라!!"

"놓쳐선 안 돼!!"

뒤에서는 말을 탄 복면인들이 쫓아오는 가운데, 에나시르는 심각한 문제 한 가지를 깨달았다. 마차가 향하고 있는 방향이 왕궁과는 정반대 쪽이라는 것을 말이다. 왕궁으로 가야 근위기사든, 문지기든 사정을 설명하고 도움을 받을 것이 아닌가!

"헨리! 이쪽이 아니에요! 저쪽으로 가야 해요!! 왕궁으로 가야 한다구요!!"

"그쪽으론 갈 수 없습니다, 전하! 뒤쪽을 보세요!!"

복면인들이 새카맣게 몰려오고 있었다. 왕궁 쪽으로 가는 길은 이미 복면인들에 의해 막혀 있었다.

"하지만 이쪽은 세람 방향인데……."

에나시르는 입술을 깨물었다. 문득 자신을 지지하는 귀족들 중, 윈우드 후작의 타운하우스(Townhouse)가 수도인 로완이 아니라 세람에 있다는 것이 기억났다. 윈우드 후작은 노예시장을 운영하는 세력가다. 노예 상인들은 노예들의 집단탈주와 외부로부터의 습격에 대비해 상당한 수준의 사병을 거느리고 있다. 그러니 그러면 틀림없이 자신을 구해줄 수 있을 것이다.

"헨리! 윈우드 후작 저택으로 가요!! 그만이 우리를 구해줄 수 있어!!"

마부는 고개를 끄덕이고는 열심히 말을 몰았다. 하지만 마차는 기동력에서 말을 따를 수 없었다. 마차는 뒤쫓아오는 복면인들 무리에게 당장이라도 따라잡힐 듯했다. 게다가 바닥이 고르지도 않은 길을 빠른 속도로 달리다 보니 엄청나게 흔들렸다. 마차가 덜컹거릴 때마다 에나시르와 마리는 왼쪽으로 처박혔다, 오른쪽으로 처박혔다, 천장에 머리를 부딪치기도 했다. 두 사람은 비명을 내지르며 벽에 박힌 화살촉이라도 잡고 필사적으로 버텼다.

사람은 그나마 잘 버티고 있었지만, 마차는 그렇게 잘 버티지 못했다. 연속해서 충격을 받은 마차 바퀴는 한쪽 축이 부서지면서 마차에서 퉁겨져 나갔다. 한쪽 바퀴가 사라지자 마차가 기우뚱하게 기울었다.

"꺄아아악!!!"

에나시르와 마리는 마차가 기운 쪽으로 주르륵 밀리며 벽에 부딪쳤다. 한쪽 바퀴가 없는 상태로 달리고 있던 마차에 한쪽으로만 계속 무게와 압력이 가해졌다. 마침 그들이 달리고 있던 길은 양옆으로 가파른 경사가 나 있는 언덕 위의 길이었다.

복면인들이 날리는 화살을 피해 지그재그로 달리던 마차가 길 가장자리를 지날 때 마차가 균형을 잃었다. 한쪽으로 무게가 쏠린 마차는 순식간에 뒤집어졌고, 언덕 아래를 향해 굴렀다.

"꺄아악!!"

"꺄아아아악!!"

마차의 천장과 바닥이 뒤바뀌며 빙글빙글 돌았다. 에나시르와 마리는 마차 안 여기저기에 마구 부딪쳤다. 순간 에나시르는 여기서 죽을지도 모른다는 생각을 했다.

돌아가신 어머니와 바라얀에 시집 온 이후로 볼 수 없었던 그리운 가족들의 얼굴이 스쳐 갔다. 특히 오빠가 보고 싶었다. 뛰어난 기사이자 그리핀 기사단의 단장인 오빠가 이곳에 있었다면 자신은 이렇게 속수무책으로 쫓기지도 않았을 것이다.

마지막으로 떠오르는 것은 그동안 애써 떠올리지 않고자 했던 얼굴. 세이프리아 꽃가지를 건네며 네가 위험해지면 꼭 달려가겠노라 말해준 그리운 사람. 보고 싶어질까 봐 이름조차 마음대로 불러볼 수 없었던 사람.

'에디…….'

에나시르의 볼을 타고 눈물이 흘러내렸다.

얼마 전이었다면 그녀는 이것이 신의 뜻이려니 하고 순순히 죽음을 받아들였을지도 모른다. 하지만 지금은 아니었다. 죽고 싶지 않았다. 아직 아무것도 하지 못했는데 여기서 죽는다니 너무 억울했다. 그녀는 손에서 피가 흘러나올 때까지 뾰족한 화살촉을 붙잡고 버텼다.

'아노아님, 살려주세요. 저는 이대로 죽을 수 없어요. 제발 살려주세요.'

그녀는 간절히 빌었다. 왜 그때 구원을 요청했던 신이 아노아였던 것인지는 자신도 모른다. 하칸 신전에서 만났던 은청색 머리카락의 소녀와 오늘 달의 신전에서 만났던 소녀의 얼굴이 차례로 머릿속을 스쳐가면서 신의 이름은 오직 아노아밖에 생각나지 않았다.

마차는 언덕을 구르면서 가속도가 붙었고, 피 때문에 손이 미끄러웠던 에나시르는 결국 한쪽 벽에 세게 머리를 부딪치고 말았다. 그녀는 멀어져 가는 의식 속에서 어디선가 '짤랑' 하는 방울 소리가 울리는 것을 들었다.

에나시르는 '짤랑짤랑' 하고 울리는 방울 소리 때문에 정신이 들었다. 귓전에서 시끄럽게 울리는 그 소리가 거슬려서 참을 수가 없었던 것이다. 누가 자신의 침소 주변에서 이렇게 시끄럽게 하는지, 시녀장을 불러야겠다고 생각하며 짜증스럽게 눈을 뜬 순간, 그녀는 비명을 지를 뻔했다. 자신의 눈앞에 누군가가 눈을 부릅뜬 채 축 늘어져 있었던 것이다. 바로 그녀의 시녀인 마리였다.

에나시르가 그녀의 뺨을 두드려 보았지만 소용없었다. 뺨은 이미 차가웠다. 아마도 마차가 구를 때의 충격으로 목이 꺾여 죽은 것 같았다.

에나시르는 낮게 흐느끼며 마차 밖으로 나가기 위해 문을 찾았지만 보이지 않았다. 마차가 뒤집혀 문이 그녀의 머리 위에 있는 상태였다. 어디가 잘못됐는지 쉽게 열리지도 않았다. 죽을힘을 다해 문을 걷어차자 마침내 쾅 하는 소리와 함께 문이 열렸다. 마차 밖으로 기어나간 그녀는 나가자마자 토했다. 속이 울렁거려 참을 수 없었다. 머리를 부딪친 후유증과 복면인들에게 쫓기고 마리가 죽는 것을 본 충격과 공포 탓인 것 같았다.

'에나, 네가 위험해지면 내가 반드시 구해주러 갈게.'

그리운 사람의 목소리가 계속 머릿속을 빙빙 맴돌았다. 아닌 척했지만 그가 건네주는 세이프리아를 얼마나 기다렸던가. 겁쟁이인 자신은 사람들의 눈만 신경 쓴 나머지 좋아한다고 말해주지도 못했다. 단 한 번도 마음 가는 대로 다정하게 대해주지도 못했다. 고국을 떠나올 때조차 매정하고 모진 말로 상처만 주었다.

'에디, 에디……'

아니라고 부정했지만 가슴 한곳에선 자신을 구하러 올 그를 기다리고 있었는지도 모른다. 에나시르는 자신도 모르게 주르륵 흘러내린 눈물을 거칠게 닦았다. 대륙 반대편에 있는 사람의 도움을 기다리는 자신이 바보 같다. 그는 자신의 위험을 알지 못할뿐더러, 안다고 해도 구하러 달려올 때쯤엔 자신이 이미 죽고 난 다음일 것이다. 지금 이 순간, 에나시르를 구할 수 있는 사람은 그녀 자신뿐이다.

마차 주변을 살펴보니 두 마리 말은 처참한 모습으로 죽어 있고, 마부인 헨리는 어디 갔는지 보이지 않았다. 마차가 구르는 서슬에 어디론가 튕겨져 나간 것 같다. 그렇다면 살아 있기는 힘들 것이다. 에나시르는 죽은 마리와 헨리의 명복을 빌었다.

이곳은 언덕 아래쪽에 있는 숲인 것 같았다. 이곳이 정확하게 어디쯤인지를 생각해 보던 에나시르는 수도 로완과 세람 시 사이에 있는 숲을 떠올렸다. 이 숲은 로완보다 세람 시에 더 가깝고 한쪽 끝은 세람 시와 이어진다.

그녀는 나무 그림자가 드리운 캄캄한 어둠 속에서 어느 쪽으로 가야 세람 시에 도착할 수 있을지 고민하고 있었다. 그 무렵, 언덕 위로 보이는 위치에서 몇 개의 불빛이 일렁였다. 컹컹거리는 사냥개 소리도 들렸다. 그 복면인들이다!

어서 도망가야 한다. 하지만 어디로? 어느 쪽으로 가야 세람 시가 나오는지조차 알 수 없는데. 그녀는 암담한 마음에 밤하늘을 올려다보았다. 하늘로 치솟은 침엽수들 때문에 밤하늘에 뜬 아노아조차 잘 보이지 않는다. 그녀는 아련하게 보이는 달을 향해 도움을 청했다.

'부디 도와주세요.'

에나시르는 사냥개들의 소리가 점점 가까워지자 아무 데로나 달아나려고 했다. 그런데 갑자기 숲의 분위기가 일변했다.

어둠 속에서 고요하게 가라앉아 있던 숲이 갑자기 술렁였다. 바람도 없는데 나뭇가지가 흔들렸다. 무성한 가지와 나뭇잎들에 가려 그동안 숲 바닥까지 와 닿지 않던 달빛이 에나시르를 비추었다. 그녀는 이 기이한 현상을 숨조차 멈추고 지켜보고 있었다.

달빛은 마치 뭔가를 알려주려는 것처럼 나무들 사이를 비추었다. 달빛 아래 나타난 것은 길이었다. 에나시르가 침을 꿀꺽 삼키며 과연 저 길로 가도 좋을까를 고민하고 있을 때, 다시 방울 소리가 울렸다. 재촉하듯, 어서 이리 오지 않고 뭘 하냐는 듯. 에나시르는 망설이지 않고 달렸다.

그것이 정말 아노아의 가호나 계시였는지는 알 수 없지만 그녀가 숲 사이로 난 달빛의 길을 따라 나오자 나타난 것은 세람 시였다.

에나시르는 자신의 기도에 응답해 준 여신께 감사하며 만약 여기서 살아남는다면 인사를 하러 아노아 신전에 꼭 다시 들르리라 마음먹었다.

하지만 거기서 윈우드 후작을 찾아가는 길은 순탄치 않았다. 복면인들의 한패가 다른 길을 통해 먼저 세람 시로 와서 길목을 막고 그녀를 기다리고 있었던 것이다. 다행히 에나시르 쪽에서 먼저 그들을 발견한 덕에 잡히지 않고 도망칠 수 있었고, 그것이 지금에 이른다.

에나시르는 골목 사이에 있는 아무 집이나 문을 두드리고 도움을 청해볼까도 생각했다. 하지만 오늘은 동지다. 바라얀에서는 동짓날 밤에 누군가 문을 두드리면 문밖에 서 있는 것이 자신이 아는 사람이라도 문을 열어주지 않는다. 알고 보면 그는 사람으로 가장한 요정이었다는 일화가 무수히 전해지기 때문이다.

동지는 요정들의 장난이 특히 심해지는 날. 요정들 중에는 장난기만 많을 뿐 아무런 해를 끼치지 않는 것도 있지만, 어둠의 정령처럼 위험하고 질 나쁜 요정도 있다. 착한 요정이든, 나쁜 요정이든 인간으로서는 가능하면 마주치지 않는 것 이상이 없으므로 사람들은 동짓날 밤에는 아예 문밖출입을 하지 않는다. 거리에 이토록 인적이 없는 것도 그 때문이다.

에나시르가 한숨을 내쉬고 있을 때, 되돌아온 복면인들 중 하나가 그녀를 발견했다.

"찾았다! 저기 있다!!"

그녀는 다시 달렸고, 어디가 어딘지 모르는 골목을 무작정 달리는 동안 결국 막다른 골목에 이르고 말았다. 복면인들이 가까워오자 어떻게 해야 할지 몰라 당황하고 있는데 갑자기 '짤랑!' 하고 방울 소리가 들렸다. 소리가 들린 곳은 막다른 골목의 벽 쪽. 그러고 보니 그곳 벽에서 희미하게 빛이 나는 듯했다.

다가가 보니 벽 너머에서는 뭔가 떠들썩한 파티라도 하고 있는지 음악 소리, 사람들이 떠들어대는 소리, 웃음소리 같은 것들이 들렸다. 담이라도 넘어볼까 했지만 벽이 너무 높다. 에나시르는 차라리 비명을 지르는 편이 낫겠다고 생각했다. 오늘 같은 동짓날 밤, 요정들의 장난도 두려워하지 않고 파티를 벌이는 호담한 인간들이라면 그녀의 비명 소리에 관심을 가지고 밖으로 나와줄지도 모른다.

에나시르는 벽의 두께를 가늠하려고 벽에 손을 가져다 댔다. 그런데 아무리 손을 뻗어도 벽이라고 생각되는 표면이 손에 닿지 않았다. 이상하다고 생각하며 팔을 더 뻗자 팔이 벽에 파묻힌 듯한 모습이 되었다. 그래도 손에는 아무것도 걸리지 않았다. 에나시르는 자신이 벽이라고 생각한 것이 사실은 벽이 아닐지도 모른다는 생각을 했다.

이번에는 고개를 내밀어보았다. 그녀의 목은 벽을 통과했고, 어딘가 야외 파티장 비슷한 광경이 눈에 들어왔다. 자신을 쫓는 자들의 발소리가 점점 가까워지자 다급했던 에나시르는 거기가 어딘지 확인해 보지도 않고 손과 발을 내뻗어 그 안으로 들어서 버리고 말았다.

그곳은 어느 저택의 정원 같았다. 분수가 있고, 나무가 있고, 음악이 울려 퍼지고 있었다. 가든파티가 열리고 있는 중인 모양이다. 사람들은 음식 접시 같은 것을 들고 뭔가를 먹고 있거나 춤을 추고 있거나 큰 소리로 얘기를 나누고 있었다. 한 가지 이상한 것은 그들의 모습이다. 그들 중에는 소 머리를 한 인간이나 말 머리를 한 인간이 있었다. 토끼 귀를 가진 여자도 있었고, 고양이처럼 생긴 여자도 있었다. 에나시르는 가장무도회인가 하고 생각했다.

또 한 가지 이상한 것은 지금은 한겨울인데 온실도 아닌 정원에 장미가 피어 있다는 것이다. 그것도 한가득. 고개를 갸웃할 때 그녀의 눈앞으로 뭔가가 스쳐 지나갔다. 나비였다.

'세상에! 지금은 한겨울인데 어떻게 나비가……?!'

자세히 보니 그것은 나비가 아니었다. 손가락 정도 길이의 작은 인간이 등에 나비 날개를 매달고 있었던 것이다. 그것은 의심할 여지가 없는 요정이었다.

바라얀의 그 어떤 부유한 귀족도 자신의 파티에 요정을 부를 수 없다는 것과 오늘이 요정의 밤인 동지라는 것을 떠올리자 자연스럽게 이 가든파티의 정체에 대한 답이 나왔다.

'이것은 인간들의 파티가 아니다?!'

우적우적 접시의 음식을 먹어대는 저 말 머리와 소 머리의 정체가 가면이 아니라고 생각하자 오싹 소름이 끼쳤다. 에나시르는 슬금슬금 뒤로 물러섰다. 들키기 전에 벽 반대편으로 되돌아가고 싶었다. 하지만 벽은 들어왔을 때처럼 그녀의 손을 통과시켜 주지 않았다. 손에 딱딱한 돌 특유의 질감이 와 닿자 그녀는 당황하고 말았다. 그러는 동안 파티장 사람들(?)의 시선도 하나둘 그녀를 향했다.

"누구야? 어떻게 왔지?"

"인간인 것 같은데?"

"음, 맛있는 향기가 풍기는 인간이군."

"그렇군. 맛있어 보이는 인간이야."

"레이, 슈르카, 허락 없이 인간을 먹어서는 안 돼."

"하지만 저 인간은 초대장이 없어."

"초대장이 없는 인간은 먹어도 돼."

요정들의 시선 집중을 받은 에나시르 뒷걸음질쳤다. 그들이 자기네들끼리 속삭인다고 하는 소리가 그녀의 귀에까지 들렸으며 소 머리, 말 머리 인간이 그녀를 보고 맛있겠다며 입맛을 다시자 심장이 얼어붙는 것 같았다. 오, 신이여!

"소란을 피워서는 안 돼. 여기에는 니엘님이 와 계셔."

누군가가 말하자 여기저기서 신음에 가까운 소리들이 이어졌다. 니엘이 누군지 모르지만 이들은 그를 두려워하고 있는 듯했다.

"초대를 받아서 온 손님이라면 인간이라도 해를 끼쳐서는 안 돼. 그것이 동지 파티의 신성한 법칙. 그러니 이 인간 여자에게 물어보자."

그 말이 옳다고 여겼는지 요정들은 그래, 그래 하고 동조했다. 그리고 고양이 얼굴을 한 여자가 에나시르를 향해 묻는다.

"인간 여자, 초대장이 있어?"

에나시르는 꿀꺽하고 침을 삼켰다. 그녀는 자신의 대답이 생사를 좌우하게 될 것임을 본능적으로 느꼈다.

"초, 초대장은 없지만……."

"초대장이 없대!!"

"먹어도 되나?"

그녀의 말에 말 머리, 소 머리가 그것 보라는 듯 외치자 에나시르는 서둘러 뒷말을 이었다.

"니, 니엘님의 초대를……."

주변이 조용해졌다. 음악도 어느샌가 멈췄다. 요정들은 일제히 눈을 크게 뜬 채 그녀의 얼굴만 멍하니 보고 있었다.

"니엘님의 초대?!"

"니엘님의 손님이라고?!"

잠시 후, 정신을 차린 요정들은 믿을 수 없다는 듯 각자 한마디씩 떠들어댔다.

"정말일까?"

"그렇다잖아."

"하지만 니엘님은 인간을 싫어하시는데……."

"누군가 니엘님께 가서 물어보고 오면?"

"누가 갈 거야?"

"난 싫어. 니엘님, 무섭단 말이야."

"나도 싫어."

제각각 자신의 말을 하며 떠들어대자 정원은 금방 소란스러워졌다. 그러자 누군가가 저택으로 보이는 건물 안에서 나왔다.

장신의 청년이었다. 묶지 않은 긴 검은 머리가 허리까지 닿고, 피부는 밤처럼 새카맣다. 조각처럼 아름다운 얼굴에는 두 개의 보석처럼 황금빛 눈동자가 자리 잡고 있고, 이마 정중앙에는 한 번도 본 적 없는 기묘한 문양이 금빛으로 빛나고 있었다.

"무슨 일이냐? 왜 이렇게 소란스럽지?"

"니엘님!"

"니엘님이시다."

에나시르는 가슴이 철렁 내려앉았다. 위기를 모면하기 위해 거짓말을 하기 무섭게 본인이 나타날 줄은 몰랐다. 사람들은 니엘이 걸음을 옮기자 옆으로 비켜서며 길을 만들어주었다. 덕분에 그녀와 니엘이라는 사내 사이에 일직선의 길이 생겼다. 그녀를 본 니엘은 이마를 찌푸렸다.

"인간? 어떻게 여기에 인간이 있지?"

"니엘님이 초대하신 것 아닌가요?"

"뭐?"

"니엘님의 초대를 받았다고 하던데요?"

"그렇대요."

주변의 요정들이 일제히 고개를 끄덕이자 당혹스런 표정이던 니엘이 싸늘한 눈으로 그녀를 노려보았다.

"내가 널 초대했다고? 인간, 사실대로 말해라. 여기에는 어떻게 들어왔나?"

사나운 야수가 으르렁거리는 듯했다. 입술 사이로 날카로운 송곳니가 보이자 에나시르는 기절할 것 같았다. 말을 하려고 했지만 입이 얼어붙었는지 말이 나오지 않았다. 답답하고 무서운 나머지 저도 모르게 눈물이 흘렀다. 그러자 니엘이라는 사내가 살짝 미간을 찌푸리며 당혹스러운 표정을 지었다.

"다시 한 번 묻겠다. 여기에는 어떻게 들어왔지?"

"내가 데리고 들어왔어."

어디선가 예상치 못한 대답이 들려왔다. 목소리가 들려온 쪽으로 고개를 돌리니 뜻밖의 인물이 서 있었다.

푸른빛이 도는 은발을 백합 줄기 모양의 비녀로 곱게 틀어 올리고, 모란처럼 화려한 핑크 세이프리아가 수놓아진 하얀 드레스를 입은 소녀였다.

"아스카님!!"

니엘이 놀란 표정으로 외쳤다. 그러나 그녀는 그에게 시선조차 주지 않고 에나시르에게 다가왔다. 소녀는 에나시르도 아는 사람이었다. 입고 있는 옷이나 하고 있는 장신구는 달랐지만 저 푸른빛 도는 은발과 밤하늘을 작게 잘라놓은 것 같은 짙푸른 눈동자를 자신이 알아보지 못할 리 없다. 분명 하칸 신전에서 만났던 그 소녀였다.

"늦어서 미안해."

자신을 향해 웃어주는 소녀를 보자 에나시르는 너무 안심이 되어 울고 말았다. 그러자 소녀가 자신의 뒤에 서 있는 누군가에게서 손수건을 건네받아 그녀의 눈물을 닦아준다.

"괜찮아. 괜찮으니까 울지 마."

"아스카님, 대체 여기는 어떻게……?! 소발트 산맥 축제에 가신 게 아니었습니까? 왕께서 드칸 산 쪽으로 문을 내시면서 아스카님을 만날 거라고 좋아하시며 가셨는데요?"

"올해는 패스하기로 했어. 집안에 일이 생겨서 한가하게 도박이나 하고 있을 때가 아니거든. 그런데 니엘, 다시 봤어. 여자를 울리다니."

아스카가 노려보자 그는 곤란한 표정으로 눈을 피했다.

"아, 저기 그게… 이 인간 여자가 초대장도 없이 파티에 와서……."

"그게 뭐? 나랑 같이 오면 당연히 초대장 없는 거지. 왜? 초대장 없으면 오면 안 돼? 그런 거야? 니엘이 그렇게 말하더라고 레아에게 일러 줘야지."

"아스카님!!"

니엘의 얼굴이 당장 사색이 되었다. 아스카가 동지에 어떤 초대장도 받지 못하는 것은 그녀가 으레 소발트 산맥 축제에 갈 것이라고 생각하기 때문이다. 소발트 산맥 축제는 요정왕들까지 모이는 동지 최대의 요정축제다. 그런데 파티 초대장을 보내면 축제 참석을 포기하고 자기

네 파티장에 놀러 오라고 권하는 게 된다. 그런 짓을 했다간 성질 더러운 요정왕들에게 찍히고도 남기 때문에 초대장을 보내지 못하는 것뿐, 아스카를 거절할 동지 파티장은 없었다.

게다가 니엘의 왕은 묘하게 아스카를 귀여워한다. 요정들 사이에서도 성질 더럽기로 유명한 그를 '레아'라는 귀여운 이름으로 부르는 것은 아마 아스카뿐일 것이다. 그런 그에게 자신이 아스카를 문전박대했다는 소리가 귀에 들어가기라도 하면 그야말로 끝장이다.

"사과할 테니까 좀 봐주십시오. 아스카님께 그런 소릴 했다는 게 알려지면 저는 왕께 죽습니다."

아스카는 키득키득 웃었다. 방금 전의 서슬 퍼렇던 모습과 달리 풀이 죽은 니엘의 모습에 에나시르는 우는 것도 잊고 멍하니 그를 바라보았다.

"내가 사정이 있어서 이번에는 소발트 산맥 축제에 못 가게 되었거든. 미요른(바람의 정령왕)네 애들이 네가 여기에 있다고 하기에 나온 김에 얼굴이나 좀 보고 갈까 하고 들른 거야. 다른 애들과 달리 레아와 너희들은 일 년에 몇 번 만날 수 없으니까. 그래서 왔더니 말이지. 초대장도 없이 왜 왔냐는 말이나 하고, 내 동행은 쥐 잡듯이 잡아서 울리고 말이지. 정말 섭섭해. 내가 이런 대접을 받고도 요정들의 축제에 가야 할지……."

"잘못했습니다!!!"

"정말?"

"네. 그러니까 다신 안 오신다는 말씀만은 말아주십시오. 그렇잖아도 이번 동지엔 아스카님을 못 만나셔서 왕께서 저기압이실 텐데, 저 때문에 하지에도 안 오신다고 하면 저는 정말 살아남지 못합니다."

요정의 달밤

"자, 그럼 이쪽에도 사과해. 니엘 덕분에 요정 파티에 대한 인상이 확 나빠졌을 거야."

아스카가 에나시르를 끌어당기며 말하자 니엘은 그녀에게 순순히 고개를 숙였다.

"의심해서 미안했다."

"아, 아니에요."

에나시르는 당황해서 고개를 저었다. 거짓말을 한 것은 자신이다. 사과받을 이유는 없다. 그런 그녀를 보고 있던 니엘이 이해할 수 없다는 듯 고개를 갸웃했다.

"그런데 왜 나에게 초대를 받았다고 한 거지?"

"내가 니엘을 만나러 간다고 했거든. 그러니까 너에게 초대를 받았다고 생각한 거야."

"그렇군요."

그는 그제야 알겠다는 듯 고개를 끄덕였다. 에나시르는 놀란 표정으로 아스카를 돌아보았다. 둘러대는 말이 너무도 태연하고 자연스러워서 에나시르 자신조차 처음부터 이 소녀와 함께 이곳에 온 듯한 착각이 들 정도였다.

"이것도 인연이니까 소개시켜 줄게. 에나, 저 녀석은 니엘. 본명은 크라니엘이지만 나는 그냥 니엘이라고 불러. 레아의 기사야."

에나시르는 레아가 누군지 알 수 없었지만 니엘은 인간이 아닌 요정이고, 그가 방금 전 아스카와의 대화에서 왕이 어쩌고 했던 것으로 봐서 어딘가의 요정왕인가 보다 하고 생각했다.

"니엘, 이쪽은 에나시르. 에나야. 나의 친구지."

아스카가 자신을 소개하는 말에 에나시르는 놀라 그녀를 바라보았다. 아스카가 자신을 친구라고 말해줄 줄은 몰랐기 때문이다. 어쩐지 기뻐졌다.

"크라니엘이다. 아스카님의 친구라면 나를 니엘이라고 불러도 된다. 아까는 미안했다."

"에나시르 휘젠 로나트입니다. 에나, 에나시르, 둘 중에 편한 걸로 불러주세요. 저야말로 파티 분위기를 엉망으로 만든 것 같아 죄송해요."

"파티 분위기는 신경 쓸 것 없다. 알아서 잘 노는 녀석들이니까."

그러고 보니 어느샌가 주변을 에워쌌던 요정들이 하나도 안 보인다. 그들은 다시 춤을 추거나 자기네들끼리 웃고 떠들고 있었다. 음악 소리도 언제부터인지 다시 울리고 있었다.

그 빠른 분위기 전환에 감탄하자 니엘은 한숨을 내쉬었다.

"사실 나는 이 난장판이 썩 마음에 들지는 않지만."

"니엘은 조용한 것을 좋아하거든."

아스카가 덧붙이는 말에 에나시르는 저도 모르게 '풋' 하고 웃고 말았다. 그녀는 이상하다고 생각했다. 방금 전까지만 해도 그토록 섬뜩하고 무서웠던 요정들과 니엘이 아무렇지도 않을 뿐 아니라 친근하게까지 느껴진다. 이것도 이 소녀의 마법일까?

"그런데 그건 어떻게 된 거냐? 파티장에 오기에는 좀 손색이 있는 듯한 옷차림인데?"

에나시르는 니엘이 가리키는 대로 자신의 옷을 내려다보고서야 옷차림이 엉망이라는 것을 깨달았다. 드레스의 치맛단은 달리는 데 불편해서 뜯어냈고, 보디스(Bodice)도 여기저기 찢어져 속옷이 드러나 보였다. 아마 마차 안에서 이리저리 구를 때 튀어나온 화살촉에 걸려 찢어졌나 보다.

화살촉을 잡았던 손바닥도 찢어져 피가 엉겨붙어 있고, 머리에는 커다란 혹이 나 있다. 무릎 또한 도망칠 때 넘어지면서 까져서 흙과 피딱지가 앉아 있었다.

자신의 상태를 점검한 에나시르는 쓴웃음을 지었다. 자신이라고 해도 누군가 이런 모습으로 나타나 파티에 초대를 받았다고 하면 믿어주지 않을 것 같다.

"그러고 보니, 에나, 엉망이잖아? 어떻게 된 거야?"

아스카가 뒤늦게 깨달은 듯 눈을 크게 뜨자 에나시르는 재미있다는 생각을 했다. 이 소녀가 모르는 것도 있다니.

"집으로 가고 있는데 웬 남자들이 쫓아와서……."

"뭐?! 치한인가?!"

에나시르는 웃음을 터뜨릴 뻔했다. 복면인들이 아스카의 말을 들었으면 억울한 누명이라며 분개할지도 모르겠다. 그녀는 청탁 살인이나 치한 짓이나 나쁜 짓이란 점에서는 차이가 없다고 보지만.

아스카가 니엘을 향해 뭔가를 달라는 듯 손을 내밀었다. 그는 아스카와 에나시르를 번갈아 보다가 한숨을 내쉬더니 걸치고 있던 자신의 검은색 코트를 벗어 그 손바닥 위에 공손히 올려놓았다. 아스카는 그의 태도에 흡족하다는 듯 미소 짓고는 그 코트를 에나시르에게 건네주었다.

"에나, 우선 이거라도 걸쳐."

"에? 하지만……."

니엘을 보자 괜찮다는 듯 고개를 끄덕인다. 에나시르는 감사의 의미로 목례를 건네고 코트를 입었다. 남자 옷인 데다가 니엘이 자신보다 훨씬 키가 컸기 때문에 품이며 기장이 클 거라고 생각했는데 의외로 맞춘 것처럼 딱 맞는다. 게다가 무게가 전혀 없어서 뭔가를 걸치고 있다는 느낌이 없었다. 그녀가 놀라자 아스카는 '요정의 옷이니까' 하고 웃는다.

니엘은 에나시르의 흐트러진 머리를 정리해 주고 뒤통수에 손을 가져다 댔다. 혹이 있는 부분이다. 뭘 하려는가 싶어서 움찔거리고 있는데 피부에 닿은 그의 손에서 서늘한 기운이 나오며 욱신거리는 아픔이 사라져 갔다. 그녀가 놀란 눈으로 바라보자 그는 빙긋 웃었다.

"낫게 한 건 아니다. 그저 아픔과 오늘 밤 찾아올 악몽을 가져갔을 뿐이다. 그러니까 돌아가면 잊지 말고 치료를 받도록."

정색을 하고 다그칠 땐 무서웠는데 신사적이고 친절한 사람, 아니 요정인 것 같다.

"동지에 치한 짓이라니, 세상에는 별의별 인간이 다 있다니까."

"동지는 아직 좀 남았는데 손을 좀 봐줄까요, 그 인간들?"

니엘이 황금빛 눈동자를 서늘하게 빛내며 말하자 아스카는 손을 내저었다.

"관둬, 관둬. 연약한 여자에게 치한 짓을 한 것은 용서할 수 없지만 그렇다고 동짓날 밤에 파멸의 나이트, 크라니엘의 방문을 받아서야 그 치한이 너무 불쌍하다고. 뒷일은 내가 알아서 할게. 인간의 일은 인간의 손에 맡기는 게 좋아."

"아스카님이 그렇게 말씀하신다면."

니엘은 조금 아쉬운 듯했지만 순순히 고개를 끄덕였다.

"그럼 난 이만 가봐야겠다."

"네? 벌써 가십니까?!"

섭섭하다는 기색을 숨기지 않고 말하자 아스카는 쓴웃음을 지었다.

"요즘 일이 많아서 오래 못 있어. 네 얼굴만 보고 가려고 온 거라니까."

"하지만 이렇게 가시면 다음에 언제 또……."

"하지(夏至)에 보면 되지. 그리고 내가 너무 오래 머물러 있으면 너한테 안 좋아. 안 그래도 너만 만나고 갔다고 레아가 심술부릴 텐데."

설득력이 넘치는 말이었기 때문에 니엘은 순순히 동의했다.

"그렇겠네요. 알겠습니다. 붙잡지 않을 테니 조심해서 가십시오. 아, 배웅해 드릴까요?"

아스카는 필요없다는 듯이 손을 내젓고는 뒤에 선 사람에게서 뭔가를 받아 니엘에게 내밀었다. 그것은 뜻밖에도 두 개의 술병이었다.

"뭡니까, 이게?"

"보면 몰라? 술이지. 하나는 네가 마시고, 다른 하나는 레아에게 전해줘. 그걸 전해주러 왔었다고 하면 레아도 그렇게 심술부리지 않을 걸?"

"제 걱정까지 해주십니까? 감사합니다. 고맙게 받지요."

그는 술병을 받아 들고 킁킁 하고 냄새를 맡았다.

"어쩐지 카타하르의 냄새가 나는 것 같은데요?"

"그거야 하칸 신전 쪽에서 받은 거니까……."

하고 대답하다가 아스카는 고개를 갸웃했다. 어둠의 정령인 니엘이 하칸 신전에서 무위도식하는 그 날라리 한량을 어떻게 알지?

"니엘, 칸과 아는 사이야?"

"칸… 푸홋! 카타하르의 애칭입니까? 쿡쿡! 귀엽네요. 뭐, 아는 사이라고 할 수 있겠지요. 계열이 같으니까."

아스카는 미간을 찌푸렸다. 어둠의 정령과 날라리 한량 사이의 공통분모가 무엇인지 알 수 없었던 것이다. 하지만 곧 그러려니 해버렸다. 그 한량이라고 안면있는 정령 하나 없으란 법은 없지 않은가.

"흐응? 생각보다 여기저기 발이 넓은 한량이었던 모양이군."

니엘은 이번에는 쿡쿡거리는 것으로 그치지 않고 시원하게 웃음을 터뜨렸다.

"그를 그렇게 말할 수 있는 분은 아스카님밖에 없을 겁니다. 그런데 아스카님, 묻지 않으려고 했습니다만, 그 이마는 어떻게 되신 겁니까?"

아스카의 이마를 곁눈질한 에나시르는 고개를 갸웃했다. 하얗고 수려한 아스카의 이마에는 달리 아무것도 없었기 때문이다. 하지만 아스카는 약간 곤란한 표정을 지으며 웃었다.

"아, 역시 니엘에게도 보여?"

"보이라고 해놓은 건데 안 보일 리가 있겠습니까. 그 문양이라면 역시 그……."

"응. 세이프리아야. 친구 하기로 했거든."

니엘은 성대하게 한숨을 내쉬었다.

"왕께서 제대로 열받으시겠군요."

아스카는 심각하게 고민했다. 왜 보는 요정들마다 이런 반응일까? 진짜로 이마에 욕이라도 새겨진 거 아냐?

"하지 때는 이마에 두건이라도 하고 가야 하나?"

그런 소릴 진지하게 한다는 것이 웃겨서 니엘도 웃고 말았다.

"알겠습니다. 왕께는 제가 잘 말씀드리도록 하지요."

잘 말하도록 노력은 해보겠지만 아마 소용없을 것이다. 소유욕 강하기로 유명한 자신의 왕이 새치기를 당한 것이다. 열 안 받으면 그게 더 이상하다. 활화산같이 폭발하고, 있는 대로 성질을 부리고, 주변에 화풀이를 해댈 것이다.

"그럼, 다음에는 하지에 봐."

"네. 그럼 하지에……."

에나시르도 니엘에게 가볍게 고개를 숙여 작별 인사를 했다. 짧은 만남이었지만 잊지 못할 것 같다. 첫인상은 무서웠지만 의외로 상냥했던 저 요정을.

니엘은 그녀의 인사를 받아주며 빙긋 웃었다.

"잘 가라, 에나. 다음부터는 내 이름으로 초대장을 보내도록 하지. 사죄의 표시로."

뜻밖의 말에 놀라 멍하니 있는 사이, 아스카가 그녀의 팔을 잡아끌었다.

"아, 저기……."

"응? 여기서 더 놀고 싶어? 하지만 이대로 있다가 새벽이 되어버리면 에나는 원래 세계로 돌아가기 힘들어져. 문이 닫혀 버리거든."

"그게 아니라, 코트! 빌린 코트를 돌려주지도 않고 이대로 입고 가버릴 수는 없어. 다음에는 어디로 돌려줘야 하는지도 모르는데!"

"일부러 돌려주지 않아도 돼. 동지가 끝나는 대로 사라져서 그에게로 돌아갈 거야. 이 세계에 속하지 않는 것들은 그때까지밖에 머무를 수 없거든."

에나시르는 코트를 돌려주려고 애쓰지 않아도 된다는 말에 안심한 나머지 니엘이 마지막으로 자신에게 건넸던 '초대장'에 대한 이야기는 잊어버리고 말았다. 예의상 해본 말이겠지, 하고 가볍게 흘려들었던 것이다.

하지만 요정 사전에 빈말이란 없으리니. 니엘은 해마다 여름과 겨울, 두 차례에 걸쳐 초대장을 보내왔고, 에나시르가 요정의 파티에 가는 일은 이날 이후로 다시는 없었지만 그 초대장은 그 자체로 그녀에게 즐거움을 주었다. 그러나 그것은 앞으로 많은 시간이 흐른 뒤의 이야기.

에나시르는 아스카가 이끄는 대로 그녀의 손을 잡고 정원의 산책로를 따라 걸었다. 한참 그렇게 걷다 보니 정말로 뜬금없이 천막이 줄줄이 늘어선 시장이 나타났다. 동지에 열린다는 야시장이다.

자신이 그 파티장에 들어갔을 때처럼 벽을 통과한 것도 아니고, 문처럼 보이는 것을 지나오지도 않았다. 그냥 정원을 걷고 있었을 뿐인데 난데없이 눈앞에 시장이 나타난 것이다. 돌아보니 장미가 피어 있는 아름다운 정원과 요정들의 파티장은 더 이상 보이지 않았다. 그 자리에는 원래부터 있었다는 것처럼 길이 펼쳐져 있었다. 놀라웠다.

주위를 두리번거리던 에나시르는 자신들 곁에 또 한 사람이 서 있다는 것을 뒤늦게 깨닫고 화들짝 놀랐다. 두 사람이 들어가서 세 사람이 되어 나오는 것이야말로 요정괴담에 흔히 등장하는 전개가 아니던가.

"아, 아스카, 뒤에 요정이 따라온 것 같아……."

에나시르가 창백한 얼굴로 매달리자 휙 뒤를 돌아본 아스카는 웃음을 터뜨렸다.

"녀석은 레온이야. 나의 가족이지. 계속 같이 있었는데 몰랐어?"

에나시르가 고개를 젓자 아스카는 짓궂게 웃었다.

"네가 눈물을 닦은 손수건도 이 녀석이 준 거고, 니엘에게 준 술병도 이 녀석에게 받는 것을 봤잖아."

그리고 보니 아스카가 말하는 순간마다 누군가를 본 것 같기는 하다. 하지만 그 부분만 지우개로 지워 버린 것처럼 기억이 흐릿했다.

에나시르는 이상하다고 생각했다. 레온이라는 청년이 평범한 얼굴이기라도 했다면 그럴 수도 있다고 받아들였을 것이다. 하지만 그는 미남미녀가 많기로 소문난 사다하 왕국 출신인 에나시르조차 보고 넋을 잃었을 정도로 대단한 미인이었다.

투명한 광택을 발하며 허리까지 흘러내리는 은발은 달빛으로 만들어진 것 같았고, 백옥으로 만든 것 같은 하얀 얼굴에는 은빛 눈썹과 높은 코, 붉은 입술이 완벽한 조화를 이루고 있었다. 그중에서도 특히 아름다운 것은 은빛 속눈썹에 감싸인 신비한 자수정 같은 눈이다.

성별을 초월한 듯한 미모는 너무 비현실적으로 아름다워서 인간이라는 느낌이 들지 않았다. 진짜 요정인 니엘과 나란히 세워두어도 누구나 이 청년 쪽이 요정이라고 생각하지 않을까?

한 번이라도 봤다면 잊으려야 잊힐 얼굴이 아닌데 어째서 기억이 흐릿한 걸까?

"신경 쓰지 마. 술래잡기가 취미인 녀석이라서 정신 차리고 보지 않으면 잘 안 보이거든. 그런데 거기는 어떻게 들어갔던 거야?"

에나시르는 사실대로 설명했다. 복면인들에게 쫓기다가 막다른 골목에 갇혔는데 이상한 벽을 발견하고 그 벽을 통과해서 들어갔다고. 에나시르조차 스스로가 겪지 않았다면 믿지 못했을 이야기건만 아스카의 반응은 담담하기만 했다.

"동지나 하지에는 조심해야 해. 세람 시는 오래된 도시라서 요정들이 즐겨 찾거든. 밤에는 여기저기에서 파티가 열려서 인간들이 낸 길 위로 요정들의 길이 겹치는 수가 있어. 에나처럼 생각지도 않게 요정들의 파티장 한가운데 뚝 떨어지는 경우도 있지. 그럼 자칫 잘못하면 돌아오지 못해."

"응. 구해줘서 고마워. 그런데 넌 어떻게 거기에 온 거야?"

"길을 가고 있는데 갑자기 내 앞으로 요정의 길이 나타나서 누가 초대하는 줄 알았지. 바람의 정령에게 물었더니 거기에 니엘이 있다고 해서 녀석이 초대하는 건 줄 알았는데, 반응을 보니 그건 아니었던 것 같고. 그럼 대체 누가 내 앞으로 길을 낸 거지?"

아스카가 고개를 갸웃하는 순간, 그녀의 옷깃에서 방울이 '짤랑' 하고 울렸다. 아스카는 허리띠에 시슬리안 방울처럼 생긴 장식을 매달고 있었는데, 방울은 각각 검은색, 푸른색, 은색으로 세 개였다. 그중에서 은색의 방울이 자기 주장이라도 하듯 저 혼자 짤랑짤랑 울리고 있었던 것이다.

방울 소리라고는 믿기 힘들 정도로 청아하고 영롱한 소리. 게다가 어쩐지 귀에 익은 소리다.

'이 소리는 분명 내가 위험할 때마다 울리던……?'

그러고 보니 달의 신전에서 만났던 소녀는 방울 소리를 따라가면 만나고 싶은 이를 만날 수 있을 거라고 했다. 어째서 방울 소리 끝에 아스카가 있는 걸까? 그것은 에나시르의 귓전에 줄곧 맴돌던 방울 소리가 이 아이의 것이기 때문이다.

"고마워."

다시 한 번 진심을 담아 말하자 아스카는 빙긋 웃을 뿐이다. 에나시르는 참 묘한 인연이라고 생각했다. 만날 때마다 그녀는 자신을 구해준다. 처음에는 절망에 빠진 마음을 구해줬고, 이번에는 신변에 닥친 위협에서 구해줬다.

"에나, 도와줄 사람을 불렀으니까 뒤는 걱정하지 않아도 될 거야."

"응?"

고개를 갸웃하고 있을 때 인적이라곤 없던 길이 시끄러워졌다. 말발굽 소리와 바퀴 구르는 소리가 나서 고개를 돌려보니 실제로 말과 마차가 이쪽을 향해 달려오고 있었다.

에나시르 앞에서 멈춰 선 마차는 윈우드 후작가의 문장을 단 것으로, 마차에서 내린 사람은 다름 아닌 후작 본인이었다.

"전하! 무사하십니까?!"

"후작, 어떻게 알고 여기에……?"

"전하께서 치한의 습격을 받았다는 소식을 듣고… 아닙니까?"

에나시르는 성대하게 웃고 말았다. 냉철하고 명석하기로 이름난 후작의 멍한 얼굴과 자객들이 한순간에 치한으로 뒤바뀐 이 상황이 참을 수 없이 우스웠다.

고개를 돌려보니 아스카도, 레온이라는 청년도 사라지고 없었다. 에나시르는 그것을 이미 예상했기에 별로 놀라지 않았다. 조금 아쉬웠을 뿐이다. 작별 인사를 할 시간만이라도 주었으면 좋았을걸.

에나시르는 후작의 마차를 타고 가면서 그에게서 사정 설명을 들었다. 그는 아무것도 모르고 자다가 한밤중에 정체불명의 가택 침입범에게 두들겨 깨워졌다고 한다. 그것도 배를 밟혀서.

"전하께서 치한의 습격을 받았는데 잠이 오냐고… 늦어서 죄송합니다, 전하. 저는 요정의 장난질인 줄로만 알았습니다."

에나시르는 그의 사과를 받아줄 여유가 없었다. 자다가 배를 밟히는 후작을 상상하자 그에게는 미안하지만 웃음을 참을 수가 없었던 것이다. 그녀는 어깨를 떨며 웃었다.

'아스카, 너 정말 정체가 뭐니?'

새벽이 오고 있었다. 파란만장했던 동지는 가고 오늘 밤의 특별했던 시간들은 에나시르의 기억 속에만 남을 것이다. 서쪽으로 물러가는 겨울 달 아노아가 하늘 높은 곳에서 그녀가 타고 있는 마차 위를 비추며 빙긋 웃고 있었다.

Chapter 7
카린의 그림자

바라얀 왕국 세람 시의 하칸 신전.

대신관의 수석 보좌관인 제이슨은 심각하게 굳어진 표정으로 복도를 걷고 있었다. 대신관인 세리올 모레트의 집무실로 향하고 있는 중이었다. 그런데 집무실 방문 앞에 도착해 막 노크를 하려는 순간, 문이 벌컥 열리더니 누군가가 나왔다. 다름 아닌 하칸의 큰아들이자 신전의 지주, 세리올 모레트 본인이었다.

"여어~! 제이슨!"

세리올은 악에 받친 표정으로 악담을 퍼붓던 며칠 전과는 달리 시원하게 웃으며 제이슨을 맞아주었다. 그는 다 늦은 이 시간에 어디를 가려는 건지 때 빼고 광낸 모습이다. 대신관의 신관복은 벗어던지고 최근 바라얀의 젊은 귀족들 사이에 유행한다는 화려한 예복을 갖춰 입고 제비 꼬리 모양으로 찢어진 코트를 걸치고 있다. 사자 갈기처럼 제멋대로 뻗쳐 도무지 수습이 안 되던 머리도 대체 무슨 수를 썼는지 한 올 빠짐없이 올백으로 넘겼다.

기분이 썩 좋은지 콧노래까지 흥얼거리는 세리올을 멍하니 바라보던 제이슨은 살짝 이마를 찌푸렸다.

"예하, 외출하십니까?"

"저녁 약속이 생겼다네."

당장이라도 '으하하하!' 하고 웃음을 터뜨릴 듯한 들뜬 목소리였다. 제이슨은 안됐다는 듯이 그를 바라보았다.

"예하, 송구하지만 그 약속은 취소하셔야 할 듯싶습니다."

"뭐, 뭣?! 그게 무슨 말도 안 되는 소리야!!"

세리올에 대한 경험치가 탁월한 제이슨은 그가 내뺄 듯한 조짐을 보이자 재빨리 그의 팔을 붙들었다.

"이게 무슨 짓인가?! 당장 이거 못 놓나!!"

"일단 안으로 들어가시지요."

"못 들어간다! 일도 다 끝냈는데 왜 안 내보내 주는 거야?! 나는 자유 시간도 없나!! 이건 명백한 신전 봉사 기준법 위반이며 인권유린이라고! 신관 회의에 제소할 거야!!"

자신의 집무실이 무슨 감옥이나 지옥이라도 되는지 안 들어가려고 아등바등 버티는 모습의 대신관이라니. 제이슨은 한숨이 나왔다.

하지만 세리올이 이렇게 거부반응을 보이는 데도 사실 이유가 있었다. 당장 처리하지 않으면 안 될 일이 밀렸는데도 이 핑계, 저 핑계 대면서 미꾸라지처럼 내빼는 세리올을 보고 드디어 제이슨의 인내심의 끈이 뚝 하고 끊겨 버렸다.

그는 세리올을 집무실에 가두고 문이란 문에 전부 못질을 해버렸다.

상대가 내빼기의 달인이니만큼 외부와 연결된 벽난로나 환기구도 막아 버렸으며 문밖에는 사람을 배치하고 집무실 안에서는 세리올의 책상 바로 옆에서 자신이 눈을 부릅뜨고 지켰다.

그러자 제아무리 자타 공인의 게으름뱅이, 뺀질이 대신관도 밀린 일을 모두 끝내지 않고는 집무실 밖으로 한 발짝도 나갈 수 없다는 것을 알았다. 무시무시한 비서의 칼날처럼 서슬 퍼런 시선을 받으며 제대로 잠도 못 자고 일을 해야 했다. 일주일 동안 제대로 먹지도, 자지도 못하고 서류 지옥에서 일만 한 탓에 얼굴이 퀭해져 오랫동안 그의 수발을 들어왔던 전속 시녀조차 그의 얼굴을 알아보지 못했다는 후일담이 있을 정도다.

제이슨은 좀 심했나 하고 생각했지만, 세리올이 고의로 물 먹이는 바람에 자신이 쥴리아에게 당한 것에 비하면 그 정도는 약과다.

성질이 지랄 맞기로 유명한 쥴리아가 불쑥 자신을 찾아와 두들겨 패기부터 했을 때는 얼마나 놀랐던가? 맞을 때 맞더라도 이유나 좀 알고 맞지는 자신의 말에 쥴리아는 다 알고 왔는데도 이놈이 뻔뻔스럽게 시치미를 뗀다며 더 열을 냈었다. 나중에 만신창이가 되어 그 이유라는 것을 듣고 보니 정말 억울하고 어이가 없었다.

세리올이 신녀 신탁이 내려졌다며 데려온 그 꼬마 아가씨가 쥴리아네 아가씨였단다. 그 마녀가 자기네 아가씨가 없어졌다며 걸핏하면 신전에 쳐들어와 난리칠 때부터 뭔가 좀 이상하다는 생각을 하긴 했지만 제이슨은 맹세코 그 아가씨를 고의로 숨긴 것이 아니었다. 신녀 후보가 쥴리아네 아가씨라고 상상이나 했겠냐고?!

자신의 마음도 모르고 쥴리아는 제이슨이 자신을 기만했다고 펄펄 뛴다.

마녀의 재앙은 제이슨이 맞는 걸로 끝나지 않았다. 쥴리아는 자신의 의국에서 하칸 신전에 제공하는 포션의 양을 극단적으로 줄이겠다고 선포했다. 게다가 계약 기간이 끝나는 대로 다른 거래처를 알아보겠단다. 그것은 신전의 재정뿐 아니라 명성까지 흔들 수도 있는 일이었다.

제이슨은 쥴리아를 달래기 위해 안간힘을 썼고, 그 과정에서 울화병들의 각종 질병과 심각한 위장 질환에 시달리게 되었다. 물론 재산적 손실은 말할 것도 없다. 신전이 자랑하는 백 년도 넘은 명품 포도주를 비롯한 각종 보물들을 잔뜩 뜯겼다.

그러니 제이슨으로서는 자신을 이런 곤경에 처하게 만든 세리올에게 앙심을 품게도 생기지 않았는가.

제이슨은 문틀을 붙잡고 버티는 세리올의 손을 손쉽게 떼어내 그를 집무실 안으로 구겨 넣었다. 대륙에 명성 높은 하칸의 큰아들의 이런 모습이 알려지면 신전 전체의 망신이다.

"갔다 와서 일할게!! 일한다니까!! 좀 봐줘! 오늘 약속은 진짜 중요하다고. 아가씨가 저녁 식사에 초대했단 말이야! 함께 만찬을 들자고 하셨다고!!"

그가 알기로, 세리올이 아가씨라고 부르는 사람은 세상에 딱 한 사람뿐이다. 제이슨이 봉변을 당하고, 신전이 심각한 재정적 피해를 입게 만든 원인. 저 유명한 마녀네 아가씨. 아스카 라피스라즐리 렌드 카린.

국왕의 초대에도 거만하게 코웃음만 치는 세리올이 몸이 달아 진짜 중요한 약속이라고 소리치기에 누구와의 약속인가 했더니, 역시 그런 것이었다. 제이슨은 한숨을 내쉬었다.

"그 아가씨를 신녀로 만든다는 그 허황된 계획을 아직도 포기하지 않으셨습니까?"

"이놈이?! 하칸의 신탁을 두고 그 무슨 망발이냐?! 네놈이 명색이 하칸의 아들이라면 하칸의 뜻에 순종해야지!!"

명실상부한 하칸의 큰아들인 주제에 순종은커녕, 아버지인 신의 뜻을 개 짖는 소리보다 못하게 여기는 세리올이 그런 말을 할 자격이 있는가 모르겠다.

"어쨌거나 지금은 바쁘다고! 무슨 일인지 모르겠지만 다음에 해! 네놈 때문에 약속 시간에 늦어서 아가씨에게 나쁜 인상을 심어주면 이번에야말로 비서를 바꿔 버리겠어!"

위협하는 세리올을 보고 제이슨은 '제발 좀 그렇게 해주십시오!' 하고 생각했다. 무슨 일이 있을 때마다 제이슨을 잘라 버리겠다고 소리치는 것은 세리올의 입버릇이다. 하지만 자르지 못한다. 그를 잘랐다간 신전의 업무가 마비되어 곤경에 처하는 것은 다름 아닌 세리올인 것이다.

게다가 카린 족의 아가씨에게 자신들은 이미 파렴치한 납치범으로 찍혔다. 그 이상 나쁜 인상을 줄 일이 뭐가 있겠는가.

"알겠습니다. 보내 드릴 테니 그전에 이것 좀 봐주십시오."

제이슨은 들고 왔던 원통을 건넸다. 두루마리 같은 것을 말아서 보관하게 만든 원통은 기품있는 세공이 들어간 은제품이었고, 뚜껑을 함부로 열어보지 못하도록 밀봉되어 있었다. 게다가 중요한 것은 뚜껑에 사자가 새겨져 있다는 것이다.

"뭐야, 이건?"

"페이샨 쪽에서 보낸 겁니다."

뚜껑에 하칸의 상징인 사자가 새겨져 있고, 페이샨이라고 했으니 동대륙의 페이샨 대신전을 말하는 모양이다. 세리올은 고개를 갸웃했다.

"그놈들이 나한테 무슨 볼일이지?"

세리올은 원통의 밀봉 부분에 자신의 인장 반지를 가져다 댔다. 신성력으로 봉인된 밀봉은 그가 하칸의 큰아들임을 확인하자 손쉽게 풀렸다. 그는 그 안에서 돌돌 말린 두루마리를 꺼내 들어 펼쳤다. 그는 이게 무엇이든 빨리빨리 처리하고 아스카의 저녁 초대에 가고 싶은 욕심으로 내용을 대충대충 읽어 내려갔다.

"리드(페이샨 하칸 대신전의 대신관, 크라인 리드) 놈이 보낸 거잖아? 응? 휘페리온 놈의 생일이 곧 있으니 와서 축하해 달라고? 이놈이 벌써 노망이 났나?! 감히 나에게 이런 걸 보내!! 찢어 죽여도 시원찮을 놈을 두고 축하는 무슨 얼어죽을 축하!!"

세리올은 최고급 비단을 덧대고 고급 종이를 사용해서 만든 두루마리를 확 구겨서 벽난로 쪽으로 내던졌다. 다행히 세리올의 탈출 방지를 위해서 벽난로를 폐쇄한 관계로 벽난로에는 불이 꺼져 있었기에 두루마리는 한 줌 재로 변하는 꼴을 간신히 면했다.

제이슨은 그 두루마리를 주워서 읽어보았다. 두루마리의 주 내용은 세리올이 성질을 낸 페이샨 황제의 탄신 축하 파티에 대한 초대지만 그것 말고도 중요한 내용이 있었다.

(중략)… 최근 우리 대륙의 작은 왕국 하나가 소란스럽소. 하칸이 명성 높은 전신이다 보니 전쟁이 날 때마다 도움을 청하는 손이 많다오. 인간의 정리가 나의 마음을 혼란스럽게 할 때도 있으나 나는 하칸의 아들이며, 하칸의 검은 오직 아버지의 뜻과 명예를 위한 곳이 아니고는 쓰여서는 안 된다고 마음을 다잡곤 한다오. 형제여, 그대도 부디 명심하길

바라오. 하칸의 아들들은 세속의 진흙탕 싸움에 발을 들여놓아서는 안 된다는 것을. (중략)……

"이리저리 빙빙 돌려 말하기는 했지만 이건 우리더러 사다하의 전쟁에 개입하지 말라고 경고하는 것 같은데요?"

"웃기고 자빠졌네! 저나 잘하라고 그래! 페이샨 황제 놈에게 착 달라붙어 권력에 아부하는 놈이 나에게 잘난 척 충고할 자격이나 있어? 젠장! 귀만 더럽혔네. 그 두루마리 당장 태워 버려!"

세리올은 성질을 냈지만 제이슨은 쓴웃음을 지었을 뿐이었다. 그의 말대로 내용이 마음에 안 든다고 태워 버릴 수는 없는 일이다. 공식 문서이니 기록에 남겨야 할뿐더러 여차하면 이것이 뭔가의 증거가 될 수도 있으니까.

"그나저나 페이샨 쪽에서 왜 갑자기 우릴 이렇게 견제하는 걸까요? 우리가 사다하 전쟁에 개입하겠다고 의사 표명을 한 것도 아니고, 그럴 의사도 없지 않습니까?"

"그러게."

제이슨은 턱을 손으로 받쳐 들고 잠시 생각에 잠겼다.

"그러고 보니 최근 그쪽에서 온 신관이 이상한 것을 묻던데요."

"뭘?"

"최근에 아버지의 음성을 들은 적이 있냐는 겁니다."

"뭐? 그 놈팡이는 왜?"

"자세한 얘기는 하지 않아서 잘은 모르겠지만 아버지께서 저쪽의 부름에 잘 응해주시지 않는 모양입니다. 동대륙뿐 아니라 에슐릿이나 다른 곳에 있는 신전에서도 문의가 오곤 합니다. 신탁 요청에도 응해주시지 않는다고요. 신전에 무슨 일 있는 거 아니냐고요."

세리올은 이해할 수 없다는 듯이 미간을 찌푸렸다. 그는 왜 다른 사람들이 하칸이 기도에 응해주지 않는다고 난리인지 알 수가 없었다. 자신은 바로 어제저녁에도 하칸과 술 한잔하지 않았던가.

그는 그 한량 놈팡이가 최근 더 자주 나타나서 골머리를 앓고 있었다. 아스카를 설득하려는 자리에 걸핏하면 나타나 셋이서 카드놀이나 술을 마시자고 꼬드기는 것이다. 그래서 날려 버린 절호의 기회가 대체 몇 번인가? 이건 정말 모시는 신만 아니면 그냥……!

거기까지 생각한 세리올은 뭔가를 깨달은 듯 눈을 크게 떴다.

그렇다! 하칸이 허구한 날 현신해서 자신과 아스카의 주변을 맴돌고 있으니 다른 신전에 대한 처우가 자연 소홀해질 수밖에 없다. 게다가 그 신탁이나 신관의 기도에 응해주던 것도 하칸이 신으로서, 아버지로서 대단한 사명감이나 책임 의식 같은 게 있어서가 아니라 단순히 술을 받아먹는 재미에 하고 있는 것이었다. 그러니 다른 흥밋거리(아스카)가 나타났으니 자연 행동이 불성실할 수밖에 없다.

세리올을 싫어하는 크라인 리드가 자진해서 황제의 생일에 그를 초대한 것도 아마 그런 문제 때문일 것이다. 다른 데 정신이 팔린 하칸은 그의 부름에도 응하지 않았던 모양이다. 하긴 총애한다는 세리올의 부름에도 제 사정에 따라 간간이 답을 주지 않을 때가 많은 하칸이다. 오죽하면 세리올이 '빌어먹을 놈팡이, 필요없을 때는 들러붙어서 귀찮게 굴더니 좀 써먹어보려고 하면 없어요!' 하고 그의 불성실함에 치를 떨겠는가.

세리올은 크라인 리드의 불행을 고소해하며 호쾌하게 웃음을 터뜨렸다.

"휘페리온의 생일에 못 간다고 답장을 보내. 이유로는 최근 신의 음성이 잘 들리지 않아서 내가 그동안의 방탕한 생활을 반성하고 제대로 된 큰아들이 되기 위해 고행 중이라고 해."

"예에?!"

제이슨은 황당한 표정을 지었다. 하칸의 음성이 잘 들리지 않다니, 대신관이 어제도 하칸과 주거니 받거니 하면서 술 파티를 벌이는 것을 봤는데 무슨 말도 안 되는 소리인가?

"자, 그럼 이제 용건은 끝났지? 나, 간다! 어?! 시간이 벌써 이렇게 됐잖아! 우왓!! 큰일 났다, 큰일 났어!! 저녁 초대에 늦겠다!"

시간을 확인한 세리올은 후다닥 집무실을 빠져나갔다. 제이슨이 서둘러 그를 잡으려 했지만 한발 늦었다.

"예하! 잠깐 기다려 주십시오, 예하!!"

다른 것도 아닌 황제 탄신연 초대를 거절하며 이유를 그런 식으로써 보낼 수는 없었기에 다급히 뒤쫓아가며 불렀지만 재빠른 세리올은 이미 한 점 점으로 사라진 다음이었다. 제이슨은 상식 밖의 상관을 모시고 사는 일이 새삼 암담하게 느껴졌다.

한편, 제이슨의 마수를 무사히 벗어난 세리올은 희희낙락 콧노래를 부르고 있었다.

"리드, 어디 고생 좀 해봐라. 내가 너 고생하는 꼴이 보고 싶어서라도 절대 도움 따윈 못 주지! 그놈이 곤란해서 쩔쩔매는 모습이 얼마나 재미있다고! 휘페리온 놈의 생일에 몰래 가서 그 광경을 꼭 봐줘야지. 으하하하하!!!"

아무도 믿어주지 않지만 세리올은 경쟁자인 크라인 리드를 그렇게 싫어하지 않는다. 아니, 꽤 좋아하는 편이다. 하지만 그의 호의 표현

카린의 그림자

방식은 상당히 비뚤어져 있다는 것이 문제였다.
 이렇게 하칸의 큰아들들 사이에 패인 감정과 오해의 골은 나날이 확장 추세에 있다.

 동대륙 페이샨 제국의 라크렌 황궁.
 황제의 집무실에서는 황궁 안에서 가장 아름답다는 중앙 정원이 정면으로 내려다보이는 위치였다. 밖으로 돌출된 아치 형태의 테라스 창으로부터는 햇빛이 풍부하게 들어왔고, 초봄의 풀잎 색깔을 연상시키는 연녹색 벽지는 방 안을 따뜻하고 경쾌하게 보이게 하는 효과가 있었다.
 한쪽 벽에는 북부지방 특유의 거대한 벽난로가 있었고, 벽난로 가장자리는 대리석으로 장미와 백조가 조각되어 있었다. 다른 쪽 벽에는 책이 잔뜩 꽂힌 서가가 자리하고 있었고, 책상과 내객용 테이블, 의자 등은 모두 짙은 색 마호가니 재질이라 진중하고 남성적인 느낌을 주었다.
 황제인 휘페리온은 가장자리가 장미넝쿨 모양으로 장식된 테이블에서 한 청년과 마주 앉아 차를 마시고 있었다. 청년은 그의 아들 중 하나인 아스틴 황자다.
 "사다드 왕제를 끌어들였다지? 사다하를 미끼로 제블린을 도발해 볼 생각이냐?"
 "무슨 말씀이신지 모르겠습니다만."
 달칵, 하고 찻잔을 내려놓은 아스틴은 영문을 모르겠다는 표정을 짓고 있었지만 황제는 속지 않았다.
 "네가 사다드 왕제의 군자금을 대고 있다는 것을 알고 있다."

"증거가 있습니까?"

아스틴의 표정에는 흔들림이 없었다. 모르는 사람이 보면 황제가 괜한 누명을 씌우고 있다고 했을 것이다.

"아스틴, 짐은 분명 황태자 경합에서 제블린은 대상에 넣지 않는다고 말했다. 긴말하지 않겠다. 지금 하고 있는 일들을 당장 접어라."

"폐하께 아양이나 부려 황태자 자리를 얻어낼 생각은 없습니다만."

"아스틴 로즈!!"

황제가 언성을 높이는 데도 아스틴은 그가 그 자리에 없는 사람처럼 느긋하게 찻잔을 기울였다.

"폐하, 잊으셨습니까? 경합은 이미 시작됐고, 제가 하는 일이 마음에 차지 않을지라도 폐하께서는 그것에 간섭하실 수 없습니다."

"아스틴, 네 능력을 과신해서 오판을 범해서는 안 된다. 너는 지금 전쟁을 부채질하고 있어. 사다하, 제블린, 본국까지 끌어들여서. 네 행동은 이미 네가 책임질 수 있는 수준을 벗어났어."

"그렇습니까? 저는 과거의 폐하 흉내를 조금 내본 것뿐입니다만."

황제의 표정이 굳어졌다. 아스틴은 눈을 가늘게 접으며 웃었다.

"제블린을 휘저어 원하는 것을 얻어내는 것. 예전에 폐하께서도 쓰셨던 방법이 아닙니까?"

"짐이 그 방법으로 뭐 그리 대단한 성공이라도 거두었을 것 같으냐?"

"아닙니까? 폐하께서는 제블린에서 거두신 성공으로 황태자 자리에 오르신 걸로 알고 있습니다만."

황제가 노려보자 아스틴은 담담한 눈으로 그의 시선을 맞받았다.

"더 이상 하실 말씀이 없으시면 그만 물러가 보겠습니다."

자리에서 일어선 아스틴은 허리를 숙여 인사하고는 방을 걸어나갔다. 그는 방문을 나서기 직전 뭔가가 생각났는지 고개를 돌려 황제 쪽을 바라보았다.

"키리아 공(황제 직속 정보 조직의 총수)의 능력이 생각보다 좋군요. 제가 감탄했다고 전해주십시오."

그는 싱긋 웃음으로 황제의 울화를 한층 부채질한 뒤 유유히 걸어나갔다. 문이 닫히기 무섭게 찻잔이 날아와 박살이 났다.

시종장 칼은 그것을 보고 한숨을 내쉬고는 재빨리 황제에게 냉수를 따라 건넸다. 황제는 기다렸다는 듯이 받아 벌컥벌컥 들이켰다.

"두 분이 자리를 함께하시기만 하면 기물이 꼭 하나씩 박살나는군요. 오늘은 3대 전의 황후 폐하께서 혼수품으로 가져오셨던 130년 된 이넥스 자기가 가루가 되어 역사 속으로 사라졌습니다. 실로 가슴 아픈 일입니다. 황실의 재정을 위해서라도 두 분의 대면 횟수를 줄여볼 의향은 없으십니까?"

"칼! 자네까지 이러긴가?!"

황제가 버럭 성질을 내자 칼은 어깨를 으쓱했다. 그러면서도 황제가 치켜든 물컵을 향해 '그것은 사다하 국왕이 선물한 크리스탈 글라스입니다' 라고 주의를 주는 것을 잊지 않는다. 황제는 낮게 욕설을 중얼거렸다. 이놈의 황궁엔 성질날 때 마음 놓고 깨부술 물건조차 없단 말인가?!

"저 빌어먹을 놈과 마주하고 있으면 피가 부글부글 끓는 것이 수명이 한 3년씩 줄어드는 것 같아! 칼 자네도 봤지? 짐이 다 알고 추궁하는데도 눈 하나 까딱 안 하며 증거 운운하는 거! 저 너구리 같은 놈! 아니, 저놈은 요괴야!!"

칼은 황제의 말에서 요괴 너구리를 떠올렸고 풋하고 웃고 말았다. 황제의 불호령이 떨어졌음은 더 말할 것도 없다. 칼은 두 부자의 싸움에 불똥은 왜 자신에게 튀는 거냐고 어깨를 움츠렸다.

"아스틴 황자전하께서는 폐하를 꼭 닮으셨습니다."

"그거, 욕인가?"

황제가 눈을 흘기자 칼은 다시 웃음을 참았다. 그러자 황제는 한숨을 내쉬었다.

"나쁜 면만 닮았더군. 빌어먹을 놈."

그는 피곤한 얼굴로 앉아 있는 의자에 등을 기댔다. 마호가니에 상아를 장식하고, 비단을 덧댄 이 아름다운 황제의 의자는 그가 수많은 형제들의 피를 뿌리며 쟁취한 이후로 오랜 시간이 흘렀어도 도무지 편안해지지 않는다.

쪼르륵, 하는 소리가 들려서 보니 칼이 새 찻잔에 차를 따르고 있다. 그가 던져 버렸던 찻잔의 잔해도 깨끗이 치워져 있다. 그는 이 시종장의 유능함에 새삼 감탄하며 쓴웃음을 지었다.

"황자전하께서 폐하의 태자 경합 시절을 거론하셔서 불쾌하셨습니까?"

"뭐, 기분 좋을 얘기는 아니지 않나? 어부지리로 얻은 거나 마찬가지였으니. 게다가 태자 책봉식에서는 수많은 사람들 앞에서 구경거리가 됐지. 잊지 못할 경험이야."

"이제 그만 잊어버리시지요."

"그러는 자네는 모두 다 잊었나?"

황제의 질문에 칼은 쓴웃음을 지었다. 그 역시 그날의 일을 한 번도 잊은 적이 없기 때문이다. 때때로 꿈에서 볼 정도로.

"칼, 짐은 아직도 그날의 일을 어제처럼 생생하게 기억한다네."

칼은 자신도 그렇다고 말하지 않았다. 먼 곳을 바라보며 회상에 잠긴 황제를 보고 있노라니 자신도 그 과거 속으로 끌려들어 갈 것만 같은 기분이 되었다. 아직도 잊혀지지 않는 강렬한 붉은색 빛의 윤무 속으로.

그날은 휘페리온이 제블린에서 쌓은 성과를 인정받아 정식으로 황태자로 책봉되던 날이다. 나라 안은 물론, 나라 밖에서까지 축하 행렬이 이어졌고, 수도는 온통 축제 분위기였다.

신전에서 대대적으로 의식을 거행하고, 사흘 밤낮으로 연회며, 파티며, 무도회를 열고, 죄인들도 사면하는 등 거창하고 화려한 책봉식을 준비했었다. 그런데 누가 알았겠는가. 의식이 거행되는 그 자리에 불청객이 찾아올 줄.

"제국의 경사를 축하드리러 왔소."

검은 머리의 사내가 그렇게 말한 것은 자신의 앞을 막아서는 친위대 전원을 바닥에 때려눕힌 다음이었다. 그는 분노와 조소 어린 눈으로 높은 단상 위의 황제와 황태자를 바라보고 있었다.

그가 보여준 그 엄청난 무위에 모두가 숨을 죽였다. 그는 수백 명이 넘는 기사들을 쓰러뜨리면서 검조차 뽑지 않았다. 그럴 가치가 없다는 듯이.

그는 딱 세 번의 발 구름으로 자신을 에워싸고 있던 기사들을 한꺼번에 쓰러뜨렸고, 덧붙여 신전의 한 귀퉁이도 박살 내버렸다. 정말이지 마법 같다고밖에 말할 수 없는 무시무시한 위력이었다.

그를 저지하기 위해 군대가 신전 주변을 에워쌌고, 기사들이 황제

주변을 철통같이 막아섰으며, 하윈즈 후작이 움직였다. 제국의 기둥이라고 불리는 소드 마스터 하윈즈 후작이 그를 상대하기 위해 검을 빼어 든 것이다.

그것을 보고 사내는 슬쩍 눈썹을 치켜올렸다. 칼이 잘못 본 것인지는 모르지만 어쩐지 비웃는 듯한 미소가 그의 입가를 스쳤던 것 같았다.

두 사람이 대치한 채 팽팽한 긴장감이 감돌던 그때, 뒤에서 낮은 웃음소리와 함께 소년 한 사람이 나타났다.

"그만두지, 키리엔? 검을 맞대는 것도 어느 정도 수준이 맞아야 하는 것이지, 그런 애송이를 쥐어박아 어쩔 텐가? 라미엘에게 노망났다는 소리만 듣는다네."

조각처럼 단정한 얼굴을 가진 소년이었다. 푸른빛마저 감도는 검은 머리카락, 휘어짐 없이 높고 곧은 코, 붉은 입술은 여자라고 해도 믿을 정도로 예뻤지만, 짙은 색 눈썹 아래 자리한 한 쌍의 보석 같은 눈동자가 소년의 인상을 지배하고 있었다.

사람의 눈을 사로잡는 푸른색의 불꽃같은 눈동자. 그것은 사람의 눈이라기보다 야수나 마수의 눈처럼 묘한 흡인력을 갖고 있는 것 같은 눈이었다.

대략 16, 7세처럼 보이는 소년은 수많은 기사와 병사들, 사람들의 시선집중을 받고도 전혀 위축된 기색이 없어 보였다.

"깽판 치러 온 것은 아니니까 너무 긴장하지 않아도 돼."

칼은 뻔뻔스럽다고 생각했다. 경사스러운 황태자 책봉식에 와서 친위대 기사를 때려눕혔으면 이미 깽판을 쳤다고 하기에 충분하지 않은가. 그런 칼의 마음을 눈치 채기라도 한 것처럼 소년이 씩 웃었다.

"내 기준에서 이 정도는 깽판에 들어가지도 않거든?"

소년은 주위를 둘러보더니 기사들의 장벽에 의해 보호되고 있는 황태자에게 시선을 주었다. 그는 분노한 듯, 슬픈 듯 살짝 얼굴을 일그러뜨렸다.

"먼저 시비를 건 것은 그쪽이니 내가 왜 왔냐고 하지는 않겠지. 솔직히 나는 조상이 남겨준 너희들과의 악연이 지긋지긋하다. 왜 우리가 3백 년이나 참아야 하는 것인지도 모르겠고, 네놈들의 돼먹지 못한 짓거리를 왜 봐주어야 하는 것인지도 모르겠다. 너희나 우리나 둘 중의 하나가 하루빨리 세상에서 사라지는 편이 서로를 위해서도 좋지 않을까 싶어."

칼은 그의 말을 이해할 수 없었다. 황제나 황태자에게 원한을 가진 족속인가 싶었지만 3백 년이라는 짧지 않은 세월을 운운하는 것으로 봐서 그리 가벼운 원한이 아닌 듯싶었다.

황제 가까운 곳에 있었던 칼은 수백 명의 친위대가 모두 쓰러질 때조차 동요하지 않던 황제가 소년의 말에 갑자기 얼굴에서 핏기가 가신 것을 알아차렸다.

"너는 누구냐?"

"정말 몰라서 묻는 것은 아니겠지?"

소년은 장난스러운 어조로 물었고, 흘낏 황제 쪽을 곁눈질한 칼은 황제가 그의 정체를 알고 있는 것 같다는 느낌을 받았다.

"뭐, 좋아. 자기소개를 해야겠지. 그러려고 온 거니까."

소년이 장난기 어린 미소를 입가에서 지우며 허리를 쭉 펴자, 어깨에 걸치고 있던 짙은 푸른색의 망토가 바람에 나부꼈다.

"나는 로사드 엘마샤 시엘 카린. 카린 3대다. 메사하르의 후손으로 약속된 3백 년의 빚을 받기를 원한다!"

 그때까지만 해도 칼이나 휘페리온에게 '카린'이라는 이름은 낯선 것이었다. 칼은 카린이라는 것이 대체 어느 나라의 귀족이나 왕족이기에 제국 황제 앞에서 이리 무도할 정도로 오만하고 무례한가 하고 생각했다.

 하지만 황제는 자신의 생각처럼 불쾌해하는 표정이 아니었다. 표정은 굳어 있었지만 화가 나서라기보다 어쩐지……. 그렇게 생각하는 순간, 칼은 옥좌의 팔걸이를 붙잡은 황제의 손이 가늘게 떨리고 있는 것을 목격해 버렸다.

 "아직은 3백 년이 되지 않았다. 메사하르가 직접 한 약속을 어길 셈인가?"

 "얼마 남지도 않았는데 그럴 것까지야 없지."

 "그렇다면 여기엔 무엇 하러 왔는가?"

 "전쟁에 선전포고가 빠질 수 없잖아? 그리고 겸사겸사 후계 다툼을 무사히 치러낸 황자를 축하해 주러."

 소년이 자신의 망토를 휙하고 젖히자 그것이 무슨 신호라도 된 것처럼 그의 몸을 중심으로 하얀 빛 같은 것이 하늘로 쏘아 올려졌다.

 하늘이 노을이라도 진 것처럼 온통 붉게 물들고, 선홍색 안개 같은 것이 일렁이는 가운데 이상한 소리가 들려왔다. 수천 장의 천을 겹쳐 때리는 것 같은 소리. 와이번이나 드래곤처럼 거대한 생물이 날갯짓할 때 나는 것 같은 소리. 그리고 연이어 들린 것은 고막을 찢어버릴 것 같은 날카롭고 무시무시한 소리였다.

 키이이이이이ㅡ!!

 칼이 그 소리의 충격에서 정신을 차렸을 때는 거대하고 거대한 선홍색 불꽃의 새가 하늘을 온통 뒤덮다시피 하고 있었다.

불꽃의 새는 금속성을 띤 짙푸른색 눈동자로 하계의 인간들을 무심하게 내려다보고는 날갯짓을 크게 한 번 하더니 높이 날아 서쪽 하늘로 사라져 버렸다. 때를 맞춘 것처럼 친위대를 때려눕힌 사내도 스스로를 카린이라고 말한 소년도 사라지고 없었다. 멀리서 들리는 것처럼 소리만 들려왔을 뿐.

[휘페리온 태자, 그대가 제블린에 해놓은 짓거리는 감명 깊게 잘 봤어. 그로 인해 내 가족 하나가 울고 돌아와서 내 가슴이 찢어졌지. 이것은 그에 대한 답례쯤 될까? 하하하! 머지않아 정식으로 받은 것을 되돌려줄 날이 오겠지. 그럼 그때까지 태자 자리 잘 보전하고 있길!]

호쾌한 웃음소리와 함께 소년이 휘페리온을 향해 던져 놓고 간 말은 흔들린 적 없는 그의 가슴에 파문을 일으키기에 충분했다.

다른 날도 아닌 황태자 책봉식에 황성을 뒤덮은 카린의 그림자. 3백년 페이샨 역사 속에서 그만큼 굴욕적인 책봉식을 겪었던 황태자는 아마 없지 않을까.

칼은 그날부터, 아니, 자신이 모르고 있던 훨씬 이전부터 제국이 붉은 새의 그림자에 가위눌리고 있음을 비로소 깨달았던 것이다.

황제의 집무실을 나온 아스틴은 할 일이 없었다. 황제의 부름을 받자 하루 일정을 비워두었기 때문에 갑자기 시간이 비게 된 것이다. 복도를 서성거리며 어떻게 하면 이 간만의 여유를 제대로 잘 쓸 수 있을까를 고민하고 있을 때 복도 맞은편에서 아는 사람이 걸어왔다. 빙고! 그래, 저 녀석을 놀리며 하루를 보내는 것만큼 알차고 보람된 일이 없지.

"여어~! 레니, 폐하의 탄신연 준비는 잘되어가고 있나?"

"왜요? 도와주기라도 하시게요? 그럴 거면 빌려간 에릭과 클로드나 돌려주시지요. 그렇잖아도 바빠 죽겠는데 손발이 맞지 않는 놈들과 일하면 얼마나 힘든지 아십니까? 같은 일을 해도 서너 배는 힘들고 속에서는 천불이 올라온다고요!"

"아, 저런~!"

그는 매우 안됐다는 표정을 지었지만 그와의 교우가 하루 이틀이 아닌 레니는 속지 않았다. 저 아스틴이라는 사내는 마음에도 없는 표정을 실감나게 지어 보이는 것이 특기인 인간이다.

"자네가 그렇게 고생하다니 내 마음이 다 아프지만 당장은 돌려주기 힘들 것 같군."

"아니, 왜요?! 대체 그놈들의 휴가는 언제까지인 겁니까?! 벌써 석 달이 넘어가잖아요! 그놈들만 그렇게 예뻐하지 말고 저한테도 그런 아량을 좀 베풀어보세요! 차별하시는 겁니까, 예?!"

레니의 기세에 밀린 아스틴은 이마에 큼지막한 땀방울을 매달고 뒤로 점점 물러섰다.

"아, 레니, 그건 오해야. 오해라니까. 차별하긴 누가 차별을 해? 휴가 간 게 아니라 내가 심부름을 보냈어. 심부름 간 거라니까."

"무슨 심부름을 보냈기에 석 달이 넘도록 코빼기도 볼 수가 없는 겁니까? 드래곤이라도 사냥해 오라고 보냈습니까?"

"비슷하지."

레니의 얼굴이 굳어졌다. 아스틴이 비록 장난질은 좋아하지만 빈말은 하지 않는 사내라는 것을 잘 아는 탓이다.

"드래곤 사냥을 보내다니, 미쳤습니까?! 그놈들이 아무리 뺀질뺀질하고 말 안 듣기로서니 드래곤 사냥이라니, 죽으라는 거와 뭐가 다릅니까, 예?!"

"비슷한 거라고 했지, 꼭 드래곤 사냥이라곤 안 했는데?"

레니는 그를 노려보았다. 이 소리 하면 저 소리 하는 저 뺀질뺀질한 입이 얄미워 확 때려주고 싶다. 황족 폭행죄로 잡혀가건 말건 확 패버려?

"그 드래곤 사냥과 비슷한 게 뭔데요?"

"차 한 잔 줄 텐가? 그러면 가르쳐 주지."

레니는 뻔뻔스럽다는 듯이 그를 노려보았다. 자신이 당연히 해야 하는 일에도 대가를 요구하는 것 또한 아스틴의 방식이다. 레니는 혀를 찼지만 친구들의 행방을 듣기 위해선 그를 자신의 연구실 겸 방으로 데려가는 수밖에 없었다.

두 사람은 황궁 내에 마련된 레니의 거처로 갔다. 레니는 뛰어난 마법사이자 행정관이었지만 정리에는 재주가 없는 터라 방 안은 책과 서류와 각종 기물로 전쟁터를 방불케 했고, 아스틴은 그것을 보고 낮게 휘파람을 불었다. 볼 때마다 하는 생각이지만 이런 방에서 잘도 마법 공식이니 기획안이니 하는 것을 뽑아낸다.

레니는 찻잔이 아닌 실험용 비커 같은 것에 차를 담아왔다. 달리 찻잔이 없기 때문이다. 이 방에서 저 비커에 차를 대접받은 경험이 있는 레니의 친인들이 경악해서 수많은 찻잔 세트를 선물했지만 보통 다음 날이면 박살이 났다. 찻잔이 마음에 들지 않아서가 아니다. 씻다 보면, 들고 가다 보면, 하다못해 차를 담고 있는 동안에도 그냥 깨어진다. 덜렁이인 레니가 깨어먹지 않는 것은 실험용기뿐이었다.

비커는 마법사의 실험도구이니 그전에 무엇이 담겼을지는 오직 신만이 아실 것이다. 온갖 마법약품, 독약, 몬스터의 체액이나 피까지. 그런 것들이 담겼던 비커라고 한다면 그 속에 담긴 차를 누가 마시고 싶겠는가?

하지만 아스틴은 별로 신경 쓰지 않았다. 대범하다기보다 무신경한 성격인 것이다.

"황제가 사다드의 배후에 내가 있다는 것을 알아챈 것 같아."

아스틴이 오늘 황제의 집무실에 불려갔다 온 것을 아는 레니는 눈썹을 치켜올렸다.

"생각보다 빠르군요. 그것 때문에 부르셨던 겁니까?"

"응."

"뭐라고 하십니까?"

"그만두라고 하더군. 황제는 제블린과의 전쟁이 내키지 않는 것 같아."

"그도 그렇겠지요. 약속의 3백 년이 다섯 달도 채 안 남았습니다. 제블린과의 전쟁이 그 안에 끝나지 않으면 본국은 양쪽에서 적을 맞이해야 하지요. 카린 족인가 하는 치들이 우리 사정을 봐줘서 제블린과의 전쟁이 끝날 때까지 기다려 줄 것 같지도 않고 말이지요. 그러니 누가 그런 바보짓을 하고 싶겠습니까?"

"너는 내가 바보란 말이야?"

아스틴이 노려보자 레니는 피식 웃었다.

"전하는 야심가지요. 욕심이 너무 많아요. 언젠가 그 욕심 때문에 호되게 당할 날이 있을 겁니다."

"뭐라고 해도 좋아. 이런 기회는 자주 오지 않는다고. 건국황제이신 아만타르 폐하께서 제국을 세운 이후로 남부의 국경선은 장장 3백 년

동안이나 변화가 없었어. 사다하가 있고, 제블린이 있었지. 나는 그저 그런 황제 따윈 되고 싶지 않아. 남쪽으로 뻗어나가고 싶어. 사다하의 풍부한 물자를 손에 넣고, 제블린의 지하자원을 손에 넣어 제국을 한층 더 발전시키는 토대로 삼겠어."

"그럼 카린 족과의 일전은 어떻게 하실 겁니까?"

"그게 그렇게 중요해? 까놓고 말해서 우리가 그 일전에 이긴다고 해도 얻을 게 뭔데?"

"질 경우, 잃을 것은 많지요."

아스틴은 코웃음을 쳤다.

"잃을 것도 없어. 그런 소수 부족 따위가 군사력으로 제국을 누르고 이긴다는 것도 말이 안 되지만 이긴다고 해서 뭘 어쩔 건데? 이 땅의 모든 사람들을 몰아내고 자신들만의 왕국을 세우기라도 할 건가? 제국의 역사는 3백 년이나 되었고, 이제는 확고한 반석 위에 자리를 잡았어. 불안정하고 위태위태했던 3백 년 전과는 다르다는 말이야. 그들이 이긴다고 해도 자존심을 회복하는 것 이상으로 제국에서 얻어갈 수 있는 것은 없어. 하기야 그들에게는 그것도 중요하겠지."

"카린 족이 제블린과 연합이라도 하면 어떻게 하실 생각입니까?"

"그러면 좀 귀찮아지겠지. 그런데 너는 어떻게 생각해? 전설처럼 전해지는 카린 족의 무위(武威) 말이야. 그걸 액면 그대로 다 믿을 수 있을까?"

"설사 과장된 부분이 있더라도 제국을 무너뜨리고 다른 나라를 세우는 데 일조했을 정도의 힘입니다. 평범한 것은 아니었겠지요."

"그 힘을 3백 년이 지난 지금까지 유지하고 있을 확률은?"

레니는 미간을 찌푸렸다. 아스틴이 하고자 하는 말을 읽을 수 있었기 때문이다.

"전하께서는 그들이 3백 년 전에는 대단한 무력을 가지고 있었더라도 지금까지 그것을 유지하고 있지는 못할 거라는 말씀이십니까?"

"세상에 변하지 않는 것은 없어. 게다가 3백 년은 강산도 변할 정도로 긴 세월이야. 그렇게 생각하는 것이 타당하지 않을까?"

레니는 잠시 생각에 잠겼다.

"그렇군요. 전하의 말씀에도 일리가 있습니다. 하지만 20여 년 전쯤, 황제 폐하의 황태자 책봉식에서 봤던 자의 무위는 전설로 전해 들은 것에 손색이 없었습니다. 하윈즈 후작님도 같은 의견이시고요."

"그건 아마 대외 과시용일 거야. 카린 족이라고 소드 마스터 하나둘쯤 키워내지 말란 법이 없잖아. 내 말은 모두 다 그렇게 강하지는 않을 거라는 말이야. 그렇다면 그들의 전력은 제국에 반기를 들고 있는 북부의 변방부족 이상이 아닐걸?"

"그건 너무 낙관적인 생각이십니다."

"너무 비관적으로 생각할 것도 없단 말이야."

아스틴은 어깨를 으쓱해 보였다.

"그나저나 그 메사하르라는 인간은 뭣 때문에 이런 귀찮은 일을 만들었는지 모르겠군. 원한이 있다면 당대에 해결하는 것이 마땅하잖아. 3백 년의 약속이라니, 보통 사람의 사고론 이해하기 힘들어."

"그가 당대에 해결하려고 들었다면 지금의 페이샨 제국은 아마 없을지도 모르지요."

아스틴은 못마땅하다는 표정으로 레니를 노려보았다.

"정말 그렇게 생각해?"

"예."

레니는 빙긋 웃으며 서슴없이 대답했다. 아스틴을 물 먹일 수 있는 것이 자못 즐겁다는 듯.

"젠장!"

아스틴은 잔뜩 인상을 찌푸리며 투덜거렸다. 자신을 놀릴 의도가 있었다고 해도 마법사인 레니는 거짓을 말하지 않는다. 무엇보다 레니는 동대륙사를 전문적으로 파고든 역사학자이기도 하다. 그가 그렇다면 그런 것이다.

"그래, 그래. 그 대단한 마검사. 사람인지 폴리모프(Polymorph:다른 형태로 모습을 변화시키는 마법)한 드래곤인지 알 수 없는 제국 건국의 흑막. 다들 이름을 부르는 것조차 꺼려한다는 그 '메사하르'에 관한 단서 비슷한 것을 찾았어."

레니는 눈을 크게 떴다.

"아직 살아 있단 말입니까?!"

그렇다면 그는 정말로 인간이 아닐 것이다.

"그거야 모르지. 내가 제일 알고 싶은 것도 실은 그 부분이니까 말이야."

"그게 무슨 말씀이십니까?"

"내가 20여 년 전 황태자 책봉식에 나타난 자들을 찾고 있었다는 것은 알지?"

지금의 황제가 황태자로 책봉될 때 아스틴은 7살이었다. 그는 어머니의 손을 붙잡고 책봉식에 참석했다가 황성을 가득 뒤덮은 붉은 새를 보았고, 꽤 오랫동안 가위에 눌렸다.

그는 스스로를 카린 족이라고 주장한 두 사람을 찾기 위해 하윈즈 후작의 힘을 빌려 '까마귀의 눈'이라는 독자적인 정보 조직을 만들었다. 하지만 그들의 흔적을 뒤쫓기엔 너무 시간이 흘러 버린 것인지, 아니면 정말 하늘로 솟았거나 땅으로 꺼졌는지 행방을 찾기란 요원했다.

"그들의 행방을 알아내지는 못했지만 대신 다른 것을 찾았지. 3백 년 전 카린 족들이 집단으로 동대륙을 떠났다고 쓰인 문헌을 발견했거든. 만약 그게 사실이라면 어디로 갔을까 생각해 봤지. 남부의 섬으로 갔을 수도 있고, 서대륙으로 갔을 수도 있어. 그런데 한 가지 재미있는 것을 발견했거든?"

"재미있는 것?"

"제블린 제국 시절에 '메사하르'라는 이름의 상회가 있었다는 것을 알고 있어?"

레니는 금시초문이라는 듯 고개를 저었다.

"메사하르라, 어쩐지 불온한 이름이네요."

"더 재미있는 것은 말이야, 대마법사이자 검사였던 그는 자신의 이름을 딴 이 상회를 통해 군수물자를 조달했다는 거야."

"그 상회를 통해서 군수물자를?"

"자신의 것이었을 수도 있고, 가족인 누군가가 운영하는 것이었을 수도 있지. 그렇지 않으면 아주 가까운 친인이거나. 어쨌거나 문헌에 따르면 이 상회는 반란군, 정확하게는 메사하르 측에 도움을 아끼지 않았어. 페이샨을 건국하는 데는 이 또한 빼놓을 수 없는 힘이었을 거야. 그 규모로 추측해 보건대, 이 상회는 3백 년 전에는 대륙 전체를 장악한 거대 상권이 아니었을까 하는 생각이 들어."

"그런 것이 있었단 말입니까?"

"있었지만 메사하르의 이름과 함께 묻혀 버렸지."

아스틴의 말을 생각해 보던 레니는 이해할 수 없다는 듯 미간을 찌푸렸다.

"그럼 그 상회는 어디에……? 그렇게 거대한 상권이었다면 조각조각 나뉘어 원래의 모습이 아니라고 해도 흔적 정도는 있어야 하지 않을까요?"

"메사하르가 동대륙을 떠날 때 몰락했다고 생각했는데 말이야. 실은 그게 아니었던 모양이야. 최근 묘한 말을 들었거든. 서대륙을 장악한 거대상권을 쥐고 있는 상회 이름이 메사하르 상회라는 거야. 이게 단순한 우연의 일치라고 생각하나?"

레니는 눈을 크게 떴다. 아스틴은 이게 우연이 아니라고 말하고 있는 것이다.

"그럼……."

"일단 거기서 시작해 보라고 했지. 서대륙까지는 제국의 힘이 미치지 않지만 이전에 사다하를 견제하기 위해 바라얀의 국왕 옆에 심어둔 여자도 있고 하니까 제법 도움이 되겠지."

"그럼, 클로드와 에릭을 심부름 보냈다는 곳이 바로……?!"

"응. 그리고 클로드와 에릭만이 아니야. 에드윈과 카사렉도 같이 보냈지."

레니는 그를 멍하니 바라보았다. 이 내숭쟁이! 카린 족 따윈 신경도 안 쓴다더니, 그렇다면 그런 중요인물들을 뭐 하러 서대륙까지 보낸단 말인가?!

"카린 족 따윈 안중에도 없으신 게 아니었습니까?"

"내가 언제 그렇다고 했어? 그쪽과는 전쟁을 해봐야 얻을 게 없으니 제블린과 하는 게 낫다는 거지. 에드윈까지 붙여서 보낸 것은 그들을 찾았으면 해서야. 그 녀석은 천성적인 감이 좋으니까, 흔적이 있다면 꼭 찾아내겠지."

"찾아서 어쩌시게요?"

"가능하면 대화로 해결하자고 해야지. 가능한 요구 조건 정도는 들어주겠다고 하고."

3백 년이 지나도 식지 않은 원한을 그렇게 간단하게 해결할 수 있을 거라고 본단 말인가? 레니는 아스틴의 안일한 사고방식에 놀랐다. 하지만 이 아스틴이라는 사내는 자신이 보고 싶은 것밖에 보지 않는 인간이니 자신이 입 아프게 말해봐야 소용없을 것이다.

"그나저나 큰 결심을 하셨군요."

"뭐?"

"특히 아끼시지 않습니까. 그 고고한 하얀 늑대를."

긴 백발의 검사. 하윈즈 후작가의 차기 후작이며 아스틴의 이종 사촌이기도 한 에드윈 하윈즈. 극도로 말수가 적고, 감정 표현도 거의 없어서 인간이라기보다 맹수 같은 느낌이 드는 사내였다.

레니는 종종 그를 늑대에 비유해서 부르곤 했다. 목숨이 아까우니까 물론 본인이 없는 곳에서만.

레니의 지적에 아스틴은 피식 웃었다.

"좋은 기회라고 생각해. 우리는 사촌 간이긴 하지만 기억하기 힘들 정도로 오래전부터 녀석은 나를 주군으로 대해왔지. 아버지인 후작의 영향이기도 했고, 녀석의 고지식한 성격 탓이기도 했어. 하지만 나는 그 녀석이 개가 되는 것을 원치 않거든. 네 말대로 녀석은 늑대지. 나의 늑대야. 이번 여행을 통해 뭘 얻게 될지는 모르지만 녀석이 나의 말에 '아니오'라고 대답할 수 있다면 나는 소기의 목적 이상을 달성하게 되는 셈이야."

아스틴은 그의 늑대가 그로서는 상상조차 할 수 없는 상황에 처해 있다는 것을 알 수 없었다. 클로드로부터의 보고가 끊긴 지 좀 되기는 했지만 대륙 간 통신 마법이 어려운 탓이려니 하고 가볍게 넘겼던 것이다. 그의 이 안일함으로 인해 그가 알지 못하는 곳에서 에드윈이 아주 색다르게 변모해 갈 것이라는 것을 이 시기의 그는 아직 몰랐다.

그렇게 운명이라는 것은 때때로 예기치 못한 방향으로 흘러가곤 하는 것이다.

Chapter 8
매운탕의 미수 피하는 법

새해를 3일 정도 남겨둔 날의 어느 저녁. 다섯 사람이 세람 시의 노튼 거리에 나타났다. 낡거나 해어진 옷을 입은 것은 아니라 행색은 멀쩡했지만, 다들 얼굴이 누렇게 뜨고 눈 밑이 퀭한 것이 영락없는 병자나 패잔병의 몰골이었다.

거리를 지나는 사람들은 그들에게서 흘러나오는 기묘한 기운 때문에 그들 주위를 슬슬 피해서 걷고 있었다.

"죽는 줄 알았어."

"적어도 여덟 번은 확실하게. 소소한 것까지 따지면 열일곱 번."

파엔이 힘없이 한 말에 세람이 동조했다. 제블린에서 무리를 하는 바람에 뻗어버린 톰은 오래전에 정신을 잃은 상태라 수레에 실어 앨버트가 끌고 가고 있었다. 그도 그사이 살이 많이 빠져서 피골이 상접해 있었다.

비공선을 타면 아무리 잘 먹어도 소용없다. 배가 180도로 곡예 회전을 하는데 뱃속인들 멀쩡할 리 있겠는가. 앨버트는 처음엔 토했지만 토하는 것도 어느 정도 여유가 있을 때 하는 것이다. 날고 있던 배가 암벽을 들이받아 당장 죽을지도 모르는데 토하고 있을 틈이 어디 있겠는가.

"젠장, 그 빌어먹을 배! 몇 번 충격을 받더니 밑판이 떨어져 나갈 줄은 몰랐어. 대체 그런 걸 배라고 만든 거냐고!!"

배에 짐을 너무 많이 실은 탓인지, 아니면 원래 그렇게 부실한 구조로 되어 있는 것인지 제블린에서 마탑으로 가던 도중 배의 일부가 떨어져 나갔다. 덕분에 싣고 있던 짐의 일부가 허공으로 날아갔고, 가까이 있던 탓에 파엔도 같이 떨어졌으나 워낙 재주가 좋아 배의 외갑 쪽에 붙어 추락사하는 꼴을 간신히 면했다.

"나는 이제 돈 주고 타라고 해도 그 빌어먹을 배는 안 타."

"저도요."

파엔과 세람은 불평이라도 주고받고 있지만 앨버트는 그럴 기운조차 없는 것 같았다. 하긴 가장 고생한 것이 다름 아닌 그이니 그럴 수밖에.

제블린에서 마탑까지 가는 3일 동안은 별의별 일이 다 있었다. 암벽을 들이받을 뻔하고, 나무를 들이받을 뻔하고, 배의 부품이 떨어져 나가고, 비가 와서 그 사이로 비가 들이치고. 바다에 추락할 뻔하기도 했다. 180도 곡예 회전이나 360도 곡예 회전 같은 것은 거의 일상다반사였다.

"뭐가 그렇게 불만이야? 살아서 왔으니 됐잖아."

그들 중에 생생한 사람은 라울뿐이었다. 그는 약혼녀를 지킬 수 있게 되어 안심했는지 도리어 얼굴이 활짝 피었다. 파엔은 사람이 미치면 무서운 것도 없다는 것을 라울을 보고 알았다.

"이 썩을 놈! 이게 살아서 온 거냐?!"

"그럼 죽은 거냐?"

"라울, 너무해요. 그런 배인 줄 알았으면 아무리 급해도 절대로 안 탔다구요."

파엔과 세람 양쪽에서 라울의 행위를 성토했지만, 그는 어느 집 개가 짖냐는 듯 본래 목적인 여관 찾기에 여념이 없었다.

"아, 저기 저 여관 이름 좋다! 저기서 묵자."

얼핏 보기에도 허름한 여관을 보고 파엔과 세람은 탐탁지 않은 표정을 지었다.

"야, 왜 저런 데서 묵어? 그동안 죽을 고생을 해서 안 아픈 데가 없단 말이야. 저런 집은 침대에 짚으로 된 매트도 없을 거라고! 잠이라도 좀 편안하게 자보게 괜찮은 곳으로 잡아."

"그럼 네가 돈 낼 거냐?"

돈 얘기가 나오자 파엔은 당장에 눈을 부릅떴다.

"내가 돈을 왜 내?! 엘리스 리벨 공작이 여행 자금으로 준 돈 있잖아! 그거 다 어쨌어?"

"다 쓰고 없어. 비공선 비싼 거 알잖아. 그거 2번에, 에슐릿에서 여기까지 이동 마법진 이용했잖아. 당연히 남은 돈이 없지."

파엔은 '아아아아악!!' 하고 비명을 질렀다. 그 빌어먹을 사람 잡을 배에 태워주면서 그런 돈까지 받아 챙기다니! 자신이 제대로 정신을 챙기고 있었더라면 마탑 놈들에게 치료비, 피해보상, 정신적 위자료 등으로 비공선 이용료의 몇 배가 되는 돈을 뜯고도 남았지만 그는 불행히도 추락 공포증이 있었다. 마탑에 도착했을 무렵에는 거의 제정신이 아니었다. 피해보상 등의 논리적 사고가 불가능한 상태였다.

세람과 앨버트는 세상 물정을 알 리 없고, 톰은 맛이 갔고, 오직 한시바삐 고향에 도착하는 것에만 정신이 팔려 있는 라울에게 모든 일을 맡겨두니 일이 이 지경이 된 것이다.

"날씨도 추운데 톰을 언제까지 저 상태로 방치할 수는 없잖아. 라딘 백작님도 힘드실 테고. 일단 아무 데서나 묵자. 사람들이 줄 서서 기다리는 것을 보아하니 음식은 잘하는 모양인데, 일단 그거면 됐잖아."

죽어도 자신의 돈을 내놓을 수는 없는 수전노 파엔은 눈물을 머금고 라울의 제안을 수락할 수밖에 없었다. 파엔은 자신을 이 꼴로 만든 마탑을 언젠가 불 질러 버리고야 말겠다고 원한을 활활 불태웠다.

그렇게 다섯 사람이 들어가게 된 여관의 이름은 고향 가는 길이었다.

가까이 다가가서 보자 허름한 여관 문에는 이상한 푯말들이 여기저기 붙어 있었다. 외국인 사절, 기사 사절, 하칸 신관 사절 등.

"뭐야? 이 여관, 뭐 이렇게 안 받는 게 많아? 장사하는 집 맞아?"

"저희는 보통 2가지씩 해당되는데 여기서 묵을 수 있을까요?"

"아, 그럼 여기서 안 묵으면 되지! 여관이 여기뿐이냐? 이쪽 골목에 널린 게 여관이야!"

세람이 걱정스럽게 소곤거리고 파엔이 씩씩거리는 와중에 라울은 푯말 따위에 개의치 않고 문을 열었다. 드르륵, 하고 미닫이문이 열리자 현관이 나오고 작은 카운터가 보였다. 투박한 카운터에는 담뱃대를 입에 문 노인이 앉아 있다.

"방 있습니까?"

"방이야 있지만 외국인 사절, 기사 사절, 하칸 신관 출입금지가 우리 집 방침이네."

아주 당당하게 말하는 노인을 보고 세람은 입을 딱 벌렸다. 외국인 사절, 기사 사절까지는 이해할 수 있지만 위세가 대단한 하칸의 아들을 출입금지시키는 여관이 있을 줄은 몰랐다.

"무슨 연유이신지는 모르겠지만 방을 내주시면 안 될까요? 저희는 같은 일행이라 그 조건에 맞춰서 각자 다른 곳에 묵기는 좀 그런데……."

"다른 곳에 가지? 이 시기엔 다른 곳에도 방이 남아돌 텐데."

묵겠다는 손님을 다른 곳에 가라며 내쫓는 여관집 주인이라니. 세람은 얼이 빠졌고 파엔은 신경질을 내며 다른 곳에 가자고 소리치려는 그 순간이었다.

누군가 홀과 연결된 미닫이문을 열고 나왔다. 190티노트가 넘는 거구의 사내였다. 요리사 모자를 쓰고 하얀 프릴 앞치마를 걸친 사내는 기절한 듯 축 늘어진 인간들을 양손에 하나씩 끌고 나오고 있었다.

"이놈들, 다음부턴 받지 마쇼. 먹을 줄도 모르는 놈들이 깝죽대더니! 에이, 귀찮게!"

사내는 현관문을 열고 끌고 왔던 인간들을 밖으로 휙 내던져 버렸다. 그리고는 밖에 줄 서 있는 인간들에게 한다는 말이 두 자리 비었단다. 그러자 제일 앞에 서 있던 두 사람이 홀 안으로 들어갔다.

세람은 그 기묘한 행태를 눈을 크게 뜨고 보고 있었다. 여기는 대체 뭐 하는 여관이며 식당일까? 하나같이 범상한 것이 없지 않은가.

그 순간, 파엔과 라울도 놀란 눈으로 사내를 보고 있었다. 그의 행동에 놀라서가 아니다. 그의 얼굴이 그들이 아는 얼굴이었기 때문이다.

"에롬 형님?!"

"에롬 사형?!"

파엔과 라울은 동시에 외쳤다. 그러자 사내는 그제야 그들의 존재를 눈치 챘다는 듯이 돌아보았다.

"어? 파엔과 라울 아니냐? 동대륙에 갔다더니 여긴 어쩐 일이냐?"

"신년이 다가오니 죽을힘을 다해 돌아온 거죠. 그러는 사형이야말로 티오렌에 계셔야 하는 거 아닌가요?"

"그러게. 에롬 형님, 여기는 어떻게……? 그리고 그 앞치마며 모자는 다 뭡니까? 부업이라도 하고 계신 겁니까?"

그들의 질문에 에롬은 의기양양하게 웃었다.

"뭘 그렇게들 놀라는 거냐? 나 여기 요리사로 취직했다."

그 말에 파엔과 라울은 눈을 휘둥그렇게 떴고, 사정을 잘 모르는 세람과 앨버트는 사내에게 동정의 시선을 던졌다. 세상사 출세가 전부는 아니라지만 사형이라면 같은 스승 밑에서 배웠다는 말인데 한 사람은 사다하의 마검사로 이름을 날릴 때, 다른 한 사람은 허름한 여관집 요리사가 되어 있다니. 파엔으로서도 좀 심란하지 않을까 싶었다.

"어, 언제부터요?"

파엔은 너무 기가 막히고 어이가 없어 말이 제대로 나오지 않는 듯했다.

"좀 됐어."

"텐 론과 아스카님께서 그걸 허락하셨나요?"

"하하하, 이몸이 또 한요리 하지 않냐. 내가 만든 요리를 드셔보시더니 두말 않고 허락해 주시더군. 음하하하!"

사내는 한층 의기양양하게 웃음을 터뜨렸고, 파엔과 라울은 동시에 비통한 신음 소리를 냈다.

"크흐흐흑! 사형! 어떻게 이러실 수가 있습니까! 이런 일자리가 있으면 당연히 사랑스러운 사제에게도 연락을 주셔야지요!"

"맞습니다! 고향 동생에게 이러시는 법이 어디 있습니까?!"

"대체 네놈들이 요리를 아냐?"

라울과 파엔은 한없는 부러움의 눈길로 사내를 바라보았다.

"흐윽, 사형! 예전에도 그러시더니 여전히 요령이 좋으시네요. 저도 그 기술 반만 배웠으면 좋겠어요."

"그거, 칭찬 아니지? 네놈에게만은 그런 소릴 듣고 싶지 않아, 이 잔머리, 게으름뱅이, 요령꾼아!"

티격태격하고 있는 세 사람을 보며 세람과 앨버트는 뭐가 뭔지 알 수 없었다. 파엔은 비록 임시휴직 상태이기는 해도 사다하 왕국의 근위대장이며 대륙적으로도 알려진 기사. 라울은 그에 못지않은 실력의 특급용병이다. 그런데 이 두 사람이 한낱 여관집 요리사 따위를 이렇게 노골적으로 부러워하는 이유가 대체 뭐란 말인가?

두 사람이 의문 가득한 시선으로 자신들을 보거나 말거나 약삭빠른 파엔은 주인 영감에게 다가가서 사람 하나 더 채용할 생각 없냐고 매달리고 있었다.

결국 파엔과 라울을 비롯한 다섯 사람은 에롬의 안면으로 여관, 고향 가는 길 2층에 방을 구했다.

그들은 2인실 방 하나와 3인실 방 하나를 잡아 짐을 풀고, 침대 하나에 혼절 상태인 톰을 눕혀놓은 후 식당이라는 1층 홀로 내려왔다. 그때쯤이면 식사 때가 지나서 좀 한산할 줄 알았더니 홀은 여전히 앉을 자리도 없이 붐비고 있었다.

"꽤 맛있는 집인 모양인데요?"

"에롬 형님은 예전에 집사 보조 생활을 했던 적이 있거든. 그 집은 수완과 배짱, 요리 실력이 없으면 버틸 수 없는 집이라서."

세람은 라울의 설명에 파엔의 사형이라는 사내의 정체가 점점 더 미궁에 빠지는 듯한 기분이 들었다. 파엔 엘라시스의 사형이 요리사라는 것만으로도 놀라운데, 그전에는 집사도 아니고 집사 보조를 했었단 말인가?

"집사 보조라… 그런데 왜 그 직업을 그만두었지? 요리사라는 직업을 자랑스러워하는 것 같으니까 그 직업도 별로 싫어서 그만둔 것은 아닌 것 같은데."

"수행 시기가… 아니, 개인적인 사정이 있기도 했고, 결정적으로는 위에 구멍이……."

라울이 앨버트의 질문에 대답해 주는 사이, 파엔은 에롬에게 시비를 걸고 있었다.

"사형, 가게가 이게 뭐예요? 왜 테이블이 이것밖에 없어요? 이러니까 붐비잖아요! 게다가 이 테이블보며, 방석은 다 뭐예요? 유치하게."

"따지려면 쥴리아한테 따져! 다 그 녀석 작품이니까!"

'쥴리아' 라는 이름을 들은 라울의 고개가 저절로 그쪽으로 홱 돌아갔다.

"쥴리아, 여기 와 있습니까?!"

"그래. 아, 자리 났다. 저기 가 앉아라."

네 사람은 여섯 명 정도가 앉을 수 있는 테이블에 둘씩 마주 보고 앉았다. 마침 벽난로 옆이었기 때문에 아무 생각 없이 고개를 돌렸던 파엔은 눈을 크게 떴다.

벽난로 옆에는 이런 여관과는 도저히 어울리지 않는 사치스런 테이블과 의자, 카펫까지 깔려 있었던 것이다. 게다가 식당이 이렇게 붐비는데도 그 자리만 비어 있었다.

"사형! 저기는 뭐예요? 왜 저기만 비워뒀어요?"

파엔이 가리키는 곳을 본 에롬은 이마에 빠직 핏대를 세우더니 파엔의 머리를 쾅 하고 내려쳤다.

"이놈이 어딜 넘봐?! 거기는 아스카님 자리다!"

"네에?! 아스카님도 여기 와 계십니까?!"

"그래. 너희들 맞은편 방에 머물고 계신다. 행동들 조심해. 자, 그럼 주문은 좀 있다 받으마."

에롬이 주문을 받으러 올 때까지 네 사람은 식당 안을 둘러보았다. 다른 테이블에 앉은 사람들은 벌써 음식이 나와서 먹고 있었는데 이상한 것은 그들이 먹는 음식이 모두 같은 것처럼 보인다는 것이다. 설마 이 식당에는 한 가지 종류의 음식밖에 팔지 않는단 말인가?

라울이 에롬이라면 그럴 수도 있다며 스멀스멀 불안감을 느끼고 있을 때, 바로 옆 테이블에 음식이 도착했다. 별생각없이 음식을 흘깃 곁눈질했던 라울은 나무그릇에 담긴 시뻘건 국물을 보고 심장이 멈추는 줄 알았다. 그는 파엔을 팔꿈치로 퍽퍽 쳐댔다.

"아, 왜?!"

파엔이 신경질적으로 고개를 돌리자 라울이 옆 테이블을 눈으로 가리켰다.

"저거, 그거 맞지?"

"뭐가… 허! 허억?!"

라울과 마찬가지로 파엔도 커다란 나무 볼에 담긴 그 음식의 정체를 한눈에 꿰뚫어 보았다. 그럴 만도 하지 않은가. 그들이 저 빌어먹을 매운탕 때문에 쓰린 속을 부여잡고 운 것이 대체 몇 번인데.

파엔과 라울은 암호에 가까운 시선들을 급박하게 주고받았다.

'뭐든 핑계를 대고 빠져나가자. 딴 집 가서 해결하자고.'

'후환이 두렵지 않은가 보지? 사형이니 더 잘 알 거 아냐? 에롬 프레드릭 웨스가 그런 약삭빠른 수를 모른 척 넘어가 줄 사람이냐?'

'들키지만 않으면 되는 거 아냐?'

'얼씨구. 이 저녁 시간에 식당까지 와서 앉았다가 옆 테이블에 음식 나오는 거 보고 내빼는데 너라면 그 이유를 모를 것 같냐?'

'그럼 이대로 그걸 먹어야 한단 말이야?! 나는 18살의 그 처절했던 날 이후로 다시는 그 생선 대가리 탕은 안 먹기로 맹세를 했어!'

'웃기시네! 내가 알기로 너는 그 맹세의 날 이후로도 족히 수십 그릇은 넘는 매운탕을 먹었어! 아스카님 앞에서는 제일 좋아하는 음식이 매운탕이라며? 새삼스러울 것도 없잖아.'

'그, 그건 수행의 일종이었어!'

'잘됐네. 지금도 수행이라고 생각해. 에롬 형님만 있다면 또 몰라도 아스카님까지 와 계시다는데 그렇게 본색을 드러내고 싶냐? 레온과 줄리아가 섀도우로 거의 확정된 이 마당에?'

두 사람의 소리없는 설전은 파엔이 라울의 막판 카운터펀치를 얻어맞음으로서 파엔의 패배로 막을 내렸다. 그렇게 파엔이 미처 도망가지 못하고 있을 때, 때맞춰 에롬이 주문을 받으러 왔다.

"뭐 먹을래? 말해두지만 주 요리는 매운탕밖에 안 돼. 꼭 먹겠다면 빵은 줄 수 있고, 음료에는 주인 영감이 담은 맥주와 포도주, 사과주가 있다."

아무것도 모르는 세람과 앨버트는 그것밖에 안 된다니 그걸로 하지 뭐, 라는 분위기였다. 하지만 파엔은 굶으면 굶었지 그 생선 대가리 탕은 절대 먹을 수 없었다. 그렇기에 단호하게 요구했다.
"빵과 포도주만!! 주세요."
파엔은 에롬이 못 알아들었다고 우길까 봐 '만' 을 특히 강조해서 말했다. '만' 이 '도' 가 되어버리면 여기서 위장 작살나는 것이다.
에롬은 파엔의 주문이 자못 불만인 듯 굵은 눈썹을 꿈틀거렸다.
"어허, 한창 때의 청년이 그렇게만 먹고 되나?"
"아뇨. 지금은 별로 배가 안 고파서……."
"먼 길 왔을 텐데 그러면 안 되지. 식욕이 없으면 더더욱 매운탕을 먹는 게 좋아. 화끈한 게 입맛을 돋우면서 없던 입맛도 확 살려주거든. 한 그릇 하고 나면 시원한 게 기운이 날 거다!"
눈을 위협적으로 빛내고 은근슬쩍 주먹을 쓰다듬으면서 먹기를 강요하는 에롬 앞에서 식은땀을 흘리면서도 파엔은 추호도 주문을 굽히려 들지 않았다. 버티다, 버티다 안 되자 그는 마지막으로 처연하게 가슴을 부여잡았다.
"음식에 주의하지 않으면 치명적인 질병을 불러들일 수 있다는 경고를 받았어요. 거의 사형선고라고 할 수 있지요. 사형이라면 제 마음 아시겠지요. 사형이 저택의 집사 보조로 일하던 시절, 그 추웠던 겨울날 매운탕을 처음으로 대접받고 기절해서 축 늘어진 것을 제가 집까지……."
파엔이 빠른 어조로 에롬의 수치스러운 과거를 들추어내자 그는 '험!' 하고 헛기침을 해서 더 이상의 말을 막았다.
"약아빠진 놈! 알았다. 네놈은 비쩍 마른 빵에 포도주나 홀짝여라.

라울, 너는?"

에롬은 라울을 돌아보며 한쪽 눈썹을 들어 보였다. 네놈마저 안 먹고 빠져나가려는 것은 아니겠지라고 말하듯이.

하지만 라울의 경우에는 파엔보다 훨씬 더 간단했다.

"저도 그 비쩍 마른 빵에 포도주만 주십시오. 약혼녀를 만나러 갈 예정이라 매운탕을 먹고 식욕이 치솟아 살이라도 찌면 안 되거든요."

에롬은 유들유들하게 히든 카든인 약혼녀의 이름을 방패 삼는 라울을 밉살맞다는 듯 노려보았다. 하지만 저놈에게 억지로 매운탕을 먹였다가 쓰러지면 그 마녀가 또 얼마나 지랄할 것인가. 가뜩이나 몇 개 남지도 않은 테이블을 몽땅 다 부숴 버릴지도 모른다. 에롬은 그에게도 매운탕을 먹이는 것을 포기했다.

세람과 앨버트는 비공선과 이동 마법진을 거쳐 여기까지 오는 동안 배가 고프다고 난리쳤던 파엔이 태도가 돌변해서 빵과 포도주만을 주문하자 이해할 수 없다는 표정을 지었다. 하지만 배고프지 않다는 파엔과 달리 그들은 매우 배가 고팠기 때문에 매운탕이라는 음식을 시키고 맥주와 빵을 부탁했다.

에롬이 주방으로 사라진 후, 주위를 둘러보던 세람은 재미있다는 표정을 지었다.

"뭐랄까, 참 특이한 식당이네요."

그는 옆 테이블에서 식사를 하던 사람들이 식후에 테이블 위로 엎어져 버린 것이라든가 바닥에 쓰러진 두 사람을 양손에 하나씩 잡고 질질 끌고 나가는 주인장을 보고 그렇게 말했다.

"오늘은 무슨 축제날이라도 되는 걸까요? 아니면 저렇게 쓰러져 주는 것이 맛있다는 표현이라든가?"

"너는 일부러 그러지 않아도 될 거야."

라울은 웃으며 말해주었다. 일부러 그러지 않아도 쓰러지고 싶을 테니까라는 말은 속으로만 덧붙였다.

빵과 포도주, 맥주와 커다란 나무그릇에 담긴 매운탕이 나왔다. 파엔은 눈에 띄지 않게 몸을 비스듬히 틀며 냄새에서 자신의 몸을 보호했다. 수년간의 경험을 통해 습득한 눈물겨운 삶의 지혜였다.

세람은 나무그릇에 시뻘건 국물과 그에 반쯤 푹 잠긴 생선이 담겨 나오자 자못 당혹스러운 듯했다.

"저기, 이거 어떻게 먹는 거예요?"

그냥 옆에 놓인 스푼으로 떠먹었으면 혀와 입 안과 식도 등 약간만 충격을 받고 말았을 것을, 하필이면 물으면 안 되는 사람에게 물었다. 파엔은 질문을 받자 눈을 번뜩였다. 그는 자신이 처음 저 생선 대가리탕을 먹었을 때의 그 충격을 세람에게도 생생하게 전해주고 싶어 안달이 났다. 그 지옥 밑바닥으로 떨어지는 듯한 고통을.

"아, 스푼은 쓰지 마세요. 국물을 스푼으로 떠드시는 것은 예의에 어긋납니다."

새빨간 거짓말이다. 하지만 세람은 순순히 들었던 스푼을 놓았다.

"일단 국물부터 드셔주세요. 아, 그릇에 입을 대고 쭈욱 드시면 돼요. 그다음에 스푼을 사용해서 생선살을 떠드세요."

파엔이 그랬고, 라울이 그랬고, 에롬이 그랬고, 모든 매운탕 첫 경험자들이 그랬듯 그들에게는 생선살까지 맛볼 기회가 없을 것이다.

세람은 파엔이 시키는 대로 순순히 그릇에 입을 대고 마셨고, 그가 마시는 것을 본 앨버트도 따라 마셨다. 라울이 말릴 새도 없었다. 벌컥 벌컥 하는 소리가 났다. 상당량의 국물이 목을 통해 넘어갔다는 신호였다.

'5, 4, 3…….'

파엔의 카운트가 다 끝나기도 전에 차마 입 밖으로 나오지 않는 비명을 지르며 고통스럽게 몸을 뒤틀던 세람과 앨버트가 눈물, 콧물을 주르륵 흩뿌리며 테이블 위로 널브러졌다.

멀쩡한 모습으로 살아남은 사람은 파엔과 라울, 두 사람밖에 없었다.

"건배할까?"

파엔이 제안했다.

"무엇을?"

"매운탕이라는 이름의 저 생선 대가리 탕 앞에서 살아남은 것에 대해서."

"좋지."

두 사람은 마주 보고 씩 웃었다. 그리고 포도주 병을 병째로 '쨍' 소리가 나도록 부딪쳤다.

"건배!!"

경험과 얍삽함이 이루어낸 값진 승리였다.

『드래곤의 신부』 7권에 계속…

'후기'라는 이름의 주저리주저리

　즐거우셨나요? '오랜만에 나타나 가지고 이게 뭐야?!' 하고 버럭 화내실 분들이 많을 것 같아 식은땀이 나네요.
　정말로 오랜만에 인사드립니다. 제가 기억하기로도 5권이 나온 지 1년은 족히 넘은 것 같네요. 부디 자세한 개월 수는 헤아리지 말아주세요(기어들어가는 목소리). 저도 양심이 있는 인간인지라 무척 곤란합니다(삐질삐질―식은땀 흐르는 소리).
　우선 죄송한 마음을 전합니다. 그동안 기다려 주셨던 독자 분들, 그리고 제가 이번에도 잔뜩 민폐를 끼쳐 버린 유경화 씨와 문혜영 편집장님, 출판사 사장님. 그 외, 저로 인해 고생하신 많은 분들께 진심으로 사죄드립니다. 죄송해요. 그리고 감사합니다.
　1년이나 여러분을 기다리게 한 것에 대한 변명을 해보자면, 좀 아팠습니다. 특별히 어디가 안 좋은 게 아니라 이곳저곳이 시름시름 아프면서 쉽게 좋아지지 않더군요. 원래 제가 좀 부실합니다. 저희 어머니께서는 '이렇게 부실한 것을 낳고 미역국을 먹었다니……!' 라는 한탄을 자주 하시지요. 후후후.

오랜 야행성 올빼미(혹은 박쥐?) 생활을 청산하고 아침형 인간으로 옮겨간 친구 Y양은 저에게도 올빼미 생활을 그만두라고 조언했습니다. 그게 제 건강을 갉아먹고 있다고 말이죠.

하지만 몹시 아플 때는 '그래, 살기(?) 위해서라도 이 밤낮이 뒤바뀐 생활을 청산해야겠어!' 하고 마음먹었다가도 좀 나아지면 '바꾸긴 뭘 바꿔? 생긴 대로 살아야지' 하는 겁니다.

저희 어머니는 저를 보고 종달새 같다고 하십니다. 어느 게으른 종달새가 그랬다네요.

'귀찮게 둥지 같은 걸 왜 지어?' 하고 신나게 놀다가 밤이 되어 추워지자 벌벌 떨면서,

'낮이 되면 이번엔 꼭 둥지를 지어야지! 딱딱딱(추워서 부리 부딪치는 소리)!'

하지만 낮이 되면 까맣게 잊고는 다시 놀기에 여념이 없다는 겁니다.

저는 아직 올빼미 생활을 청산하지는 못했습니다. 하지만 앞으로는 독자 여러분께서 이렇게 오랫동안 기다리시는 일이 없도록 건강 관리를 잘하도록 하겠습니다. 네? 두고 볼 일이라고요? 음. 예리하시군요(삐질삐질).

6권을 보신 분들 중에는 '이번에는 아스카가 너무 적게 나왔어~!' 하고

섭섭해하시는 분들이 계실지도 모릅니다(안 계시면 다행이고요). 중요한 사건은 동대륙에서, 아스카는 서대륙에. 이런 식으로 진행이 되다 보니 어쩔 수가 없네요. 게다가 저는 사건보다 인물에 얽힌 에피소드를 중심으로 이야기를 풀어나가길 좋아하다 보니 특정 인물들의 얘기가 길어졌습니다. 그 아이들 또한 예뻐해 주시면 저로서는 기쁠 것 같네요.

시슬리안이 끝나자 동지가 나왔네요. 이벤트를 좋아하는 성격이다 보니. 여러분들이 아시는 동지와도 하지와도 다르겠지만 그냥 그러려니 해주시면 좋겠습니다. 저의 판타지관은 이것저것 마구 뒤섞인 잡탕찌개 같은 것이라서요. 후후후.

미숙한 글이지만 읽으시는 여러분이 거기서 작은 즐거움이라도 찾으셨다면 저로서는 그 이상의 기쁨이 없겠지요.

마지막의 이 주저리주저리까지 읽어주신 여러분, 감사합니다. 저는 7권에서 다시 뵙도록 할게요.

그럼 여러분, 건강하세요!

새델 크로이츠

새델 크로이츠 전 2권
이경영 판타지 장편 소설

—화사무쌍 편

『가즈나이트』의 명성과 신화를 넘어설
이경영의 판타지의 새로운 상상력!

자신만의 독특한 세계관을 창조한 작가
이경영의 새로운 도전과 신선한 충격.

바란투로스의 특수부대 새델 크로이츠의 리더 파렌 콘스탄.
야만족을 돕는 안개술사를 물리치기 위해 아시엔 대륙에서 온
불을 뿜는 요괴 소녀 카샤.
너무나 다른 두 사람이 운명의 길에서 만나다.
친구란 이름으로 시작된 모험, 그 앞에 놓인 난관과 운명의 끈은
어떻게 될 것인지······.

"질투가 날 만도 하지. 요괴가 산신령을 염마로 두는 건 흔한 일이 아니거든.
괜찮다, 파렌, 본좌가 아는 요괴들 전부 본좌를 질투하고 부러워하니까."
소녀는 손에 잔뜩 받은 빗물을 홀짝 마셨다.
파렌은 그 순수함에 웃음을 흘렸다.
그는 지금까지 자신이 봤던 그녀의 기이한 행동들을 어렴풋이나마 이해할 수 있을 것 같았다.
그렇게 친구가 된 둘은 그 길로 긴 여행을 떠나게 된다.

—본문 중에—

세상을 보는 또 하나의 창 - inthebook.net
유행이 아닌 자유추구 - chungeoram.net

Book Publishing CHUNGEORAM

BOOK Publishing CHUNGEORAM

fly me to the moon
플라이 미 투 더 문

새로운 느낌의 로맨스가 다가온다!

판타지의 대가 이수영 작가의 신작!
드디어 판매 카운트다운!

플라이 미 투 더 문 | 이수영 지음

**판타지의 대가, 이수영. 그녀가 선보이는 첫 번째 사랑이야기.
사랑, 질투, 음모, 욕망……
상상한 것 이상의 절애(切愛), 그 잔혹한 사랑이 시작된다.**

온전히, 그의 손에 떨어진 꽃. 잡았다.
짐승의 왕은 즐거웠다.

인간, 그리고 인간이 아닌 자.
절대로 이어질 수 없는 두 운명이 만났다!
사랑 혹은 숙명.
너일 수밖에 없는 愛.

1998년 〈귀환병 이야기〉
2000년 〈암흑 제국의 패리어드〉
2002년 〈쿠베린〉
2005년 〈사나운 새벽〉

그리고 2007년,
『FLY ME TO THE MOON』

세상을 보는 또 하나의창 · inthebook.net
유행이 아닌 자유추구 · chungeoram.net

BOOK Publishing CHUNGEORAM

THE CHRONICLES OF EARTH
DEJA VU

지구환 연대기 : 기시감 전 2권
이재창 SF 장편 소설

지구환
연대기 **기시감**

인공적으로 만드는 석양이 잘 꾸며진 정원과 가로수를 붉게 물들였다.
하지만 태양은 이미 오래전에 거리라고 하기도 어려운 저편으로 사라졌다. 어차피 마찬가지기는 했다.
타키온 드라이브가 시작되는 순간 빛은 존재하지 않았다.
설령 태양이 바로 옆에 있다 해도 빛이 우주선을 따라오지 못했다.
타키온 드라이브의 우주에서 빛은 존재가 아니라 단순히 어둠의 부재에 불과했다.
그것이 타키온 드라이브였다.
타키온 드라이브는 그 본질상 초광속으로 움직이지 않을 수 없다.
말 그대로 빛보다 빨리 움직여야만 한다.
그것이 타키온 드라이브의 운명이고 결론이다.

STORY LINE

인간이 타키온 드라이브라는 초광속 운항법으로 항성간 여행을 자유롭게 할 수 있게 된 미래
수학자 석아찬은 지구에서 출발하는 심우주 탐사선 게이츠에 몸을 싣는다.
그러나 게이츠를 통제하는 인공지능 로가디아와 이천여 명의 승무원과 함께하는 항해의 평화로움은 얼마 가지 못하고 우주선은 외계문명에게 습격을 받아 사람이 증발하는 전대미문의 사고가 생기기 시작한다.

 세상을 보는 또 하나의 창 - inthebook.net
유행이 아닌 자유추구 - chungeoram.net

Book Publishing CHUNGEORAM

가면의 기사

김형신 퓨전 판타지 소설
FUSION FANTASTIC STORY

The Knight of Mask

게임을 통해 펼쳐지는 처절한 복수혈전!!
죽이고 싶은 놈이 너무나 강하다.
그것이 내가 강해져야만 하는 이유다!

사랑하는 여자와 친구에게 배신을 당한 진하!
복수를 결심하며 「라스트 월드」를 플레이하게 된다.
목표는 랭커이자 최강의 직업 레전드 중 하나인 진은!

**독종 진하의 복수를 위한 피나는 사투가
「라스트 월드」에서 시작된다.**

 유행이 아닌 자유추구 -
WWW.chungeoram.com

BOOK Publishing CHUNGEORAM

만리웅풍 | 월인 지음 | 8,000원

『두령』, 『사마쌍협』, 『천룡신무』, 그리고 『만리웅풍(萬里雄風)』
최고의 신무협 작가 월인, 그가 새롭게 선보이는 철혈 영웅의 이야기.

**천지현황(天地玄黃)!
하늘은 검고 땅은 누르다.**

끝없이 검고 누르게 펼쳐진 이 하늘아래, 땅 위에!
내가 믿고 의지할 수 있는 것은 오직 내 주먹과 몸뚱이뿐.

내 주먹이 꺾이는 날, 내 인생도 꺾이고 나는 한 마리 쥐새끼로 전락할 것이다.

**절대로 질 수 없다!
죽는 한이 있어도 질 수는 없다!**

유행이 아닌 자유추구 -
WWW.chungeoram.com

BOOK Publishing CHUNGEORAM